Susanna
Schober

BAD BOSS

Challenge 2

Romance

IMPRESSUM

Copyright © 2022 Susanna Schober
Alle Rechte vorbehalten.
ISBN: 9783754619377
Susanna Schober
Frohsinnstraße 27,
8200 Gleisdorf
schober.susanna.autorin@gmail.com
Cover: Susanna Schober
Quelle: Canva, Shutterstock
Korrektorat/Lektorat:
Gabi Halama

Herstellung und Druck über tolino media GmbH & Co. KG,
Albrechtstr. 14, 80636 München. Printed in Germany.
Fragen zu Produktsicherheit an: gpsr@tolino.media.

Die Schönheit der Dinge lebt in der Seele dessen,
der sie betrachtet.

David Hume

PROLOG

An: rushhour@magazin.com
Betreff: Bad Boss Challenge 2022

Liebe Amber,
dein Aufruf für die ›Bad Boss‹ Challenge ist mir sofort ins Auge
gesprungen, weil es die perfekte Chance ist, meinem Boss endlich
eins auszuwischen.
Bestimmt fragst du dich jetzt, was er denn so Schlimmes
anstellt, oder?
Nun, wenn er nicht gerade ignorant und arrogant ist, verführt
er der Reihe nach die ihm unterstellten Frauen, um sie im
Ruheraum der Klinik flachzulegen. Dazu kommt, dass er sich
selbst für den Größten hält. Es ist zum Kotzen, wie sehr er von
sich selbst überzeugt ist – und natürlich sind immer die anderen
schuld, wenn etwas nicht so funktioniert, wie er es möchte. Wenn
er mich nicht gerade gänzlich ignoriert, bin ich seine ›Sklavin‹.
Ständig räume ich hinter ihm her, weil er der Meinung ist, dass er,
nur weil er der Oberarzt des Vancouver Hospitals ist, Gott
spielen kann!
Ich möchte nicht sagen, dass er ein schlechter Arzt ist, das auf
keinen Fall. Colin weiß genau, was er tut. Aber die Art, wie er mit
seinen ihm unterstellten Assistenzärzten umgeht …
Ein kleiner Dämpfer würde ihm nicht schaden und wir in der
Klinik würden uns über einen Jahresvorrat an Kaffee sehr freuen!

Herzliche Grüße,
Hailey Xanders

E-Mail via IPhone gesendet am 26.07.2022

Kapitel | 1.

Mister Oberarzt, dieser Lackaffe!

Hailey

Mit einem ›Platsch‹ landen Martinez' Gummihandschuhe in der kleinen Schüssel auf dem Tisch neben dem Behandlungsstuhl. »Du kannst hier saubermachen, wir sind fertig«, spricht er dabei und sieht mich für den Bruchteil einer Sekunde an, bevor er sich wieder der Patientin zuwendet. Ein breites Grinsen erscheint in seinem Gesicht, als er sie ansieht, und ich möchte ihm gerne gegen die Nase boxen. »Miss Duncan, Sie werden sehen, in Nullkommanichts sind Sie wieder topfit.«

Mit verträumtem Blick sieht die Blondine mit der Platzwunde, die Colin gerade genäht hat, zu ihm auf. Sie hat erklärt, sie wäre dummerweise mit der Kante ihrer Fensterbank kollidiert. Der Rettungswagen hat sie im Anschluss zu uns ins Vancouver Hospital zur Notfallambulanz gebracht. Dass es sich bei einer kleinen Platzwunde um keinen Notfall handelt, muss ich wohl niemandem erklären, aber die Leute kommen mit allem Möglichen zu uns.

»Bei Ihren fähigen Händen, ohne jeden Zweifel«, flirtet sie ungeniert mit ihm und blinzelt kokett.

Würg! Schnaubend verdrehe ich die Augen, was Blondie zwar mitbekommt, weil sie kurz einen Seitenblick auf mich wirft, Martinez aber gekonnt ignoriert. »Sie schmeicheln mir. Ich habe bloß meine Arbeit gemacht …«

Ja genau, das hat er. Kein Grund, ihm deshalb an die Wäsche zu wollen. Echt jetzt. Ich verstehe diese Frauen nicht. Was finden die bloß an ihm? Klar, er sieht nicht übel aus mit den dunklen Haaren, dem leichten Bartschatten, den blauen Augen und der breiten Statur. Aber das kann doch nicht alles sein, was Frauen von einem Mann erwarten, oder? Was nutzt ein schickes Aussehen, wenn der Charakter derart übel ist?

Blondie, oder auch Miss Duncan, kichert. »Nicht doch, stellen Sie Ihr Talent nicht in den Schatten. Dank Ihnen wird dieser kleine Fauxpas an meiner Stirn bald verschwunden sein.«

Damit ich mir diesen Schwachsinn nicht weiter anhören muss, wende ich mich ab, schnappe mir das dreckige Zeug des Oberarztes und beginne es wegzuräumen. In der Zwischenzeit säuselt Martinez weiter und ich bin mir sicher: Gleich wird er ihr die Hand reichen, sie nach draußen führen und sie dann im Ruheraum knallen. Das ist seine Tour. Er schmeichelt den Frauen, redet ihnen gut zu, ist abartig freundlich und dann ... tja. Ich kann gar nicht mehr zählen, wie oft ich ihn schon aus dem Ruheraum habe kommen sehen. Natürlich nie allein. Jeder in der Klinik weiß es. Aber weil es nicht nur einen Personalmangel bei den Assistenzärzten gibt, sondern auch in den oberen Etagen, ist ihm der Job des Oberarztes sicher. Außerdem ›schadet‹ er ja niemandem wirklich – so hat es der Leiter der Klinik formuliert, als ich ihn darauf angesprochen habe, was Martinez treibt. Klar, vielleicht hätte ich nicht petzen sollen. Er ist schließlich mein Vorgesetzter und ich kann noch viel von ihm lernen. Dennoch war ich der Meinung, dass es den Leiter der Klinik interessieren sollte, was sein Oberarzt so treibt. Das Ende vom Lied war, dass ich ausgeschimpft wurde, weil ich einen ›Kollegen‹ ans Messer liefern wollte. *Pah.*

Aber was hätte ich denn machen sollen? Schließlich ist es für die Klinik bestimmt nicht unwichtig, dass der Ruf unseres Hauses unter Colins Eskapaden leidet, oder? Vielleicht sehe aber nur ich das so eng? Wer weiß das schon.

»Hailey?«, erklingt eine Stimme neben mir und reißt mich damit aus meinen Gedanken.

Hastig hebe ich den Kopf und sehe direkt in die blauen Augen meines Vorgesetzten. »Ja?«

Colin zieht die Augenbrauen ein Stück zusammen, was zwei vertikale Falten zwischen ihnen erscheinen lässt. »Wir sind dann hier fertig.«

Verwirrt blinzele ich und schaue mich um, dabei erkenne ich, dass Blondie den Behandlungsraum bereits verlassen hat und ich mit dem Oberarzt allein bin. »Oh.« Hastig lege ich mir mein Stethoskop um den Nacken, schnappe mir das schmutzige Geschirr Martinez' und laufe ihm hinterher aus dem Raum. Kaum stehe ich draußen, sieht er mich noch immer eigenartig an und ich frage mich, was er denn will.

»Könnte ich kurz mit Ihnen sprechen?«

Mein Mund öffnet sich und eine dumpfe Vorahnung klopft gegen meine Stirn. »Worüber?«, frage ich deshalb beinahe hauchend und schlucke im Anschluss meine Unruhe hinunter.

Ein schiefes Lächeln zeigt sich in Colins Gesicht und lässt ihn deutlich jünger aussehen, als er ist. Denn: Obwohl Martinez selbst erst einunddreißig ist, ist er dennoch acht Jahre älter, als ich es bin. »Das hören Sie dann, wenn wir allein sind. Ist Ihnen das recht? In zehn Minuten in meinem Büro?«

Ein nervöses Flattern fährt durch meinen Magen. O Gott. Bestimmt weiß er es. Der Oberarzt weiß, dass ich ihn ans Messer liefern wollte. Oder …

Nein.

Das wäre ja noch schlimmer. Das kann er auf keinen Fall wissen. Schließlich ist es Monate her, seit ich die Mail verschickt habe, und außerdem war niemals jemand hier. Inzwischen ist der ›Bad Boss 2022‹ längst gewählt. Kaum zu glauben, dass es offenbar einen Mann in Vancouver gibt, der noch schlimmer als Colin ist.

»Hailey«, höre ich seine Stimme erneut durch meine Gedanken schneiden. Nun schwenkt eine unüberhörbare Ungeduld mit. Gleichzeitig tippt er mit dem Fuß auf den Boden, wie um das zu unterstreichen.

»Ja«, bringe ich hervor. »Natürlich, ich …« Himmel, Hailey, reiß dich zusammen! »Ich muss nur eben das Geschirr entsorgen und mir die Hände waschen, dann bin ich bei Ihnen.« Rasch straffe ich die Schultern. Das Letzte, was ich möchte, ist, dass er denkt, ich hätte auch nur irgendwie Angst vor ihm. Na gut, gerade habe ich ein bisschen Angst. Er könnte meine Zukunft zerstören. Wieso habe ich nicht eher daran gedacht, dass es eine furchtbare Idee ist, ausgerechnet meinen Chef anzuschwärzen? Ach ja, weil ich es ihm heimzahlen wollte. Aus der Wut heraus trifft man manchmal echt bescheuerte Entscheidungen. Aber er hat mich an diesem Tag wirklich zur Weißglut getrieben. Innerhalb von zwölf Stunden hat er mich fünf Mal belehrt, mich drei Mal wie eine Anfängerin behandelt und mir viermal die Leviten für etwas gelesen, was er allein verbockt hat!

»Gehen Sie oder sind Sie festgewachsen?«

Verdammt! Meine Kiefer spannen sich an und ich atme tief durch. »Bin gleich wieder zurück.« Bevor er noch etwas sagen kann, setze ich mich schnellen Schrittes in Bewegung und schaue auch nicht zurück, als ich um die Ecke verschwinde. Ganz mieser Start in einen zwölf Stunden Dienst!

Kapitel | 2.

Dinge, die man nicht wissen möchte …
Colin
Einen Tag zuvor

Mit hochgezogener Augenbraue sehe ich meine Zwillingsschwester Amber an, die mir gegenüber auf ihrem Platz am Tisch des Hot Dog Standes sitzt. Immer wenn wir beide nicht viel Zeit haben, uns aber sehen wollen, treffen wir uns hier und essen zusammen ihr Lieblingsessen – Hot Dog. »Wie meinst du das, ich bin für die Challenge genannt worden?«

In ihren blauen Augen blitzt es belustigt, ehe sie breit grinst. »Na so, wie ich es gesagt habe. Wir haben drei Mails in Bezug auf dich bekommen.«

Langsam lasse ich das Hot Dog sinken, das ich eben noch an meinen Mund führen wollte, und schüttele den Kopf. »Das kann gar nicht sein. Wieso sollte mich jemand als ›Bad Boss‹ nominieren? Ich bin ein grandioser Boss!«

Das helle Lachen meiner Schwester erklingt. An ihrem Mundwinkel klebt noch der Senf ihres Hot Dogs, den sie sich im nächsten Moment mit einer Serviette wegwischt. »Schön, dass du das so siehst, aber ich habe anderes gelesen.«

»Anderes gelesen«, murmele ich perplex. »Was stand denn in den Mails?«

Amber reckt das Kinn. »Was bekomme ich, wenn ich es dir sage?«

Entnervt verdrehe ich die Augen. Müssen kleine Schwestern immer ihren Nutzen aus allem ziehen? »Was willst du?«, brumme ich wenig erfreut. In meinem Kopf kreisen die Gedanken. Keine Sekunde zweifele ich daran, dass Amber die Wahrheit sagt. Niemals würde sie mich, was das betrifft, anlügen. Nur stellt sich mir so die Frage, wer mich derart hassen könnte. Und dann gleich drei Mails! Das heißt, drei meiner Mitarbeiter oder Mitarbeiterinnen sind der Meinung, dass ich meine Arbeit nicht gut oder unzureichend mache. Habe ich jemals jemanden nicht gut behandelt? Nicht, dass ich wüsste. Jeder wird von mir mit Respekt behandelt. Zumindest nach meinem Ermessen.

»Shane und ich wollen Anfang Januar für einen Wellnessurlaub fortfahren. Wenn du dich um Salomon kümmern würdest, wäre mir sehr geholfen.«

Mein Mund klappt auf. »Ich soll mich um den nervigen Nager kümmern?«

»Hey!«, schimpft meine Schwester sofort. »Salomon ist nicht nervig!«

»Er quiekt ständig«, halte ich dagegen.

Amber verschränkt die Arme vor der Brust. Sie liebt ihr Meerschweinchen sehr. Ich weniger. »Tut er gar nicht.«

»Tut er gar nicht«, äffe ich sie nach. »Doch, tut er. Aber gut. Ich nehme ihn, aber wie lange seid ihr überhaupt fort?«

Ein triumphierendes Grinsen erscheint im Gesicht meines Zwillings. »Eine Woche.«

»Eine Woche?«, echoe ich. »Und was soll ich eine Woche lang mit der Ratte machen?«

Empört reißt sie den Mund auf. »Hast du mein süßes, niedliches Meerschweinchen gerade Ratte genannt?«

Ergeben hebe ich die Hände, weil sie mich nun wütend anfunkelt. »Natürlich nicht.«

»Natürlich nicht«, äfft nun sie. »Also? Was sagst du?«

Tief atme ich durch. Vermutlich werde ich es eine Woche mit dem Viech aushalten. Die Information, die sie im Gegenzug zu bieten hat, ist viel wichtiger. »Schön, ich mache es und jetzt sag mir, was in den Mails stand und wer sie verfasst hat!«

»Mooooment«, bricht es aus Amber heraus. »Ich habe nie behauptet, dass ich dir sage, von wem sie sind.«

»Amber«, kommt es drohend aus meinem Mund. »Ich muss das wissen!«

Wüst schüttelt sie den Kopf. »Wieso? Willst du die Personen zur Rechenschaft ziehen?«

»Nein?« Na gut, vielleicht. »Das hatte ich gar nicht vor.« Doch, hatte ich.

Mit zusammengekniffenen Augen sieht sie mir ins Gesicht. Amber ist zwar meine Zwillingsschwester, aber wir sind zweieiige Zwillinge. Abgesehen von unserer Augenfarbe sehen wir uns nicht wirklich ähnlich. Vor allem nicht, weil sie blonde, lange und ich beinahe schwarze Haare habe. Oft wurden wir deshalb in Kindergarten und Schule aufgezogen und als ›Kuckuckskinder‹ bezeichnet, weil so krasse Unterschiede doch selten sind. »Ich werde dir die Namen nicht nennen.«

Ihren Blick erwidernd lehne ich mich über den Tisch. »Nur einen Namen und der Inhalt der Mail«, feilsche ich, weil ich Amber sonst auch immer überreden kann. Ich werde den Teufel tun und jetzt nachgeben!

Einen kurzen Moment hält meine Schwester meinem Blick noch stand, dann richtet sie sich auf und sieht weg. Allerdings nur für den Bruchteil einer Sekunde, bevor sie sich mir wieder zuwendet. Leicht neigt sie sich dabei über den Tisch, als dürfte uns niemand hören. »In allen drei Mails ging es um deine speziellen Treffen im Ruheraum der Klinik.«

Belustigt hebe ich eine Augenbraue. Bisher hat mich noch nie jemand darauf angesprochen, mal abgesehen von … Moment, wie heißt sie nochmal? »Ok?«

»Und jemand meinte, dass du ignorant und arrogant bist. Außerdem hältst du dich, in ihren Augen, für den Besten.«

»In *ihren* Augen?«, hake ich nach und schmunzle darüber, dass Amber mir nun verraten hat, dass es sich bei der Person um eine Frau handelt. »Sag mir, wer es ist. Ich schwöre, ich werde sie nicht dafür bestrafen. Das liegt mir fern. Allerdings will ich das aus der Welt schaffen. Natürlich würde ich nicht erwähnen, dass ich die Information von dir habe. Versprochen.«

Kurz zögert sie, nagt, wie sie es auch schon als Kind getan hat, an ihrer Unterlippe und nickt schließlich. »Na schön. Aber wehe, das fällt auf mich zurück. Und ich verrate dir das auch nur, weil du mein Bruder bist und ich nicht möchte, dass du gehasst wirst, okay?«

»Okay«, bestätige ich sofort. Niemandem würde ich das mehr glauben als meiner kleinen Schwester. Zwischen uns gibt es dieses massive Band, das uns zu weit mehr als bloß Geschwistern macht. Sie ist meine beste Freundin, die wichtigste Frau in meinem Leben, wichtiger noch als unsere Mutter. Für Amber würde ich alles tun und alles geben. Koste es, was es wolle. Natürlich sage ich ihr das aber nicht. Sie bildet sich auch so schon ein, alles von mir haben zu können – zu Recht.

Einen kurzen Augenblick ist es still, ehe sie flüstert. »Ihr Name ist Hailey Xanders.«

Es braucht mehrere Sekunden, bis der Name eine Erinnerung in mir hervorruft. Hailey Xanders, meine Assistenzärztin! Natürlich. Wer, wenn nicht sie?

»Weißt du, wer sie ist?«, möchte Amber wissen und sieht mir forschend ins Gesicht.

Langsam nicke ich. »Eigentlich hätte ich mir denken können, dass es nur sie gewesen sein kann.«

»Warum?« Erwartungsvoll mustert meine Schwester mein Gesicht, ehe sie lächelt. »Macht sie dir Stress? Hattet ihr Sex?«

Nickend lehne ich mich zurück. »Ja und nein. Sie ist sehr subtil in ihren Äußerungen, aber hat mir schon mehrmals die Leviten gelesen. Sex hatten wir keinen, nicht mal etwas

Ähnliches.« Bisher habe ich das immer damit abgetan, dass sie nach einer Zwölf Stunden Schicht eben müde und gereizt ist. Wer könnte es ihr verdenken? Außerdem ist sie, soweit ich mich erinnere, sehr jung. Aber offenbar hegt sie eine tiefergehende Abneigung gegen mich.

Mühevoll versuche ich, mir das Aussehen der Frau ins Gedächtnis zu rufen, scheitere jedoch kläglich. Auch wenn ich schon mehr als ein halbes Jahr mit ihr zusammenarbeite, habe ich sie mir noch nie genauer angesehen. Wahrscheinlich habe ich sie an ihrem ersten Tag als ›nicht mein Typ‹ eingestuft und damit war klar, dass wir uns stets nur auf beruflicher Ebene begegnen werden. In so einem Fall blende ich das Aussehen einfach aus und konzentriere mich nur auf das Können der Person. Hailey ist eine sehr gute Assistenzärztin, sie weiß meist schon, was ich möchte, bevor ich es selbst weiß. Habe ich ihr je Grund für einen Groll gegen mich gegeben? Ich meine, klar, wenn ich übermüdet bin, kann ich mich schon mal im Ton vergreifen, aber bisher hatte ich nicht den Eindruck, dass sie das großartig bewegt, oder?

»Erde an Colin?«, reißt mich Amber aus meinen Gedanken und ich sehe sie rasch an. »Sie hat offenbar ein großes Problem mit dir.«

»Ja«, murmele ich. »Ich werde mich darum kümmern. Stand sonst noch was in der Mail?«

Meine Schwester schüttelt den Kopf. »Nur die Ruheraum-Sache und das Ding mit der Arroganz.« Ihre Mundwinkel zucken verräterisch bei ihren Worten.
»Pfff«, stoße ich aus. »Ich und arrogant.«

»Ja, kaum zu glauben, oder?«, neckt mich meine Schwester und wir gehen dazu über, wieder über alltägliche Dinge zu sprechen. Dennoch schaffe ich es nicht ganz, mich völlig auf das zu konzentrieren, was sie mir erzählt. Ich muss dringend mit Hailey sprechen und das aus der Welt schaffen.

»Ja, genau da …«, säuselt die Frau vor mir und legt den Kopf in den Nacken. »Mit etwas mehr Druck, Doktor.«

Während mein Finger um ihre Klitoris kreist, sehe ich mir das schöne Gesicht Kimberlys an. Wir haben uns vor nicht mal einer Stunde in der Bar kennengelernt, die ich nach der Arbeit gerne aufsuche, um runterzukommen. Kaum habe ich ihr erzählt, dass ich Oberarzt im General Hospital bin, ist sie mir praktisch um den Hals gefallen. Jetzt befinden wir uns in meinem Loft, wo wir uns die Kleider vom Leib gerissen haben. Ihr Körper wölbt sich meinem entgegen, während ich den Druck auf ihr Lustzentrum erhöhe. Meine Finger sind klitschnass von ihrem Saft, meine Leiste zieht und mein Schwanz zuckt gierig.

»Ich will dich«, haucht sie, stöhnt und sieht mir aus grünen, großen Augen entgegen. Kimberlys Körper ist perfekt. Schlank, straff, sportlich. Ihr Haar, genau wie ich es mag, blond. In ihren High Heels ist sie nur minimal kleiner als ich, weshalb ich mich jetzt nur leicht vorbeugen muss, um ihren Mund zu erobern.

»Gleich«, raune ich, kaum, dass ich den Kuss wieder gelöst habe. »Ich will, dass du zuerst kommst, Kimi.«

»O jaaa«, ruft sie aus. »Ich will auch kommen, bitte lass mich mit deinen geschickten Fingern kommen!«

Um genau das zu erreichen, drehe ich meine Hand etwas, streichele nun mit dem Daumen ihre Klitoris und schiebe einen Finger in sie. Sofort reckt sie sich mir noch mehr entgegen. Ihre Möse pulsiert, drückt sich an meinen Finger und ich nehme den Mittelfinger hinzu. Ihr Stöhnen wird lauter, unkontrollierter und meine Geduld neigt sich dem Ende zu. Genau diesen Moment wählt sie, um an meiner Hand zu kommen. Sie zieht sich noch enger um meine Finger zusammen, ihre Beine zucken und ich drücke sie etwas fester gegen die Wand, damit sie nicht den Halt verliert.

Kaum ebbt ihr Orgasmus ab, ziehe ich meine Finger aus ihr heraus, greife schnell nach meiner auf dem Boden liegenden

Hose und hole ein Kondom hervor. Mit einem lauten ›Ratsch‹ öffne ich es, kontrolliere, ob es ganz ist, und rolle es mir über den Schwanz. Danach bringe ich mich sofort zwischen ihren Beinen in Position. Dafür greife ich nach ihrem Knie, ziehe es hoch, sodass ihr Bein an meiner Hüfte liegt, und dringe gierig in sie ein.

»O Gott!«, schreit sie laut. »O Gott, ja!« Fest krallt sie sich an meinen Schultern fest, um den Halt nicht zu verlieren, während ich sie gegen die Wand ficke. Gleichzeitig beuge ich mich vor, küsse sie und stoße wieder und wieder in sie.

Kapitel | 3.
Panic at the Hospital

Hailey

Meine Kehle fühlt sich zu eng an, um weiterhin die Luft hindurchzwängen zu können. Gleichzeitig schlägt das Organ in meiner Brust wild um sich. Vielleicht stehe ich kurz vor einem Herzinfarkt! Verdammt, wieso habe ich mich nicht auf innere Organe spezialisiert?

Die eiskalten Finger zur Faust ballend, hebe ich den linken Arm, schließe die Augen, atme tief durch und klopfe leise an die Tür des Oberarztes, der jetzt wohl oder übel über mein Schicksal entscheiden wird. Vermutlich ist das die verdiente Quittung für mein Vorgehen. Womöglich hätte ich mir mehr Mühe damit geben sollen, ihn dazu zu bewegen, diese Stelldichein im Ruheraum zu unterlassen. Aber er hat mir doch auch die vielen Male davor nicht zugehört! Eigentlich ist er selbst schuld, oder?

»Herein«, höre ich seine tiefe Stimme dumpf durch die Tür und straffe die Schultern. Ja. Es ist seine Schuld. Ich habe keinen Fehler gemacht. Zumindest keinen bei der Arbeit.

Rasch öffne ich die Lider, drücke den Türgriff nach unten und schiebe die Tür langsam auf. Kaum gibt das Holz den Blick auf Colin Martinez' Schreibtisch frei, hebt er den Kopf und sieht mir entgegen.

»Ah, Hailey. Kommen Sie bitte herein und schließen Sie die Tür.«

Kurz weigert sich mein Körper, seiner Bitte nachzukommen, dann aber drehe ich mich schnell um, schließe die Tür und sehe, als ich mich ihm wieder zuwende, gerade noch, wie sein Blick über meinen Körper wandert. Hat er mich gerade ernsthaft von oben bis unten gemustert?

Martinez deutet auf den Stuhl seinem Schreibtisch gegenüber. »Setzen Sie sich, bitte.«

Fast schon möchte ich schnauben. Das ist jetzt das zweite Mal, dass er das Wort ›bitte‹ innerhalb nur weniger Sekunden ausspricht. Keine Ahnung, wann ich es davor zuletzt von ihm gehört habe. Wenn ich mit ihm arbeite, befiehlt er stets und bittet nie.

Mit trockener Kehle lasse ich mich ihm gegenüber auf den mir angebotenen Stuhl sinken und sehe auf meine Hände, bevor ich mir endlich selbst einen Arschtritt gebe und den Kopf hebe. »Worüber wollten Sie mit mir sprechen?« Kurz sehe ich auf meine Uhr, weil wir eigentlich gerade arbeiten sollten, statt hier zu sitzen.

Colin räuspert sich, lehnt sich zurück und blickt mir schließlich direkt in die Augen. Das hat er bisher nur sehr, sehr selten getan. Jetzt, wo er es tut, fällt mir auf, dass sich ein schwarzer Ring um seine Iris herum befindet, bevor sie in die Sklera übergeht. Es wirkt wie gemalt. »Nun, Sie arbeiten jetzt seit einem halben Jahr als meine Assistenzärztin, nicht wahr?«

Worauf will er hinaus? »Ja, das stimmt.«

»Mhm«, macht er. »Was tun Sie, wenn Sie nicht gerade hier sind, Hailey?«

Verwundert blinzelnd brauche ich einen Moment, bis ich die Frage verstehe. »Wie bitte?« Was soll diese Frage?

Langsam legt der Oberarzt den Kopf schräg. Dabei bleibt jedes schwarze Haar an seinem Haupt an Ort und Stelle. Vermutlich verbringt er jeden Tag Stunden im Badezimmer, damit die Frisur ja hält und kein Härchen verrutscht. »Wir arbeiten nun schon so viele Monate zusammen, aber ich weiß rein gar nichts über Sie. Ich habe mich gefragt, was Sie in Ihrer Freizeit tun.«

»Was ich in meiner ...« Hat er mich das gerade wirklich gefragt? Wieso sollte er das wissen wollen? Bin ich gar nicht hier, weil er mir eine Standpauke halten möchte, weil ich ihn verpfiffen habe?

Etwas leicht Spöttisches zeigt sich in seinem Gesicht, als er seinen Blick für den Bruchteil einer Sekunde tiefer sinken lässt, bevor er seine Aufmerksamkeit wieder meinem Gesicht widmet. »Ja, Freizeit, Sie wissen schon. Dass, was man hat, wenn man nicht gerade arbeitet.«

Jetzt bricht das Schnauben doch aus mir heraus. »Ach das.« Wo nun klar ist, dass es gar nicht darum geht, dass er mich rauswerfen will, werde ich deutlich lockerer. »Ich wüsste nicht, was Sie mit dieser Information anfangen sollten.«

Belustigt heben sich seine Augenbrauen. »Sehen Sie es als einen Versuch, Sie besser kennenzulernen.«

»Mich besser ... was? Wozu?« In all den Monaten, die ich nun hier bin, hat er kein einziges Mal versucht, mich auch nur irgendwie kennenzulernen. Mich wundert es ja fast, dass er weiß, wie ich heiße.

Ein strahlendes Lächeln schlägt mir entgegen, eines, das er sonst nur für die Frauen übrig hat, die er flachlegen will. O Gott, er glaubt doch nicht etwa, dass ich ... nein. Bestimmt nicht. »Ich bin der Meinung, dass es das Betriebsklima deutlich verbessern würde, meinen Sie nicht auch?«

Er weiß es doch! Der Leiter hat sein Versprechen gebrochen und Colin davon erzählt, dass ich bei ihm war! Verflixt! Was soll ich denn jetzt sagen? »Ich ..., ich ...«

»Nur mit der Ruhe.« Mein Oberarzt richtet sich ein Stück auf, lehnt sich über den Schreibtisch ein Stück in meine Richtung und sieht mir abermals direkt in die Augen. »Wissen Sie was? Ich fange an.« Erneut räuspert er sich, dann spricht er weiter. »Die wenige Freizeit, die ich habe, verbringe ich entweder mit meiner Familie oder meinen besten Freunden. Ich habe zwei, die ich schon sehr, sehr lange kenne. Wir besuchen gerne die Pubs Vancouvers oder treffen uns zu einem Abendessen. Außerdem habe ich eine Zwillingsschwester. Sie ist seit einigen Wochen in einer festen Beziehung mit meinem besten Freund aus Kindertagen. Sie heißt Amber Martinez.«

Während meine Gesichtszüge entgleiten, blitzt etwas in seinen Augen auf.

»Und wissen Sie, wo meine liebe Schwester arbeitet?«

Wie vorhin vor der Tür, schließe ich kurz die Augen, bis ich den Mut habe, ihn anzusehen. Beim Namen der Journalistin, der ich vor einigen Monaten mein Leid geklagt habe, zieht sich alles in mir zusammen. Wieso habe ich keinen Gedanken daran verschwendet, dass sie denselben Nachnamen wie Colin hat?

Weil ich nichts sage, beantwortet er seine Frage selbst. »Sie arbeitet für das bekannte Vancouver Magazin ›Rushhour‹. Haben Sie schon mal davon gehört?«

Meine Nase beginnt zu prickeln, ein sicheres Zeichen dafür, dass Tränen dabei sind, sich einen Weg in meine Augen zu erkämpfen. Dennoch erwidere ich weiter seinen stechenden Blick. Er weiß es jetzt ohnehin. Ich kann es nicht mehr ändern. Wenn er mir kündigen will, kann ich nichts dagegen tun. Er sitzt am längeren Hebel. »Das wissen Sie doch genau«, wispere ich deshalb. Zu gerne würde ich mich darüber beschweren, dass die Journalistin ihrem Bruder verraten hat, dass ich ihn für die ›Bad Boss‹ – Challenge angemeldet habe. Aber ehrlich gesagt, würde ich sowas meinem Bruder auch definitiv erzählen.

Unvermittelt wird Colins Ausdruck weicher. »Ja, das tue ich«, bestätigt er.

»Was soll die Show also?«, presse ich hervor und spüre schon, wie eine Träne über meine Wange kullert. Geht es eigentlich nicht peinlicher? »Wenn Sie mich rauswerfen wollen, tun Sie es, aber hören Sie mit diesem Spielchen auf.«

Verwunderung zeigt sich in seinem makellosen Gesicht mit dem Dreitagebart. »Sie rauswerfen? Sie sind die beste Assistenzärztin, die ich bisher hatte.« Unvermittelt hält er mir ein Taschentuch entgegen. »Hier, es gibt keinen Grund zu weinen. Schon gar nicht meinetwegen. Ich werde Sie nicht rauswerfen, nur weil Sie mich für … Moment, was war es?« Colin macht eine Kunstpause. »Ignorant und arrogant halten. Auch nicht, weil Sie nicht damit einverstanden sind, wie ich mit Frauen umgehe oder was ich mit ihnen mache. Es geht Sie dennoch nichts an, solange all das einvernehmlich geschieht, Hailey.«

Während ich ihm das Taschentuch aus der Hand nehme und meine Tränen trockne, herrscht Stille im Raum. Als ich mich gefangen habe und tief die Luft einziehe, erwische ich ihn erneut dabei, wie er mir auf die Brüste sieht. Was zum Teufel? »Sir«, spreche ich ihn harsch an und er hebt ruckartig den Kopf. Mein Kiefer mahlt. »War das dann alles?« Obwohl ich innerlich koche, bringe ich es nicht fertig, ihm in diesem Moment zu sagen, dass ich ihn für einen ekelhaften Wüstling halte. Ich brauche diesen Job. Wenn ich rausfliege, kann ich mir meine Wohnung nicht mehr leisten und müsste wieder zu meinen Eltern ziehen, die selbst nur das haben, was sie zum Leben brauchen. Natürlich hätte ich das hinnehmen müssen, wenn er mir gekündigt hätte. Aber das hat er ja nicht. Somit gibt es keinen Grund, mich weiter von ihm wie ein Stück Fleisch betrachten zu lassen. Wieso tut er das plötzlich überhaupt? Bisher war ich praktisch unsichtbar für ihn!

Colin stößt ein Seufzen aus. »Was machen Sie heute nach Ihrer Schicht?«

Zweimal öffne und schließe ich den Mund, bevor ich eine Antwort hervorbringe. »Schlafen.«

Der rechte Mundwinkel meines Chefs zuckt. »Direkt nach dem Dienst?«

Dieses Mal kommt die Antwort sofort. »Ja.«

Martinez blickt auf seinen Schreibtisch, wo ein Terminplaner liegt. »Sie beginnen morgen erst um zwölf.«

War das eine Frage oder eine Feststellung?

Offenbar braucht er keine Antwort. »Wie wäre es, wenn wir vor Ihrer Schicht zusammen einen Kaffee trinken?« Zu seinen Worten tippt er auf den Terminplaner und sieht schließlich zu mir auf.

Bestimmt sehe ich genauso perplex aus, wie ich mich fühle. Hat er mich gerade gefragt, ob wir zusammen einen Kaffee trinken? Er und ich? »Ich trinke keinen Kaffee.«

»Tee?«, schlägt er prompt vor.

»Auch nicht.«

Wieder zuckt sein Mundwinkel. »Kakao? Kommen Sie, Xanders. Sie werden ja wohl irgendein Heißgetränk zu sich nehmen.«

Mein Magen rumort. Was soll ich denn bitte darauf antworten? Ja, ich liebe Kakao. Am liebsten mit viel Schlagsahne. Das sieht man mir ja auch deutlich an. Aber will ich ihm das auf die Nase binden? Nein. »Sir, ich möchte nicht unhöflich sein, a-«

»Dann seien Sie es nicht.« Er lächelt schief und ich weiß, diesem Lächeln sind schon unzählige Frauen verfallen. »Sehen Sie es als eine kleine Wiedergutmachung dafür, dass Sie mich für die Challenge meiner Schwester angemeldet haben. Sie schulden mir das.«

»Ich schulde es ...«, wiederhole ich und bin kurz davor, aufzuspringen und ihm zu geigen, was ich ihm meiner Meinung nach schulde. Nämlich gar nichts. Stattdessen reiße ich mich zusammen, starre ihm ins Gesicht und nicke. »Na schön. Wo und wann?«

25

Amüsiert betrachtet er mich, als wüsste er genau, was ich gerade eigentlich sagen wollte, fährt sich dann über den Dreitagebart und richtet sich ein Stück auf. »Sehr gut. Kennen Sie das Whitewood Coffee an der 16th Ave, einige Minuten vom General Hospital entfernt?«

Kurz überlege ich, doch der Name sagt mir nichts. Deshalb schüttele ich den Kopf. Generell fehlt mir meist das Geld für diese Kaffeebuden, die bei meinen Kollegen und Kolleginnen so beliebt sind. »Bisher nicht. Aber ich finde bestimmt dorthin.«

Colin faltet die Hände und beugt sich abermals vor. »Wo wohnen Sie, Hailey?«

Wo ich ... »An der Sunset.« Wieso verrate ich ihm das? Es geht ihn überhaupt nichts an, wo seine Assistenzärzte wohnen!

Abermals hebt sich eine dunkle Augenbraue des Oberarztes. »Sie fahren täglich von der Sunset hierher?«

Kapitel | 4.
Sie, ich und meine große Klappe
Colin

»Ja?«, höre ich Hailey fragend sagen. Was sollte sie auch anderes darauf antworten, nachdem sie mir gesagt hat, wo sie wohnt?

Mein Blick gleitet zum dritten Mal in den letzten Minuten an ihrem Hals entlang zwischen ihre Brüste, wo eine goldene Kette mit Anhänger zu sehen ist. Es sieht aus wie ein Medaillon, das sich aufklappen lässt. Zu meinem Entsetzen frage ich mich, was sich darin befindet. Ihr Mann? Ihre Eltern oder Geschwister? Ist sie überhaupt liiert? Ich meine, sie ist sehr jung. Zumindest glaube ich das. Aber das sagt nichts darüber aus, ob sie verheiratet ist.

Um das zu überprüfen, versuche ich, auf ihre Finger zu sehen. Weil sie die aber in ihrem Schoß verkrampft zusammenpresst, kann ich nicht erkennen, ob sich ein Ring auf der rechten Seite befindet. Wieso interessiert mich das überhaupt?

Rasch hebe ich den Kopf und sehe, wie sie mich mit zusammengezogenen Augenbrauen ansieht. Ruckartig setze ich mich auf und räuspere mich. Glaubt sie, ich habe ihr auf die Brüste gestarrt? Nicht, dass sie nicht äußerst ansehnlich wären, also so verpackt. Aber nichts an Hailey zieht mich sexuell an und daher habe ich keinen einzigen Gedanken an ihre Oberweite verschwendet, die ziemlich üppig ausfällt. »Was ist das für eine Kette um Ihren Hals?«, frage ich deshalb, um ihr klarzumachen, dass ich sie nicht angegafft habe.

Tatsächlich scheinen sich ihre Gesichtszüge zu entspannen, als sie die rechte Hand hebt und danach greift. Bei dieser Gelegenheit schiele ich auf ihren Ringfinger und entdecke nichts, was darauf hindeuten könnte, dass sie verheiratet ist. Geht mich ja auch gar nichts an.

»Das?«, spricht sie deutlich leiser und melodischer als sonst, als würde ihr das Teil um ihren Hals wirklich etwas bedeuten. Sofort muss ich an die Halskette denken, die ich selbst schon so viele Jahre trage, und die mich an die Freundschaft mit Shane, Felix und meiner Zwillingsschwester erinnert.

»Ich habe sie von meinem Großvater«, erzählt sie, ehe sie die Hand wegnimmt und den Kopf hebt, um mir in die Augen zu sehen. »Darin befindet sich ein Foto von seinen Eltern. Es wurde nach dem Krieg gemacht. Wollen Sie es sehen?« Zu meiner Überraschung beugt sie sich vor, ergreift das Medaillon mit beiden Händen und öffnet es.

Neugierig neige auch ich mich wieder leicht über den Schreibtisch und betrachte das Bild des Paares in Haileys Medaillon. Die Frau ist klein und rundlich, der Mann mager und groß. Aber ich sehe deutlich eine Ähnlichkeit zu Hailey in ihnen. »Hübsch«, flüstere ich, weil ich nicht wüsste, was ich sonst dazu sagen sollte.

Zufrieden lehnt sich Hailey zurück, klappt das Medaillon zu und nickt. »Ja, sie waren ein schönes Paar.«

»Waren?«, hake ich nach und ihr Gesicht mit den stets rötlichen Wangen, verliert deutlich an Farbe.

»Sie sind schon vor einiger Zeit gestorben. Ich war noch gar nicht auf der Welt. Der Krieg hat vor allem meinem Urgroßvater viel abverlangt und meine Urgroßmutter ist später an einem gebrochenen Herzen gestorben, als sie allein mit meinem Großvater zurückgeblieben ist. Es ist lange her.«

»Oh«, murmele ich. »Das tut mir leid.« Das tut es wirklich. Jemanden an den Krieg zu verlieren, ob in einer Schlacht oder danach, ist bestimmt sehr schwer zu verkraften.

Hailey winkt ab, atmet tief durch und schüttelt den Kopf. »Entschuldigen Sie, ich weiß gar nicht, wieso ich Ihnen diese Geschichte erzählt habe.«

Zum ersten Mal, seit ich sie kenne, nehme ich wahr, dass sich unter das Braun in ihren Augen auch ein Grün mischt. Seltsam, dass ich das nicht schon viel früher gesehen habe. »Es gibt nichts, wofür Sie sich entschuldigen müssten.« Die Worte haben schneller meinen Mund verlassen, als ich sie zurücknehmen kann. »Also, ich meine, nichts, abgesehen von der Sache mit der Challenge.«

Ein kleines, zaghaftes Lächeln bildet sich auf ihren Lippen und ich stelle fest, dass ich es mag, wenn sie das tut. Hat sie mich zuvor überhaupt schon einmal angelächelt? Nicht, dass ich mich erinnern könnte. »Schon klar.«

Tief atme ich durch und klopfe schließlich auf meinen Terminplaner. »Also, unser Kaffee«, abrupt halte ich inne. »Kakao-Treffen morgen. Ich hole Sie ab.«

Haileys Augen weiten sich ein Stück. »Das ist nicht nötig. Ich werde das Café bestimmt finden.«

»Mag sein, aber ich biete es an und Sie schulden mir etwas, schon vergessen?«

Ein empörtes Schnauben erklingt. »Schön.«

»Schön«, wiederhole ich und stehe auf. Rasch greife ich nach einem Notizblock und einem Stift, gehe um den Schreibtisch herum und halte beides meiner Assistenzärztin entgegen. »Schreiben Sie mir hier Ihre Adresse auf. Ich stehe pünktlich um halb Elf vor Ihrer Tür.«

Langsam greift sie nach dem Block, nimmt auch den Stift an sich, sieht aber zu mir auf. »Um halb Elf? Meine Schicht beginnt um zwölf.«

Mit den Schultern zuckend, nicke ich. »Sie schul-«

»Ja ja, ich hab's ja kapiert.« Sie verdreht die Augen, senkt den Blick und kritzelt ihre Adresse auf den Block. Anschließend reicht sie ihn mir zurück. Kurz berühren meine Finger dabei ihre, aber sie zieht die Hand so rasch zurück, als hätte sie sich verbrannt. »Also dann.« Hastig schiebt sie ihren Stuhl zurück und steht plötzlich direkt vor mir. War sie schon immer so groß? Sie reicht mir bis ans Kinn. Wie kann mir das erst jetzt auffallen? Schließlich steht sie jeden Tag neben, vor oder hinter mir, wenn wir unsere Patienten zusammen versorgen. »Ich gehe dann wieder an die Arbeit, wenn wir hier fertig sind?«

Schmunzelnd nicke ich. »Ich komme sofort nach.«

Mit einem tiefen Seufzer entspannt sie sich sichtlich und ich kann nicht anders, als dabei auf ihren Mund zu schauen. Der Laut klang sinnlich, ganz anders, als ich sie bisher gehört habe. Wie sie wohl …

Schockiert über die Richtung, in die meine Gedanken gerade wandern wollten, entferne ich mich rasch und gehe an meinen Schreibtisch zurück. Dort raffe ich eilig einige Papiere zusammen.

»Bis gleich«, sagt sie noch und ich winke sie hinaus, ohne noch etwas zu sagen. Verflixt.

In den nächsten Stunden arbeiten Hailey und ich zusammen, als hätte es dieses Gespräch nicht gegeben. Allerdings stelle ich fest, dass sie deutlich weniger verbissen reagiert, wenn ich mit ihr spreche. Fast schon habe ich den Eindruck, sie heute etwas besänftigt zu haben – womit auch immer. Auf jeden Fall wäre es wünschenswert, dass dieser Zustand anhält. Vor allem, weil ich es nicht gebrauchen kann, dass sich ausgerechnet meine Assistenzärztin gegen mich stellt. Sie ist meine rechte Hand, verbringt den Großteil der Zeit hier im Krankenhaus in meiner Nähe. Ich schätze ein gutes Arbeitsklima.

»Pinzette«, weise ich sie an und bekomme nur zwei Sekunden später das geforderte Besteck gereicht, um meiner Patientin die Nähte zu entfernen, die der Stelle an ihrem Arm zur Heilung verholfen haben. »Sehen Sie das?«, richte ich an meine Assistentin und schaue kurz zu ihr.

Sofort beugt sie sich ein Stück in meine Richtung und blickt auf die schön verheilte Naht. Dabei steigt mir ihr Duft in die Nase und ich ziehe die Augenbrauen zusammen. Hat schon immer dieser Duft nach frischer Wäsche an ihr gehangen?

»Sie ist perfekt!«

Unsere Blicke treffen sich für den Bruchteil einer Sekunde und erneut sehe ich das Grün in ihren Augen. Faszinierend, dass mir das zuvor niemals aufgefallen ist. »Ja, Sie haben das hervorragend gemacht.«

Meinem Kompliment folgt ein schnelles Blinzeln Haileys und mir wird klar, dass ich sie selten lobe, obwohl sie stets ausgezeichnete Arbeit leistet. Kein Wunder, dass sie mich für einen arroganten Arsch hält.

»Das finde ich auch!«, bestätigt die Patientin Mitte siebzig, die sich vor zwei Wochen so tief an einer Glasflasche geschnitten hat, dass sie genäht werden musste. »Es ist großartig verheilt und hat fast gar nicht geschmerzt!«

Ein strahlendes Lächeln breitet sich in Haileys Gesicht aus und ich halte inne. Diese Frau mag nicht mein Typ sein, aber ihre Ausstrahlung … »Das freut mich wirklich sehr, Misses Hopkins.«

Die alte Frau tätschelt ihr den Arm. »Kindchen, Sie sollen mich doch Martha nennen!«

Schmunzelnd senkt die junge Frau den Blick und eine dunkle Strähne ihres langen, braunen Haares fällt ihr ins Gesicht. »Richtig, Martha. Das hatte ich doch glatt vergessen.« Sanft desinfiziert sie die nun verheilte Wunde mit einem Wattepad, nachdem ich die Nähte vollends entfernt habe, und entsorgt es zusammen mit ihren Handschuhen. »Wir sind dann fertig.«

Begeistert nickt unsere Patientin. »Ausgezeichnet, das bedeutet, ich kann gehen?« Von mir sieht sie zu Hailey und wieder zurück.

»Aber natürlich«, bestätige ich. »Sie sind so gut wie neu.«

Lachend erhebt sie sich langsam. »So gut wie neu, Sie sind mir einer!« Ohne jede Scheu ergreift sie Haileys Hand danach und hält sie fest. »Vielen Dank, junge Dame.«

Hailey sieht mit einem Seitenblick zu mir. »Ich würde jetzt gerne sagen, dass ich hoffe, Sie bald wieder zu sehen, aber in diesem Fall ...« Mit einer Geste, die das Krankenhaus umschließt, deutet sie mit der freien Hand auf unsere Umgebung. »Wäre es mir lieber, Sie nie wieder zu sehen.«

Kichernd lässt Martha Hopkins die Hand sinken und winkt uns, bevor sie mit einem weiteren Abschiedsgruß den Behandlungsraum verlässt.

Kopfschüttelnd drehe ich mich zu Hailey und sehe, dass sie bereits dabei ist, das Zeug, das ich benutzt habe, aufzuräumen. »Wären unsere Patienten doch nur alle wie sie.«

Für den Bruchteil einer Sekunde hält meine Assistenzärztin inne, bevor sie damit weitermacht, den Behandlungstisch zu desinfizieren. »Ja, das stimmt wohl. Aber irgendwie wäre es auch langweilig, oder?«

Kapitel | 5.

Was zum Teufel?

Hailey

Weit beuge ich mich über den Tisch in der Kantine des Krankenhauses und nicke. »Er hat mich wirklich gelobt!«

Fassungslos schüttelt Hazel den Kopf. »Gelobt. Martinez. Ist das zu glauben? Und dann wollte er dich nicht direkt in den Ruheraum zerren?«, witzelt sie weiter und ich schnaube verächtlich. Martinez und ich? Niemals. Vorher müsste schon die Hölle zufrieren.

»Nein, das ist nicht zu glauben«, gehe ich nur auf die erste Frage ein. Das ist es tatsächlich nicht. Der Kerl mag zwar ein richtiger Womanizer sein und wissen, wie er mit dem Objekt seiner Begierde umgehen muss, um zu bekommen, was er möchte, aber wenn es um Menschen geht, auf die er nicht abfährt, ist er verloren. In all den Monaten habe ich niemals ein richtiges Kompliment für meine Arbeit gehört – abgesehen von heute. Natürlich kommentiert er manchmal, was ich tue. Aber das stets nebenbei und so, dass ich mir ja nichts darauf einbilden kann. »Aber er hat es getan.«

Hazel lässt sich zurücksinken. »Krass.« Mit ihren Worten angelt sie nach ihrer Gabel, sticht ein Stück ihres Kuchens ab und stopft es sich in den Mund. Kauend betrachtet sie mich. »Und du hast sicher nicht mit ihm geschlafen?«

»Hazel!«, schimpfe ich empört und schlage über den Tisch hinweg in der Luft nach ihr. Gleichzeitig verziehe ich das Gesicht. »Er ist nicht mal mein Typ.«

Jetzt zieht meine Kollegin und Freundin zweifelnd eine Augenbraue hoch. »Nicht dein Typ? Das ist gar nicht möglich. Doktor Hotty ist jederfraus Typ.« Sie leckt sich über die Lippen. »Allein diese Augen ...«

Lachend trinke ich einen Schluck von meinem Kakao. »Jetzt hör aber auf. Na gut, er sieht nicht übel aus. Aber sein Charakter verdirbt das völlig.«

Nachdem sich Hazel erneut Kuchen in den Mund geschoben und gekaut hat, stützt sie ihre Ellenbogen auf dem Tisch ab und legt ihr Kinn in ihre Handflächen. »Na und? Mit dem Charakter eines Mannes kann man schließlich nicht vöge-« Mitten im Satz bricht sie ab, setzt sich ruckartig auf und starrt über meine Schulter hinweg etwas an, was sie große Augen bekommen lässt.

Verwirrt drehe ich mich auf meinem Sitz um und sehe niemand anderen als Colin Martinez hinter mir stehen. Sein Mundwinkel zuckt bei der Betrachtung Hazels, bevor er mir ins Gesicht sieht. »Entschuldigen Sie die Störung, Ladys, aber ich brauche Sie in der Notfallambulanz.« Unvermittelt legt er seine Hand für den Bruchteil einer Sekunde auf meine Schulter und drückt sie sanft, sodass ich erstarre. Noch nie hat mich dieser Mann absichtlich berührt. Klar, wenn ich ihm assistiere und ihm etwas reiche, streifen seine Finger hin und wieder meine oder wir stehen dicht beieinander, aber absichtlich? Nein. Außerdem tragen wir ansonsten stets Handschuhe. Was treibt ihn also heute dazu, sich so anders zu benehmen, als er es üblicherweise tut?

Ein scharfer Schmerz an meinem Schienbein lässt mich aus meinen Gedanken auftauchen und zu Hazel herumfahren. Hat sie mich gerade ernsthaft getreten?

»Spinnst du?«, murmele ich und reibe die schmerzende Stelle.

Mit dem Kinn zeigt sie auf den noch immer wartenden Oberarzt und reißt die Augen auf, um mir klarzumachen, dass er mich gemeint hat. Er braucht meine Hi-

»Oh, entschuldigen Sie!« Hastig springe ich auf, sodass der Stuhl über den Boden schrammt und alle aufblicken. Gleichzeitig drehe ich mich ungeschickt, gerate ins Straucheln, stoße mir den Fuß an einem der Stuhlbeine und stolpere auf Martinez zu. Dessen große, warme Hände schließen sich fest um meine Oberarme, weshalb ich nicht der Länge nach vor ihm auf die Nase falle, sondern langsam wieder das Gleichgewicht finde. Erst als ich aufblicke und in seine strahlend blauen Augen blicke, bemerke ich auch, wo sich meine Hände befinden. In der Panik hinzufallen, haben sie sich selbstständig gemacht.

Hastig nehme ich Finger vom Brustkorb meines Bosses, glätte rasch seine Kleidung und trete mit einem Räuspern zurück, nachdem auch er seine Hände von mir genommen hat.

»Alles in Ordnung?« Ist da Belustigung in seiner Stimme zu hören?

Bevor ich antworte, atme ich tief durch, um wieder Herrin meines Körpers zu werden und nicke. »Ja, vielen Dank.« Erst dann sehe ich wieder auf und entdecke einen eigenartigen Ausdruck im Gesicht meines Vorgesetzten, der aber sofort wieder verschwindet.

»Gut«, sagt er dann in einem für ihn wieder völlig typischen Tonfall. »Wie gesagt, wir werden in der Notaufnahme gebraucht, wenn es Ihnen also nichts ausmacht …« In einer Geste deutet er in Richtung Ausgang.

O ja, da war ja was! »Ja, ja natürlich!« Rasch setze ich mich in Bewegung. »Bis später, Hazel«, rufe ich ihr noch über die Schulter hinweg zu und sehe, wie Colin mir folgt.

Die restliche Schicht verläuft ohne eigenartige Zwischenfälle und als ich abends mit einem Stöhnen in die Badewanne sinke, kann ich nicht anders, als daran zu denken, dass mich morgen mein Chef abholt, um mit mir einen Kakao zu trinken. Offenbar meint er das mit dem Kennenlernen wirklich ernst. Das ist gut, oder?

Ich meine, grundsätzlich sind wir Kollegen, auch wenn er mein Boss ist. Es wäre gut, wenn wir einander besser verstehen würden. Natürlich funktioniert es bei der Arbeit auch, ohne sich wirklich zu kennen. Aber bestimmt fällt ein Teil der Anspannung ab, die ich immer in seiner Gegenwart empfinde, wenn ich ihn erst ein bisschen besser einschätzen kann, oder?

Mit einem Seufzen tauche ich unter. Suche ich gerade ernsthaft Rechtfertigungen dafür, mit meinem Chef einen Kakao zu trinken? Da ist doch gar nichts dabei!

Nachdem ich meine Haare ausgespült, mich abgeduscht und meine Haut gepflegt habe, schlüpfe ich in eine bequeme Schlafhose, ein Top und kehre mit einem Handtuch in den Haaren in mein kleines Wohnzimmer zurück. Erleichtert darüber, dass der Tag nun vorüber ist, sinke ich in die weichen Kissen meines Sofas, angele nach der Fernbedienung auf dem kleinen Tisch vor mir und zappe durch das Programm. Bei Greys Anatomie bleibe ich hängen, schaufele mir Popcorn in den Mund und schaffe es doch nicht gänzlich, mich davon abzulenken, was morgen auf mich zukommt.

Verschlafen reibe ich mir die Augen am nächsten Morgen, linse auf den kleinen Wecker auf meinem Nachttisch und mache einen Satz aus dem Bett. Verdammte Mistgurke!

Hektisch sehe ich mich um, stolpere aus dem Schlafzimmer und hechte praktisch ins Badezimmer, um mich fertigzumachen. Ich habe letzte Nacht vergessen, meinen Wecker entsprechend früher zu stellen. Normalerweise klingelt der, wenn ich ihn aktiviere, immer um dieselbe Zeit, weil meine Schichten im zwei Wochen Rhythmus immer gleich sind und ich grundsätzlich keine Pläne schmiede, wenn ich danach arbeiten muss. Heute aber ist es anders.

Nachdem ich in eine einfache Jeans und ein weißes Shirt geschlüpft bin, schiele ich auf die Uhr. Noch fünf Minuten.

In wilden Bewegungen bürste ich mir die Haare, als mich ein Klingeln an meiner Tür erstarren lässt. Was zum … er wird mich ja wohl nicht einfach direkt vor meiner Wohnungstür abholen, oder?

Weil ich nicht reagiere, klingelt es erneut und ich zucke zusammen. Fuck. Verfluchte Sch-…

Schnell lege ich die Bürste weg, laufe den Flur entlang und schiele durch das Guckloch in meiner Tür. Wie nicht anders zu erwarten, steht dort niemand anderes als Colin Martinez. Wie ist er ins Haus gekommen? Normalerweise ist die Tür unten immer zu! Ausgerechnet heute war sie offen, oder was?

Die Klingel bringt mich dazu, zurückzuschrecken. Tief atme ich durch, sehe an mir herab und rede mir selbst ein, dass mich mein Chef schon in schlimmeren Zustand gesehen hat. Nach einer Zwölf-Stunden-Schicht und mit Blut besudelt zum Beispiel.

Endlich schaffe ich es, den Riegel meiner Tür zu lösen und die Tür zu öffnen. Sofort tritt Colin einen Schritt zurück, mustert mich aber einmal von oben bis unten, bevor er spricht.

»Guten Morgen, Hailey. Unten stand die Tür offen und ich dachte mir, ich hole Sie direkt hier ab.«

Mein Mund klappt ein Stück auf, weil der Mann in einer Lederkluft vor mir steht. Die Polsterung an seinen Schultern lassen sie noch breiter wirken, als sie ohnehin sind.

Schluckend blicke ich auf und begegne seinem Blick. »Ich, äh«, bringe ich hervor, bevor mir einfällt, dass ich noch nicht mal die Zähne geputzt habe. Schnell schlage ich mir die Hand vor den Mund. »Ich bin noch nicht fertig. Ich …« O Gott, was mache ich denn jetzt? Etwa ihn reinlassen? Ihm die Tür vor der Nase zuschlagen? Das wäre total unhöflich.

Colin legt den Kopf schief und schielt in das Innere meiner Wohnung. Dabei steckt er die Hände in die Hosentaschen und wirkt damit viel jünger, als er ist. »Alles klar, ich warte hier.«

Mein Herz stolpert. Nicht seinetwegen, sondern weil das unglaublich dreist wäre, ihn jetzt stehen zu lassen. So bin ich nicht, oder? Nein. Scheiße, wieso bin ich nicht einfach so?

Schnell schüttele ich den Kopf. »Quatsch, Sie können ruhig reinkommen. Ich bin in fünf Minuten fertig.« Bevor ich meine eigenen Worte zurücknehmen kann, trete ich zurück und gebe gänzlich den Blick auf meinen kleinen Flur frei.

Vermutlich nicht grundlos zögert mein Boss, ehe er den ersten Schritt in meine Wohnung macht. Sofort kommt mir mein Flur zu klein für uns beide vor. Er füllt mit seiner Präsenz jeden Winkel dieser vielleicht fünf Quadratmeter aus. Deshalb zwänge ich mich etwas ungeschickt an ihm vorbei, laufe ins Wohnzimmer und fuchtele mit den Händen in Richtung Sofa.

»Setzen Sie sich ruhig, ich bin gleich wieder da!« Bevor er noch etwas sagen kann, fliegt die Tür des Badezimmers hinter mir ins Schloss und ich stoße einen Seufzer aus.

Kapitel | 6.

Mehr Nähe als erlaubt wäre

Colin

Mit einem Knall fällt die Tür, die wohl in Haileys Badezimmer führt, ins Schloss. Schon als sie die Tür geöffnet hat, habe ich ihr die Überforderung angesehen. Dass sie mich aber in ihre Wohnung lässt, damit habe ich nicht gerechnet. Bisher war Hailey immer pünktlich bei der Arbeit, deshalb habe ich offenbar fälschlicherweise angenommen, dass sie auch jetzt schon für unser Kakao-Date bereit ist. Eine kleine Fehleinschätzung meinerseits.

Meine Mundwinkel zucken, als ich mir ihre großen, braun-grünen Augen in Erinnerung rufe, als sie die Tür geöffnet hat. Sie hat ausgesehen, als hätte ich sie in Unterwäsche erwischt, dabei war sie gänzlich bekleidet.

Schnaubend kneife ich die Augen zusammen und schüttele den Kopf, ehe ich mich auf das graue Stoffsofa sinken lasse. Wollte ich gerade wirklich ›schade‹ denken? Was ist denn los mit mir? Die Frau arbeitet seit über sechs Monaten als meine Assistenzärztin und noch nie hat es mich in den Fingern gejuckt, sie auch nur irgendwie zu berühren oder mich ihr zu nähern. Jetzt aber, wenn ich mir vorstelle, wie sie sich im Badezimmer über das Waschbecken beugt und ...

Fuck.

Obwohl sie mich durch die Tür weder sehen noch meine Gedanken hören kann, richte ich mich ein Stück auf, räuspere mich und beginne mich umzusehen. Die Wohnung, in der Hailey lebt, ist klein und hübsch. Das Wohnzimmer ist gleichzeitig die Küche und ein Fenster direkt über der Küchentheke erhellt den Raum. Mein Blick schweift weiter und bleibt an einigen Kleidungsstücken auf einem Sessel hängen. Ein schwarzer Spitzen-BH lässt mich länger hinstarren, als es nötig wäre. Trägt sie sowas im Krankenhaus unter der Arbeitskleidung?

Ein Klappern lässt mich ruckartig den Kopf drehen, im gleichen Moment öffnet sich die Badezimmertür und Hailey erscheint mit einem schiefen, zerstreuten Lächeln im Gesicht. »Ich wäre dann so weit.« Sie sieht sich um, erblickt ihre Kleidung samt dem BH auf dem Sessel und hastet darauf zu. »Ich …, es …«, stottert sie, schnappt sich das Stück Stoff und versteckt es hinter ihrem Rücken. »Ich habe nicht mit Besuch gerechnet.«

Amüsiert hebe ich die Augenbrauen. »Ich fürchte, dafür ist es zu spät.« Mit der Hand deute ich in ihre Richtung, um klarzumachen, dass ich das Kleidungsstück bereits gesehen habe.

Die Wangen meiner Assistenzärztin färben sich rot und sie kneift die Lippen zusammen. Witzig, bei der Arbeit war sie bisher nie wortkarg oder verlegen. Im Gegenteil. Sie hatte noch nie ein Problem damit, mich anzuschnauzen.

Bevor ich noch etwas sagen kann, flüchtet die junge Frau in einen weiteren Raum – ich vermute ihr Schlafzimmer - und kehrt nur Sekunden später mit einer Handtasche und einer Jacke zurück.

»Es tut mir leid«, spricht sie und drückt die Schultern durch, sodass ihr weißes Shirt an ihren Brüsten spannt und ich ohne böse Absicht darauf blicke. Wirklich, es ist wie ein Reflex.

»Kein Problem, ist nicht das erste Mal, dass ich die Dessous einer Frau sehe, wissen Sie?«, gebe ich von mir und möchte mir dafür gegen die Stirn klatschen, vor allem, weil ich ihr dabei zugezwinkert habe. Bin ich denn komplett verrückt geworden?

Hailey erblasst, als hätte ich gesagt, dass ich sie darin sehen möchte. »Ja, äh, klar«, bringt sie hervor, dann schüttelt sie einmal den Kopf, schließt die Augen und dreht sich um. »Wir können dann los.« Mit ihren Worten bewegt sie sich in Richtung Flur und hält inne, als ich ihr nicht sofort folge.

Hölzern, weil die Lederkluft nicht dazu gedacht ist, auf einem Sofa zu lümmeln, richte ich mich auf und folge ihr. Im Hausflur angekommen, schließt Hailey gewissenhaft ab, blickt über die Schulter zu mir und spaziert dann in Richtung Fahrstuhl los.

»Wir können gerne auch die Treppe nehmen«, schlage ich vor und rechne nicht mit dem bitterbösen Blick, den sie mir zuwirft. Was habe ich nun wieder getan?

»Sie können gerne die Treppe nehmen, Sir.«

Autsch. Das ›Sir‹ aus ihrem Mund schmerzt mich in diesem Moment mehr als sonst. Hält sie mich für so alt? Wobei, wenn ich mich nicht täusche, weiß sie, wie alt ich bin. Jeder in der Klinik weiß das. »Wenn Sie Fahrstuhl fahren möchten, fahren wir Fahrstuhl, Miss.«

Das ›Ping‹ des Gefährts erklingt und die Türen öffnen sich. Hailey tritt sofort ein und dreht sich dann so, dass ich, nachdem ich eingestiegen bin, direkt vor ihr stehe. Dieses Ding ist wirklich nicht gerade groß. Das scheint auch meine Begleitung in diesem Moment zu bemerken, dann sie rückt ein Stück zurück, wobei sie an die Fahrstuhlwand stößt und das Ding bedenklich wackelt.

»Shit«, murmelt sie, dann beugt sie sich umständlich an meiner Taille vorbei und streckt die Hand aus. Erst als ich an ihrem Arm entlang sehe, erkenne ich, dass sie versucht, den Knopf ins Erdgeschoss zu drücken, der sich direkt neben mir befindet.

»Warten Sie, das kann ich doch machen.« Mit meinen Worten drehe ich mich ein Stück und merke sofort, dass das eine dumme Idee war. »Was ist das denn für ein bescheuerter Fahrstuhl? Wer hat dieses Mikroding gebaut?« Meine Hüfte stößt gegen Haileys Körper und ich erstarre, weil ihr viel zu nahe bin. Gilt das schon als sexuelle Belästigung? Gott, wenn sie mich verklagt, bin ich am Arsch!

Hastig drücke ich den Knopf ins Erdgeschoss und gebe mein Bestes, mich wieder so zu drehen, dass mein Körper ihren nicht weiter berührt. Dabei stößt meine Hüfte allerdings erneut gegen sie und ich beiße die Zähne zusammen. »Ich schwöre, das ist keine Absicht.« Um meine Worte zu unterstreichen, will ich die Hände ergeben heben und berühre dabei ihre verfluchten Brüste. »Fuck«, bricht es aus mir heraus, ehe ich Hailey ins Gesicht sehe. Ihre Wangen glühen feuerrot. »Bitte entschuldigen Sie.« Wann kommen wir verdammt nochmal endlich unten an?

»Schon gut, ist ja nichts passiert«, presst sie hervor.

»Ja, und Sie wollten schließlich den Fahrstuhl nehmen.« Sofort kneife ich die Lippen zusammen, weil sie mich böse anfunkelt.

»Sie hätten ja nicht mitfahren müssen!«

Endlich hält der Fahrstuhl und das ›Ping‹ ertönt, als sich die Türen öffnen. Das war die längste Fahrt nur drei Stockwerke hinab, die ich je erlebt habe!

Schnell gehe ich rückwärts aus dem Miniding hinaus und senke endlich wieder meine Hände, weil ich es nicht gewagt habe, sie wieder runterzunehmen. Zu groß war die Wahrscheinlichkeit, dass ich erneut ihre Brüste streife.

Hailey tritt heraus und geht sofort in Richtung Ausgang los. An der Haustür angekommen, öffnet sie sie, bevor ich sie ihr aufmachen kann, und hält sie mir auf.

»Danke«, murmele ich, verlasse das Gebäude und atme erst mal tief durch. Die ganze Zeit über ist mir Haileys Duft nach Waschmittel und Conditioner in der Nase gegangen, seit ich ihre Wohnung betreten habe. Nicht unangenehm, aber sehr eindringlich und …

Meine Begleitung stellt sich neben mich und sieht die Straße hinauf und hinunter. »Also? Wo steht Ihr Wagen?«

Grinsend zeige ich auf die Maschine direkt vor uns auf dem schmalen Streifen, der nicht von Autos zugeparkt war. Sie muss ja wohl damit gerechnet haben, nachdem ich in meiner Lederkluft bei ihr aufgekreuzt bin, oder?

Als ich sie jetzt ansehe, steht ihr Mund offen. Sie sieht zwischen meiner Ducati und mir hin und her. »Shit«, höre ich sie sagen. »Ich hätte es mir denken können, bei dem, was Sie da tragen.« Wie um ihre Worte zu verdeutlichen, zupft sie am Ärmel meiner Kluft, dann schüttelt sie den Kopf. »Das können Sie vergessen. Ich steige sicher nicht auf dieses Gefährt.«

Mit erhobenen Augenbrauen drehe ich mich ihr zu. »Wieso nicht?«

Ein Schnauben kommt aus ihrem Mund, dann deutet sie an ihrem Körper hoch und runter. »Wollen Sie mich verarschen? Nicht nur, dass ich nicht das Outfit für eine solche Tour anhabe, ich habe auch nicht die Figur dafür.«

Verdattert blinzele ich. Nicht die Figur? Für eine Maschine?

Mein Blick gleitet an ihrem Körper hinab und sie verschränkt die Arme vor den Brüsten, als würde sie sich davor schützen wollen, dass ich sie ansehe. Hailey ist nicht schlank, aber auch nicht dick. Bestenfalls ist sie mollig. Sie scheint das allerdings anders zu sehen. »Ich wüsste nicht, was an Ihnen verkehrt sein sollte, Hailey.« Und das meine ich ernst. Auch wenn sie grundsätzlich nicht in mein Beuteschema passt, ist sie schön. Ihre Ausstrahlung ist anders als die der Frauen, die ich date oder … verführe.

»Was an mir verk-« Sie bricht ab. »Es geht nicht darum, was an mir verkehrt ist, Col-… Sir!«

Wollte sie mich eben beim Vornamen nennen? »Worum geht es dann?« Kurz sehe ich die Straße hoch und runter, immer wieder schieben sich Passanten an uns vorbei.

Hailey schnaubt, sieht auf ihre Uhr und schließt für einen Moment die Augen. »Ich würde einfach keine gute Figur auf der

Maschine machen! Außerdem hatten wir für heute genug an Nähe, oder?« Kaum hat sie das gesagt, färben sich ihre Wangen abermals rot. Für heute?

Belustigt zucken meine Mundwinkel. »Es ist nur eine kurze Fahrt mit der Maschine, Hailey und Sie werden großartig darauf aussehen.«

Wieder kneift sie die Augen zusammen. Offensichtlich glaubt sie mir nicht.

»Außerdem, haben Sie vergessen, dass Sie mir noch etwas schu-«

»Himmel, kommen Sie mir nicht wieder damit!«

Schulterzuckend zeige ich auf die Ducati. »Sie haben es versprochen.«

»Ein Kakao-Date habe ich versprochen!«, wendet sie ein und bemerkt offenbar im nächsten Moment, dass sie aus unserem unverbindlichen Treffen in einem Café ein Date gemacht hat. »Also, ich meine natürlich kein Date, nur ein Tr-«

»Schon gut«, unterbreche ich sie. »Beruhigen Sie sich. Wir steigen jetzt auf diese Maschine.« Ich zeige darauf. »Und wir fahren endlich los. Ich brauche dringend einen Kaffee.«

Resigniert stößt die Frau vor mir die Luft aus und wie schon am Tag zuvor, sehe ich dabei auf ihren Mund. Wieso klingt dieser Laut bei ihr so sinnlich und alles andere meist harsch und wenig lieblich?

»Na schön«, brummt sie. »Aber wehe, Sie lachen mich aus!«

Wieder hebe ich ergebend die Hände. »Würde ich niemals tun.«

Hailey verdreht die Augen und geht auf die Maschine zu. Nachdem ich ihr gefolgt bin, reiche ich ihr einen der zwei Helme, die in der Zwischenzeit gut verstaut in Taschen untergebracht waren. Sie greift danach, setzt ihren auf und beginnt, daran herumzufummeln, um den Verschluss an ihrem Kinn zu schließen.

»Dummes Scheißding«, knurrt sie dabei leise und ich kneife die Lippen zusammen, um nicht laut zu lachen. Stattdessen setze ich schnell meinen eigenen Helm auf, schließe ihn und drehe mich wieder zu ihr. Noch immer kämpft sie mit dem Verschluss.

»Darf ich Ihnen helfen?«

Ruckartig hebt sie den behelmten Kopf, dann, weil man das besonders gut sieht, wenn jemand einen Helm trägt, sieht sie einmal an mir herab und wieder hinauf. Ihre Schultern sacken ein Stück nach unten. »Na schön«, höre ich gedämpft.

Schmunzelnd, weil sie das jetzt nicht sehen kann, trete ich näher an sie heran und warte, bis sie den Kopf hebt, sodass ich an den Verschluss komme. Brav tut sie es im nächsten Moment und ich lasse mir Zeit, den Verschluss einrasten zu lassen. Dabei ist mein Blick auf ihren hinter der Schutzscheibe ihres Helms gerichtet. Kurz verschlagen mir die grünen Sprenkel zwischen all dem Braun die Sprache, dann räuspere ich mich und trete zurück, nachdem der Verschluss leise geklickt hat.

»Dann also los«, spreche ich etwas lauter, damit sie mich hört, und schwinge mich auf die Maschine. Nachdem ich links und rechts meine Beine abgestellt habe, sehe ich in Richtung meiner Begleitung, die noch immer an Ort und Stelle, gut anderthalb Meter entfernt steht. »Was ist, kommen sie?«

Langsam kommt sie näher. »Meinen Sie wirklich, das geht mit einer Jeans?« Sie deutet auf ihre enge, hellblaue Hose mit dem Riss am Knie.

»Natürlich geht das, aber Sie sollten ihre Jacke anziehen. Der Fahrtwind könnte kühl werden.« Mit der Hand deute ich auf das Kleidungsstück, das sie halb in ihre Tasche gestopft hat.

»Oh«, höre ich sie murmeln. »Ja.« Schnell lässt sie die Tasche sinken, schlüpft in die schwarze, dünne Regenjacke und schwingt sich ihre Tasche um eine Schulter.

»Jetzt kommen Sie näher.«

Zögerlich tut sie, was ich ihr sage.

»Haben Sie schon mal auf einer Maschine gesessen?«

Sie schüttelt den Kopf.

»Ok, legen Sie Ihre Hand auf meine Schulter, schwingen Sie Ihr Bein über die Maschine und ziehen Sie sich an mir hinauf.« Hailey ist nicht gerade klein, aber sie wird mit den Füßen dennoch nicht auf den Boden kommen.

Für einen Moment zögert sie, dann sehe ich sie nicken, bevor sich ihre Hand auf meine Schulter legt. Gleichzeitig übt sie Druck darauf aus, als sie sich hinter mich schwingt. Die Maschine gibt ein Stück nach, dann spüre ich einen warmen, weichen Körper direkt an meinem Rücken.

Sofort verschwindet Haileys Hand von meiner Schulter und ich drehe den Kopf, damit sie mich hört. »Hinter Ihnen befinden sich links und rechts zwei Griffe. Falls Sie sich damit aber zu unsicher fühlen, können Sie sich an mir festhalten.«

Hinter mir bleibt es ruhig.

»Hailey? Haben Sie gehört?«

»Ja«, kommt es dumpf retour und da sich ihre Arme nicht um mich schlingen, nehme ich an, dass sie es vorzieht, sich an den Haltegriffen festzuhalten.

»Kann's losgehen?«

»Ja.«

Sie kurz nochmal über die Schulter ansehend, starte ich den Motor der Maschine. »Eins noch«, spreche ich dann.

»Was denn?«, brüllt sie über die Maschine hinweg.

»Wenn ich mich in die Kurve beuge, tun Sie das nicht. Bleiben Sie immer gerade auf der Maschine sitzen, okay?«

Kurz ist es still. »Warum? Was geschieht sonst?«

»Wir kippen um.«

»Was?«, entfährt es ihr in dem Moment, als ich losfahre. Sie stößt einen Schrei aus, dann schlingen sich ihre Arme um meinen Bauch und ihr Körper drückt sich von hinten an mich.

Kapitel | 7.

Höllenritt und Kakaoträume
Hailey

Mit geschlossenen Augen, zusammengepressten Kiefern und den Armen schraubstockartig um den Bauch meines Bosses geschlungen, rasen wir durch die Gassen Vancouvers. Zumindest entnehme ich das dem Fahrtwind, der an meiner Jacke zerrt und dem Hin- und Herschwanken der Maschine unter mir. Vielleicht will er mich dafür umbringen, dass ich ihn für diese Challenge angemeldet habe?

Ein Ruck geht durch das brummende Ding, dann legt sich eine behandschuhte Hand auf meine auf dem Bauch Colins. Hastig setze ich mich auf, öffne die Augen und sehe, dass wir stehengeblieben sind. Nur wenige Schritte entfernt ragt das Schild des Cafés vor uns auf, in das mich der Irre einladen wollte.

»Hailey«, höre ich dumpf seine Stimme und achte rasch wieder auf den Mann vor mir auf der Maschine. »Steigen Sie ab?«

Hilflos reiße ich die Augen auf, bevor ich mich wiederholt an seiner Schulter festhalte und zur Seite rutsche, sodass mein linkes Bein den Boden berührt. Ungeschickt versuche ich im Anschluss, auch mein zweites Bein hinunterzubekommen, und bleibe hängen. Stolpernd kralle ich mich an den Kerl auf der Maschine fest, wanke und spüre einen starken Arm um meine Taille.

»Scheint zur Gewohnheit zu werden«, murrt er, während ich endlich mein rechtes Bein von der Maschine bekomme und auf dem Boden abstelle. Gott, ich bin knapp einem Krampf entkommen. Erst danach blicke ich auf und stelle fest, dass mich

Colin noch immer hält, weshalb sich mein Körper an sein Bein drückt, das irgendwie zwischen meine Schenkel geraten ist.

Heiße Röte schießt mir ins Gesicht und ich trete schnell einen, vorsichtshalber zwei Schritte zurück. »Sie wollten mit diesem Horrording fahren«, erinnere ich ihn, um meine Tollpatschigkeit zu überspielen.

Ein raues Lachen ist dumpf zu hören. »Natürlich. Auch daran bin ich schuld.« Geschmeidig wie eine Katze stellt er die Maschine ab, steigt herunter und ragt anschließend vor mir auf. Danach zieht er die Handschuhe, von denen ich nicht weiß, wann er sie angezogen hat, aus und nimmt seinen Helm ab. Kaum ist das geschehen, fährt er sich durch die Haare, damit sie wieder perfekt auf seinem Kopf liegen. »Heben Sie das Kinn.«

Fragend blicke ich zu ihm auf und tue somit genau das, was er verlangt hat. Ohne Vorwarnung hebt er die Hände und berührt sanft meinen Hals. Ein Schnappen ist zu hören, dann zieht er mir vorsichtig den Helm vom Kopf. »War doch gar nicht so schlimm, oder?«

Mit offenem Mund starre ich seinen Rücken an, als er die Helme wieder in den Taschen verstaut, die um die Maschine hängen. »Nicht so schlimm?« Jetzt fahre auch ich mir durch die Haare, weil sie mir bestimmt platt auf dem Kopf liegen. »Ich wäre beinahe hinter Ihnen gestorben und Sie hätten es gar nicht bemerkt!«

Mit einem Schmunzeln im Gesicht dreht er sich zu mir und schüttelt den Kopf. »Sie wären beinahe gestorben? Wer hat hier wem die Luft abgedrückt?« Kaum fertig gesprochen, öffnet er seine Jacke und gibt damit den Blick auf ein schwarzes Hemd frei. »Ich glaube, Sie haben mir eine Rippe gebrochen.« Wie um seine Worte zu unterstreichen, reibt er sich rechts die Rippen.

Ohne vorher darüber nachzudenken, mache ich einen schnellen Schritt auf ihn zu und betaste genau die Stelle, die er eben gerieben hat. Er zieht scharf die Luft ein und ich schrecke so heftig zusammen, dass ich einen Satz zurückmache. »O Gott, habe ich Ihnen wirklich eine Rippe gebrochen?« Panik wallt im gleichen Moment in mir auf, als ein lautes, durchdringendes Lachen die Straße erfüllt, in der wir stehen.

»Sie müssten Ihr Gesicht sehen«, brüllt er lachend. »Haben Sie mir gerade ernsthaft abgekauft, vor Schmerz zu zischen?«

Gegen meinen Willen klappt mein Kiefer auf und ich beobachte, wie er sich vor Lachen biegt. Dieses … »Es ist ja nicht so, als wäre es nicht möglich, jemandem die Rippen zu brechen!«, entfährt es mir aufgebracht, und weil ich mir nicht anders zu helfen weiß, stampfe ich wie ein Kind mit dem Fuß auf.

Noch immer grinsend, hebt mein Boss ergeben die Hände und sofort denke ich wieder daran, wie er das vorhin im Fahrstuhl getan hat und seine Finger meine Brüste gestreift haben, weil das Ding viel zu eng ist. Himmel, war das peinlich. »Sie haben natürlich Recht.« Wie um sich selbst zu beruhigen, räuspert er sich. »Ich wollte Sie nicht derart erschrecken.«

»Haben Sie aber«, schmolle ich und wende den Kopf ab. Verfluchter Kerl.

Eine Hand legt sich auf meinen Arm und ruckartig sehe ich auf die Stelle. »Ich wusste ja gar nicht, wie groß ihre Sorge um mein Wohlergehen ist.«

An seinem Arm entlang blicke ich in sein Gesicht und sehe, wie er zwinkert, bevor er die Finger von mir nimmt und lässig, als wäre nichts gewesen, in Richtung des Cafés spaziert. An der Tür angekommen, erinnert er sich offenbar daran, eine Begleitung zu haben, und sieht in meine Richtung.

»Kommen Sie?«

Hölzern setze ich mich in Bewegung, lasse ihn mir die Tür aufhalten und betrete das Café. Sofort weht mir der Geruch von Süßspeisen und Kaffee entgegen. Tief ziehe ich die Luft ein und fahre zusammen, als sich eine warme Hand an meinen mittleren Rücken legt.

»Hier duftet es köstlich, oder?«, spricht Colin und schiebt mich sanft in Richtung eines freien Tisches. »Ich liebe die ersten Sekunden hier drin besonders.«

An einem kleinen runden Tisch in grellem Türkis an einer Fensterfront links angekommen, zieht mein Boss den gelben Stuhl zurück, nimmt die Hand von meinem Rücken – was eine unangenehm kühle Stelle hinterlässt – und deutet auf die Sitzgelegenheit.

Noch immer etwas unangenehm berührt, lasse ich mich auf den Stuhl sinken und warte ab, bis er sich auf den roten mir gegenüber fallenlässt. Mit einem Seufzen sinkt er darauf, lehnt sich zurück und fährt sich durch die beinahe schwarzen Haare. Erst dann hebt er den Blick und sieht mir ins Gesicht. »Also, da wären wir.« Er greift nach den Tischkarten, reicht mir eine und schlägt im Anschluss seine auf. »Möchten Sie auch Kuchen?«

»Nein«, platze ich heraus, bevor ich darüber nachdenken konnte. Ich werde hier bestimmt keinen Kuchen vor meinem Boss essen. Reicht schon, dass wir praktisch im Fahrstuhl festgesteckt sind und er gesehen hat, wie ungelenk ich von seiner Maschine gestiegen bin, weil das eben mit meiner Fülle alles nicht so einfach ist.

Colin hebt eine Augenbraue, beschließt dann aber offenbar, nicht nachzuhaken. Wenige Sekunden später schlägt er seine Karte zu und lächelt schief. »Erzählen Sie mir etwas über sich, Hailey.«

Unruhig rutsche ich auf meinem Stuhl hin und her und sehe im Augenwinkel, wie sich die Bedienung nähert. Sie ist jung, schlank und wahnsinnig hübsch. Genau sein Beuteschema. Ich sehe schließlich praktisch täglich, wie die Frauen aussehen, die er im Ruheraum verschlingt.

»Guten Tag«, begrüßt sie uns freundlich. »Was darf ich Ihnen bringen?«

In einer gebieterischen Geste deutet Colin auf mich, um mir den Vortritt zu lassen. »Ich hätte gerne einen Kakao.«

»Mit Schlagsahne oder Milchschaum?«, kommt sofort die Frage, die auf meine Bestellung immer folgt. Kurz hadere ich mit mir, entscheide dann aber, mir auch jetzt keine Blöße zu geben.

»Milchschaum, bitte.«

Lächelnd nickt die Frau. »Darf es auch eine Süßspeise sein? Wir haben heute leckere Apfel-Zi-«

»Nein, danke«, unterbreche ich sie. »Vielen Dank.« Meinem harschen Ton schicke ich ein Lächeln hinterher, um ihn abzumildern.

Nickend wendet sie sich an Colin und im Bruchteil einer Sekunde kann ich sehen, wie sich ihre Pupillen minimal weiten, als sie sieht, wie gutaussehend der Mann mir gegenüber ist. Offenbar hat sie ihn bis eben gar nicht wirklich wahrgenommen. Jetzt aber umso mehr. Ich sehe sie schlucken, bevor sie mit ihm spricht. »Und für Sie? Was darf's sein?« Ihre Stimme ist mindestens zwei Oktaven nach unten gerutscht, weshalb sie dies wahnsinnig verführerisch gesagt hat.

Mit aller Mühe versuche ich das Augenrollen zu unterdrücken, schaffe es aber nicht und werde dabei von Colin erwischt, dessen Augen kurz aufblitzen. »Für mich einen Espresso und ein Stück dieses Apfel-Zimt Kuchens, den Sie eben erwähnt haben, bitte.« Er schenkt ihr ein strahlendes Lächeln und sie wird rot. Na toll. Wieder einmal werde ich Zeuge einer seiner Eroberungen. Würg.

»Sehr gerne«, trällert sie, wendet sich um und stolziert mit dem Hintern wackelnd davon. Natürlich ist er perfekt. Ein kleiner, straffer Apfel in einer engen Stoffhose, bei der sich keine Unterwäsche abzeichnet.

»Ich wusste ja gar nicht, dass Sie das schöne Geschlecht bevorzugen«, spricht mich mein Boss an und ich löse meinen Blick vom Arsch der Kellnerin.

»Was?«, bringe ich dabei hervor und sehe, wie er mit dem Kinn in Richtung der Frau deutet.

»Sie haben ihr gerade gefühlt einige Minuten auf den Hintern gestarrt.«

»Habe ich nicht«, wehre ich mich sofort, obwohl er natürlich Recht hat. »Und ich bevorzuge nicht das ›schöne Geschlecht‹, wie Sie es nennen.«

Amüsiert zucken seine Lippen und in seinen Augenwinkeln bilden sich Falten. »Sie sind also nicht lesbisch?«

Verdattert blinzele ich. Darauf zu schließen, dass ich homosexuell bin, nur weil ich einer Frau hinterher sehe, ist mehr als daneben. »Nein?«

Seine Augenbrauen zucken kurz nach oben. »Interessant.«

Kopfschüttelnd mustere ich sein Gesicht mit dem dunklen Dreitagebart, der immer gepflegt aussieht. »Was ist interessant?«

»Wie alt sind Sie?«, übergeht er meine Frage und ich brauche einen Moment, bevor ich antworte.

»Dreiundzwanzig. Sollten Sie das, als mein Vorgesetzter, nicht eigentlich wissen?«

Colin zuckt mit einer Schulter. »Vermutlich habe ich Ihr Alter irgendwann mal in Ihrer Akte gelesen. Aber es war nicht wichtig und deshalb habe ich es vergessen.«

»Und jetzt ist es das?«, hake ich nach.

Ein Stück beugt er sich über den Tisch. »Jetzt ist es was?«

Schnaubend verdrehe ich die Augen. »Wichtig.«

»Wenn Sie dieses Augenrollen nicht bald lassen, werden Ihre Pupillen irgendwann steckenbleiben. Was meinen Sie, wie das aussehen wird?«

Lautes Lachen hallt durch das kleine Café und mit Schrecken stelle ich fest, dass es von mir gekommen ist. Hastig schlage ich mir die Hand vor den Mund und beruhige mich prompt. »Das ist völliger Quatsch. Das erzählt man Kindern, dass sie damit aufhören.«

Mein Oberarzt nickt langsam. »Nun, Ihnen hat man es als Kind offensichtlich nicht beigebracht, so oft, wie Sie das tun.«

Kapitel | 8.
Teenagerhormone & gemeinsame Schichten
Colin

Meine Assistenzärztin sitzt mit großen, braun-grünen Augen, roten Wangen und einem offenstehenden Mund mir gegenüber, nachdem ich sie, ob ihrer Angewohnheit gerügt habe.

»Einmal Kakao mit Milchschaum«, erklingt die Stimme der Bedienung und ich lehne mich ein Stück zurück, um zu ihr aufzusehen. Zur selben Zeit stellt sie meinen Espresso und den Kuchen vor mir ab. »Und natürlich Ihre Bestellung.«

Kurz schiele ich auf ihr Namensschild. »Danke, Louisa.« Schon vorhin ist mir aufgefallen, dass die Frau Hailey immer wieder von der Seite mustert. Dabei leuchten ihre Augen jedes Mal auf. Offensichtlich findet sie Gefallen an meiner Begleitung. Weil mir Hailey aber eben gesagt hat, dass sie nicht auf Frauen steht, tue ich so, als würde es mir nicht auffallen. Wäre es anders, hätte ich Hailey davon erzählt, denn sie scheint es nicht zu bemerken.

»Gerne, Sir«, erwidert Louisa noch, sieht wieder zu Hailey und strahlt, bevor sie wieder verschwindet.

»Hübsch und freundlich«, spreche ich leise, hebe meinen Espresso an und nehme einen vorsichtigen Schluck. Über meine Tasse hinweg sehe ich dabei die Frau mir gegenüber an.

»Mhm«, murrt diese. »Natürlich.« Ihr Blick hat sich verfinstert und ich frage mich, was ihr derart die Stimmung verdirbt. Etwa der dumme Spruch von eben?

»Das eben war nur ein Scherz, das ist Ihnen bewusst, oder? Sie können mit den Augen rollen, wann immer Sie es für angemessen halten.«

Hailey schüttelt den Kopf, beugt sich vor und greift nach ihrem Löffel. Ihr scheint nicht mal aufzufallen, dass sie mir damit praktisch ihre Brüste vor die Augen hält. Ihr weißes Shirt hat einen weiten, runden Ausschnitt. Nicht aufreizend oder dergleichen. Aber wenn sie sich nach vorne beugt … Hastig hebe ich den Kopf und sehe dabei zu, wie sie sich den Löffel mitsamt Milchschaum in den Mund schiebt. Dabei höre ich sie ein leises Stöhnen ausstoßen. Sie schließt die Augen genießerisch und ich spüre meinen Schwanz zucken. Fuck.

»Schmeckt's?«, frage ich rasch.

Langsam öffnen sich ihre Lider und als sie mich jetzt ansieht, wird es in meiner Hose eng. »Ja, sehr. Es ist lange her, dass ich zuletzt einen so leckeren Kakao gehabt habe.«

»Mhm«, mache ich und rücke unauffällig meine Erektion in der Hose zurecht. Was soll denn das? Das da ist Hailey, verdammt. Meine Assistenzärztin, die Frau, die mir zuvor nie wirklich als weibliches Wesen aufgefallen ist. Ich bin doch kein verfluchter Teenager, der seine Hormone nicht unter Kontrolle hat.

»Und wie ist Ihr Kaffee?« Angewidert verzieht sie das Gesicht und deutet mit ihrem Löffel auf mein Heißgetränk. Mein Blick bleibt darauf kleben, weil sie ihn eben noch zwischen ihren Lippen hatte und …

»Wollen Sie kosten?« Was zum Teufel? Wieso habe ich das gefragt? »Vielleicht schmeckt es Ihnen ja, wenn Sie erst mal davon kosten?« O mein Gott. Was rede ich denn da?

Für einen Moment befürchte ich, dass sie wirklich darüber nachdenkt, dann aber schüttelt sie den Kopf. »Nein, danke. Ich mag Kaffee wirklich nicht.« Hat sie meinen total dämlichen

Flirtversuch eben gar nicht bemerkt oder ignoriert sie es gekonnt? Zuzutrauen wäre es ihr.

Um mich abzulenken, steche ich ein Stück des Kuchens an, der noch immer unberührt vor mir steht, hebe die Gabel an und stopfe mir ein Stück in den Mund. Meine Augen werden groß, als sich der Geschmack von Apfel und Zimt auf meiner Zunge ausbreitet. »Fuck«, nuschele ich mit vollem Mund. »Den müssen Sie aber kosten!« Schnell spieße ich ein weiteres Stück auf und halte es Hailey hin, die mich schockiert ansieht. Erst da fällt mir auf, dass ich gerade im Begriff bin, mir einen Kuchen mit meiner Angestellten zu teilen.

Was ist heute nur in mich gefahren?

»Ich …« Sie zieht die Augenbrauen zusammen. »Wenn ich Kuchen gewollt hätte, hätte ich mir selbst einen bestellt.«

Seufzend lasse ich die Gabel sinken. »Nun kommen Sie schon. Sie konnten ja nicht ahnen, dass das der beste Kuchen Vancouvers sein würde. Ich bestehe darauf!«

Eine dunkle, geschwungene Augenbraue Haileys hebt sich. »Sie bestehen darauf, dass ich mir einen Kuchen mit Ihnen teile?«

Kurz zögere ich. »Ja.«

Zu meiner Überraschung zucken die Mundwinkel meiner Begleitung. »Ihnen ist klar, dass Sie sich total eigenartig verhalten, oder?«

»Eigenartig?«, gebe ich von mir und hebe die Gabel wieder an, um sie in Richtung Haileys Mund zu führen. »Kommen Sie, Sie wollen es doch.«

Für einen Moment kneift sie die Augen zusammen, dann tut sie tatsächlich, was ich von ihr wollte. Interessant. Offenbar ist sie durchaus dazu bereit, sich mir zu beugen. Nur bei der Arbeit lässt sie die Zicke raushängen.

Ihre Lippen schließen sich um meine Gabel, dann zieht sie sich wieder zurück. Keine Sekunde lasse ich sie dabei aus den Augen und deshalb entgeht mir das Entzücken in ihrem Gesicht nicht, als sich der Geschmack auch auf ihre Zunge legt. Wann war Kuchenessen je so erotisch wie das hier gerade?

»Wow«, bringt sie hervor, nachdem sie geschluckt hat.

»Ja, wow«, wiederhole ich und lege den Kopf schief. Ihre Augen leuchten, sie lächelt und ich möchte mich vorbeugen, um sie zu küssen.

Warte, was? Nein. Das möchte ich natürlich nicht. Aber wie konnte mir die Ausstrahlung dieser Frau in all den Monaten entgehen? Ich bin doch sonst nicht so blind für … ja, was? Keine Ahnung. Sie war ganz einfach nicht mein Typ. Wieso ist sie es jetzt plötzlich? Diese dumme Challenge meiner Schwester und ihre Anmeldung meiner Person kann sie unmöglich interessant für mich gemacht haben. Nicht so schnell. Außerdem ist sie wohl die einzige Frau im Krankenhaus – abgesehen von Franny, die Ärztin Ende fünfzig - von der ich definitiv die Finger lassen werde. Zu groß wäre der Verlust, wenn sie mir wegen einer schnellen Nummer böse wäre. Womöglich habe ich sie deshalb all die Zeit nicht als ›Frau‹ wahrgenommen. Sie ist zu kostbar, hat das Zeug, eine wirklich gute Ärztin zu werden. Das muss es sein!

Eine Hand erscheint in meinem Sichtfeld und als ich aus meinen Gedanken auftauche, ist es natürlich Haileys. »Alles in Ordnung?«

»Ja«, kommt es kratzig aus meiner Kehle. »Natürlich.« Rasch esse ich noch ein Stück meines Kuchens, bevor ich ihr mehr anbiete. Ich sollte wirklich damit aufhören, aber ich möchte den Ausdruck von eben nochmal in ihrem Gesicht sehen.

»Schon gut, es ist Ihr Kuchen.«

Jetzt bin ich es, der mit den Augen rollt. »Ich habe kein Problem damit, zu teilen, Hailey.«

Wie schon viele Male an diesem Vormittag, schleicht sich eine zarte Röte in ihre Wangen. »Ja, ich weiß. Zum Beispiel Ihre benutzten Handschuhe, die Mullbinden und all den Müll, den Sie sonst so erz-« Sie bricht ab und reißt die Augen auf. Gleichzeitig schlägt sie sich die Hand vor den Mund. »Entschuldigen Sie, das wollte ich gar nicht sagen.«

Amüsiert neige ich den Kopf. »Ach, wollten Sie nicht? Sie wollten mir also nicht gerade sehr subtil mitteilen, dass ich meinen Scheiß selbst entsorgen sollte?«

»Nein«, krächzt sie. »So war das nicht gemeint.« Jetzt ist sie knallrot und tut mir leid. Gut, sie ist eben etwas über das Ziel hinausgeschossen. Als Assistenzärztin gehört es nun mal auch zu ihren Aufgaben, den Müll des Oberarztes zu entsorgen. Früher, als ich noch Assi war, musste ich das auch für meinen Oberarzt tun. Dem Himmel sei Dank, arbeitet er längst nicht mehr im General Hospital. Er hätte mir auch noch den letzten Nerv geraubt, wenn er gekonnt hätte.

Bevor ich mich bremsen kann, beuge ich mich vor. »Vorschlag: Sie Essen mit mir diesen Kuchen, hören auf, mich Sir zu nennen, weil ich mich dabei wie hundert fühle, duzen mich und dafür räume ich ab sofort meinen Scheiß selbst weg. Was meinen Sie? Haben wir einen Deal?«

Es braucht ganze sieben Sekunden, bevor sie es schafft, zu reagieren. Davor sind ihr die Gesichtszüge entglitten. »Und das wegen eines Kuchens?«

»Nicht irgendein Kuchen, Hailey. Der beste Kuchen Vancouvers!«

Aufregung durchspült meinen Körper, als sich das zarte Lächeln auf ihren Lippen wieder zeigt. Womöglich werde ich gerade verrückt? »Deal, Colin«, sagt sie schließlich und hält mir die Hand hin, um es zu besiegeln.

»Deal«, wiederhole ich, ergreife ihre Hand und kann nicht anders, als mit dem Daumen über ihren Handrücken zu streichen. »Ich würde sagen, dieser Vormittag war ein voller Erfolg, was meinst du?«

Nachdem wir uns auch den restlichen Kuchen brüderlich geteilt haben – haha – machten wir uns auf meiner Maschine auf den Weg in die Klinik. Nicht nur Haileys Schicht beginnt in wenigen Minuten, sondern auch meine. Wie schon vorhin hat sie sich an mich geklammert und dieses Mal sind ihre Berührungen wie kleine Blitze durch meinen Körper gefahren. Es zermürbt mich, plötzlich so auf sie zu reagieren, und gleichzeitig ist es … berauschend. Vielleicht schaffen wir es ja, sowas wie Freunde zu werden?

Ein Schnauben entfährt mir. Freunde. Natürlich habe ich weibliche Freunde, mit denen ich noch nicht im Bett war. In der Regel habe ich bei ihnen aber keinen der Gedanken, die ich in Bezug auf Hailey heute bereits hatte.

»Welche Laus ist dir denn über die Leber gelaufen?«, erklingt eine Stimme hinter mir, als ich mir gerade das Oberteil meiner Arbeitskleidung überstreife. Hailey und meine Wege haben sich vor den Umkleiden getrennt. Es war … eigenartig. Als würde ich mich nach einem Date von einer Frau verabschieden, ohne sie zu umarmen oder zu küssen. Praktisch eine Premiere. Aber das mit Hailey war eben kein Date. Wir haben nur einen netten Vormittag miteinander verbracht und uns einen Kuchen geteilt – mit einer Gabel.

Langsam drehe ich mich um und sehe mich Austin gegenüber, meinen Freund und Chirurgen im General Hospital. »Gar keine. Ich war nur eben in Gedanken.«

»Ja, das habe ich gesehen«, feixt er. »Es sah aus, als würdest du über deine nächste Nummer im Ruheraum nachdenken. Wer ist es dieses Mal?«

Hailey, denke ich, sage ich aber natürlich nicht. »Niemand. Ich bin gerade erst hier angekommen, Mann. Ich bin schnell, aber so schnell auch wieder nicht.« Womöglich sollte ich Shane oder Felix anrufen und mit ihnen darüber sprechen, was diese Frau neuerdings in mir auslöst. Bestimmt wissen sie Rat. Außerdem ist es längst überfällig, dass wir uns wiedersehen. Seit Shane aus der Reha entlassen wurde, hat er sich mit Amber praktisch bei sich verschanzt. Klar, die beiden haben viele Jahre ohneeinander nachzuholen, aber das ist keine Entschuldigung dafür, dass er seine besten Freunde total vernachlässigt.

Der Chirurg klopft mir auf den Rücken. »Na dann, ruhige Schicht! Ich gehe jetzt endlich nach Hause.«

»War viel los?«, hake ich nach, weil man das als Freund nun mal tut.

»Jep. Die Nacht war hart. Aber jetzt kann ich mich ja gleich mit meiner Frau in den Kissen wälzen.« Er zwinkert, grinst und winkt mir schließlich zum Abschied.

»Viel Spaß dabei«, rufe ich ihm hinterher, dann schlägt die Tür hinter ihm zu und ich lehne mich kurz an meinen Spind. Tief atme ich durch, bevor ich mich wieder aufrichte und auf den Flur hinaustrete, um mich der Schicht mit Hailey zu stellen.

Kapitel | 9.

Ein verräterisches Flattern
Hailey

Hinter mir ist das Öffnen der Tür zu hören, dann erklingen Schritte und ich halte kurz in dem inne, was ich gerade gemacht habe, um über meine Schulter hinweg nachzusehen, wer den Raum betreten hat. Ein dämliches Schmunzeln schleicht sich in mein Gesicht, als ausgerechnet Colin es ist.

»Ich brauche die Infusion für Mister Meyers«, spricht er und blickt sich um, als wäre er noch nie hier drin gewesen. Vermutlich ist es wirklich schon eine Weile her. Normalerweise bringe ich ihm alles, was er braucht.

»Jep, ich weiß«, lasse ich ihn wissen und drehe mich mit dem Infusionsbeutel, den ich gerade im Begriff war zu holen, zu ihm um. »Deshalb bin auch ich hier.«

Seine Augenbrauen ziehen sich zusammen. »Ja, das hätte ich mir denken können, oder?«

Schulterzuckend gehe ich an ihm vorbei und nehme den Geruch seines Aftershaves wahr. Vorhin, als er diese Lederkluft getragen hat, hat man kaum was davon wahrgenommen. Jetzt ist es umso intensiver. »Ja, hättest du, wenn wir nicht abgemacht hätten, dass du mich nicht mehr wie deine persönliche Sklavin behandelst.« Grinsend drehe ich mich wieder in seine Richtung. »Stimmt's?«

Etwas in seinen Augen blitzt derart auf, dass ich es sehen kann. Dann legt sich ein raubtierähnlicher Ausdruck in sein Gesicht. »Meine persönliche Sklavin? So hast du das empfunden?« Mit seinen Worten kommt er näher, bis er vor mir steht.

»Manchmal«, lasse ich ihn wissen und bin mir unglaublich bewusst darüber, dass er mit mir flirtet. Tut er es, damit das Arbeitsklima besser wird? Vermutlich. Springe ich dennoch irgendwie darauf an? Ja, verflucht. Ich sollte nicht, schon gar nicht in Anbetracht dessen, dass ich genau weiß, wie heftig sein Frauenverschleiß ist. Aber ein bisschen Flirten hat noch nie geschadet, oder? Außerdem tut es meinem Selbstbewusstsein gut, dass er mich ansieht, wie er es gerade tut. Ob nun gespielt oder nicht.

»Nun«, brummt er. »Dann muss ich mich wohl bei dir entschuldigen.«

Lächelnd blicke ich zu ihm auf. »Entschuldigung angenommen. Immerhin hast du vorhin mit mir deinen Kuchen geteilt. Ich muss also praktisch.«

Kann man es sexy finden, wie die Mundwinkel eines Kerls zucken? Falls ja, ist es bei ihm wirklich ziemlich sexy. »Stimmt. Ich habe dir also praktisch meine Seele verkauft. Schließlich ging es um nichts anderes als um den besten Kuchen Vancouvers.«

»Und den besten Kakao«, steuere ich bei. Himmel, das fühlt sich eigenartig an. Ob sich all die Frauen, die er sonst so verführt, auch so fühlen? Bestimmt. Colin weiß genau, welche Knöpfe er drücken muss, um das zu bekommen, was er will. Was das in meinem Fall genau ist, sei dahingestellt. Bestimmt nicht meinen Körper.

»Wenn das so ist, bestehe ich darauf, dass wir bald wieder dieses Café besuchen.«

»Die Kellnerin würde sich bestimmt über deinen Besuch freuen«, kann ich mir nicht verkneifen und ärgere mich sofort darüber, sie überhaupt erst erwähnt zu haben. Will ich seine Gedanken unbedingt auf eine andere Frau lenken? Nein.

Ein Lachen bricht aus Colin heraus. »Über meinen Besuch? Eher über deinen.« Unvermittelt hebt er die Hand und tippt mir sanft auf die Nasenspitze, sodass mein Herz einen eigenartigen Satz macht. »Die Frau war ohne jeden Zweifel mehr an dir als an mir interessiert.«

Meine Augen werden groß. »Was? So ein Quatsch.«

Der Oberarzt schüttelt langsam den Kopf. »Kein Quatsch. Sie hat dich die ganze Zeit über im Auge behalten.«

»Pff«, mache ich nur und verdrehe die Augen.

»Tz, tz, schon wieder?«, kommentiert er meine Reaktion und lächelt schief.

Rasch nicke ich. »Ja, schon wieder. Weil du völligen Unsinn laberst.«

Sichtlich amüsiert hebt er die Augenbrauen. »Ich labere?«

Hitze steigt in mir auf. »Ja, äh. So wollte ich das nicht sagen.«

»Hast du aber«, neckt er mich weiter. »Ich fürchte, du hast jeglichen Respekt vor mir verloren, als wir uns kuchentechnisch verbrüdert haben.«

Ein Glucksen bricht aus mir heraus. »Hast du gerade wirklich ›kuchentechnisch verbrüdert‹ gesagt?«

Ernst nickt er. »Habe ich. Nichts anderes war das. Wir sind praktisch Kuchenbrüder.«

Weiterhin kichernd, schaue ich ihm in die strahlend blauen Augen. »Ich bin aber eine Frau, also kann ich kein Bruder sein.«

»Mhm«, macht er mit tiefer, samtweicher Stimme. »Das sehe ich, Hailey.«

Mir wird warm und weil ich mir nicht anders zu helfen weiß, senke ich den Kopf, um seinem Blick zu entkommen. »Also sind wir Kuchenschwestern.«

»Ich bin ein Mann«, stellt er prompt klar.

Abermals hebe ich den Kopf, lasse meinen Blick über seinen Körper wandern. »Das sehe ich, Colin.«

Ein Geräusch, das ich so bestimmt noch nie von ihm gehört habe, erklingt, dann macht er einen großen Schritt auf mich zu und ich einen zurück, sodass ich mit dem Rücken gegen die Tür gelehnt dastehe. »Was machst du mit mir?«, fragt er flüsternd und ich bin mir sicher, dass er nicht wirklich mit mir spricht. Bevor ich jedoch auch nur irgendwie reagieren – ihn natürlich wegschubsen kann – öffnet sich die Tür in meinem Rücken und ich stolpere zurück.

»Hoppla«, erklingt, dem Himmel sei Dank, nur Hazels Stimme hinter mir und ihre Arme legen sich um mich, damit ich nicht samt des Infusionsbeutels in meiner Hand auf dem Hintern lande. »Störe ich?«, setzt sie nach, als ich mein Gleichgewicht wieder gefunden habe.

»Was?«, stammele ich. »Natürlich nicht. Ich habe nur die Infusion geholt und …« Wie zum Beweis hebe ich meine Hand und zeige den Beutel.

»Und Doktor Martinez hat dir beim Tragen geholfen?«, feixt meine Kollegin und kneift im Anschluss die Lippen zusammen. Vermutlich, um nicht laut loszuprusten. Doofe Gans.

»Äh …«

»Ich wollte eben dasselbe tun. Kommen Sie nun bitte, Hailey. Wir haben einen ungeduldigen Patienten vor uns.« Mit offenem Mund sehe ich ihm nach, als er bereits den Gang entlang geht.

»Was war denn das?«, flüstert mir Hazel zu.

»Erzähle ich dir später«, verspreche ich, dann setze ich mich rasch in Bewegung und laufe meinem Boss – denn das ist er, nichts anderes – hinterher.

Die Schicht mit Colin fühlt sich heute so an, als würden wir uns nicht schon bereits ein halbes Jahr kennen. Zumindest, was seine Art anbelangt. Immer wieder spüre ich kurz seinen Blick auf mir und noch viel öfter streifen sich wie zufällig unsere Finger oder – unsere Körper, wenn wir uns zusammen um einen Patienten oder eine Patientin kümmern. Es ist … elektrisierend und ich verstehe nun, wieso ihm so viele Frauen verfallen. Wenn der smarte Oberarzt möchte, kann er charmant, ja fast schon liebenswürdig sein. Wenn er scherzt, funkeln seine Augen und in meinem Bauch schlägt etwas Purzelbäume. Dennoch bin ich mir bewusst, dass er mit ziemlich großer Wahrscheinlichkeit ein Spiel mit mir spielt. Ausgelöst wurde das Ganze wohl dadurch, dass er erfahren hat, dass ich ihn für die ›Bad Boss‹ Challenge angemeldet habe. Offenbar wurmt ihn dieser Umstand.

Genervt über mich und meine Gedanken, verdrehe ich die Augen. Ich muss damit aufhören. Seit Stunden wälze ich die Beweggründe für sein Verhalten in meinem Kopf hin und her und komme doch immer wieder auf dasselbe Ergebnis: Er fühlt sich genötigt, mich ab jetzt wie die Frauen zu behandeln, die er täglich verführt.

Gerade biege ich um die Ecke zum Ruheraum, um auf diesem Weg in die Kantine zu gelangen, als mich ein Geräusch innehalten lässt. Stocksteif bleibe ich stehen, bevor mich meine Beine wie magisch angezogen in Richtung Tür tragen.

Ein Lautes: »Ja, ja, jaaaaa«, begleitet von Klatschgeräuschen von Haut auf Haut sind zu hören.

Schnell sehe ich mich um, aber außer mir, befindet sich gerade niemand in diesem Gang. Eine Gänsehaut rast durch meinen Körper. Als die Frauenstimme den Namen meines Bosses gedehnt stöhnt, krampft sich mein Magen unschön zusammen.

Mit geschlossenen Augen lehne ich mich gegen die Wand neben der Tür und beiße die Zähne zusammen. Dieser … alles nur Show!

Bevor ich etwas Dummes mache – nämlich die Tür aufreißen und ihn anbrüllen, stoße ich mich schnell von der Wand ab und gehe schnellen Schrittes weiter in Richtung Kantine. Es geht mich nichts an. Nur weil er mit mir geflirtet hat, bedeutet das nicht, dass er nicht weiter irgendwelche Frauen in der Klinik knallt. Ich hätte es wissen müssen. Jemand wie Colin Martinez interessiert sich nicht wirklich für eine Frau. Es sei denn, er kann zwischen ihren Beinen landen.

»Schwein«, murmele ich vor mich hin, als ich mich mit einem Schnauben Hazel gegenüber auf einen Stuhl fallenlasse. Gleichzeitig hebt sie den Kopf und hebt die Augenbrauen.

»Was? Was habe ich denn getan?«

Meine Ellenbogen auf den Tisch gestützt, bette ich das Kinn in den Händen und betrachte meine Freundin. Hazel ist das genaue Gegenteil von mir. Blonde Haare, blaue Augen, schlanke Figur, verheiratet seit sie volljährig ist. »Nicht du.«

»Aha? Verrätst du mir dann, wen du meinst?« Sie richtet sich ein Stück auf. »Nein, warte, sag's mir nicht!« Ihr Blick verfinstert sich. »Was hat er angestellt? Jetzt sag nicht, dass er dich irgendwie in eine dumme Situation gebracht hat, die du nicht wolltest!« In höchster Alarmbereitschaft zischt sie diese Worte nur so.

Hastig setze ich mich auf und greife über den Tisch hinweg nach ihrer Hand. »Nein, alles gut. Er hat nichts getan. Also nichts in diese Richtung.«

Fragend legt sie den Kopf schief. »Was dann?«

Während ich mir eine Haarsträhne aus dem Gesicht puste, verdrehe ich die Augen. »Ruheraum, Geräusche, Boss.«

»Oh …« Hazel versteht. »Ooooh, du meinst …«

»Jep. Gerade eben, als ich hierhergekommen bin.«

Schnaubend lehnt sich meine Freundin ein Stück mehr in meine Richtung und drückt meine Hand. »Und das nach vorhin? Was habt ihr wirklich da drin getan? Ihr habt ausgesehen, als hätte man euch beim Knutschen erwischt.«

Damit meint sie natürlich den Medikamentenraum. »Bevor du die Tür geöffnet hast, glaube ich, wollte er mich küssen.« Nun schüttele ich den Kopf. »Wahrscheinlich habe ich mir das eingebildet.«

»Nein«, kommt es prompt von Hazel. »Das hast du dir ganz sicher nicht eingebildet. Ich habe einen kurzen Blick auf ihn erhascht, bevor du in meine Arme gestolpert bist. Er hat dich definitiv angesehen, wie man eine Frau ansieht, bevor man sie küsst.«

Ein Prusten bricht aus mir heraus. »Wie sieht denn ein Mann aus, der aussieht, als würde er eine Frau küssen wollen?«

Kurz drückt sie meine Hand, bevor sie sie loslässt und die Arme vor der Brust verschränkt. »Lach nicht. Ich meine das völlig ernst. Sie haben dann diesen bestimmten Ausdruck. Er ist nicht zu leugnen. Mister Oberarzt hat dich genau so angeschaut.«

Mit einem Seufzen lehne ich meinen Kopf wieder auf meine Hände. »Tja, Mister Oberarzt küsst soeben eine andere Frau im Ruheraum.« Es schüttelt mich. »Und tut noch ganz andere Dinge mit ihr.«

Mitleidig sieht Hazel mich an. »Tut mir leid.«

Schnell schüttele ich den Kopf. »Was? Nein, dir braucht gar nichts leidtun. Mir war ja die ganze Zeit klar, dass er diese plötzliche Flirterei mit mir nicht ernst meint. Ich habe mir da keine Illusionen gemacht.«

»Sicher?«, hakt sie nach und beobachtet mich zweifelnd.

»Sicher. Jetzt schau nicht so. Glaubst du wirklich, ich falle so einfach auf einen Kerl wie Colin rein? Ich arbeite seit über einem halben Jahr mit ihm und weiß ganz genau, wie er mit Frauen umgeht.« Obwohl ich das sage, bin ich mir völlig im Klaren darüber, dass ich drauf und dran war, seinem Charme zu verfallen. Was habe ich mir nur dabei gedacht? Dachte ich wirklich, er hätte auch nur einen Funken Interesse an mir als Frau? Lächerlich.

Hazel nickt. »Na schön. Ich glaube dir. Themenwechsel!«

Kapitel | 10.
Feierlaune und Standpauken
Colin

Die Gläser klirren, als sie aneinanderstoßen. »Prost!«, ruft Shane aus und nimmt einen großen Schluck Wein, den wir uns eben haben bringen lassen. Mein Blick schweift von ihm zu meiner Schwester Amber, die dicht bei ihm sitzt. Ihre Augen strahlen, als sie meinen besten Freund betrachtet. Es ist mir schleierhaft, wie ich all die Jahre einfach nicht gesehen habe, dass sich die beiden lieben. Jetzt, wo sie so vor mir sitzen, quillt es aus jeder ihrer Poren.

Eine Bewegung neben mir bringt mich dazu, mich Felix zuzuwenden. Wie ich beobachtet er Amber und Shane. Dabei meine ich, einen melancholischen Zug in seinem Gesicht zu erkennen. Während sich Shane, bevor er nach über acht Jahren meine Schwester wieder getroffen hat, niemals eine Beziehung vorstellen konnte, wünscht sich Felix genau das. Seit einigen Monaten ist er in einer eigenartigen Stimmung und ich kann nicht anders, als mir Sorgen um ihn zu machen. Gerade er war für mich immer der Inbegriff von Freiheit und Lebensfreude. Jetzt allerdings sehe ich, dass ihn dieses Dasein zermürbt.

Räuspernd mache ich auf mich aufmerksam. »Was ist eigentlich mit Weihnachten? Habt ihr Pläne?« Eigentlich hatte ich gar nicht vor, das hier und heute anzusprechen, aber irgendwie killt mich die Stimmung etwas. Einerseits strahlt die Liebe des Pärchens mir gegenüber so hell, dass ich meine Augen abschirmen möchte, andererseits spüre ich diese Düsternis von Felix ausgehen.

Ambers Kopf ruckt sofort in meine Richtung. »Natürlich haben wir die. Wir feiern selbstverständlich alle zusammen!« Sie macht eine Geste, die uns vier einschließt. »Immerhin ist es das erste Weihnachten, das wir nach über acht Jahren wieder zusammen verbringen!« Begeistert sieht sie Shane an. »Stimmt's, Schatz?«

In einer Geste, die man als Verlegenheit interpretieren könnte, fährt sich ›Schatz‹ durch das dichte, dunkle Haar. »Klar feiern wir zusammen.« Flehend richtet er seinen Blick erst auf Felix, dann auf mich. »Oder?«

Zustimmend nicke ich. Ich hatte ohnehin nichts anderes vor. Anschließend sehen wir alle gleichzeitig zu Felix, der die ganze Zeit noch kein Wort gesagt hat.

»Du kommst doch auch, Fi?«, spricht meine Schwester mit der Stimme eines kleinen, schmollenden Mädchens, das ein Eis haben möchte.

Felix antwortet nicht sofort, trinkt erst sein Weinglas leer, stellt es ab und nickt schließlich. »Sicher. Hab sowieso nichts anderes vor.«

Ein begeistertes Quietschen meiner Schwester erklingt, dann beginnt sie auch schon, Shane ein Ohr darüber abzukauen, wie sie sich den Heiligen Abend vorstellt.

Um dem zu entgehen, wende ich mich an Felix. »Wir können danach ja noch auf einen Absacker losziehen, wenn du Bock hast. Zu Weihnachten sind die Ladys immer besonders freigiebig.« Grinsend wackele ich mit den Augenbrauen.

Die Mundwinkel meines Freundes zucken. »Klar.«

Spielerisch schubse ich ihn an. »Jetzt komm schon. Wir haben uns seit Wochen nicht gesehen. Wo ist mein immer gut gelaunter Freund hin verschwunden?«

Endlich scheint er sich zu entspannen. »Sorry, war nicht meine Woche.« Er grinst, dann bestellt er noch eine Runde und der Abend verläuft, wie so viele in unserer gemeinsamen Vergangenheit: feuchtfröhlich.

»Hast du die Sache mit deiner Angestellten nun geregelt?«, fragt mich Amber nur einen Tag nach unserer Sause, als ich mir gerade meine Pasta in den Mund schiebe.

Kauend nicke ich und schlucke, bevor ich ihr antworte. »Jep, ich denke schon.« Beim Gedanken an Hailey, wird mir eigenartig warm. Seit drei Tagen hatten wir nun keine Schicht mehr zusammen. Heute Nacht allerdings ist es wieder so weit. Seit Stunden überlege ich deshalb schon, ob ich sie abholen soll. Wäre das aufdringlich? Vermutlich. Aber nach dem Moment im Medikamentenraum der Klinik waren wir nicht mehr allein. Ich brenne darauf, sie für ein paar Minuten allein anzutreffen. Verrückt, oder?

Eine Hand erscheint vor meinem Gesicht und ich tauche aus meinen Gedanken auf. »Hallo? ›Ich denke schon‹? Mehr bekomme ich nicht? Was soll das denn für eine Antwort sein?«

Grinsend schaufele ich mir noch mehr Pasta in den Mund und lasse sie warten, was sie mich wütend anfunkeln lässt. Erst als ich ein weiteres Mal geschluckt habe, erlöse ich sie. »Ich habe sie zu einem Kakao eingeladen.«

Überraschung zeichnet sich in Ambers Gesicht ab. »Du warst mit ihr einen Kakao trinken?«

Nickend bestätige ich das.

»Und dann?«

»Wir haben uns gut unterhalten und duzen uns jetzt. Ich denke, wir haben uns angefreundet.« Was für eine Untertreibung. Wir haben geflirtet, ziemlich heftig und ich weiß nicht mal selbst, was ich davon halten soll.

Amber lehnt sich über den Tisch hinweg in meine Richtung und studiert eine gefühlte Minute mein Gesicht. »Angefreundet? Du hast dich mit einer Frau angefreundet?«

»Hey!«, protestiere ich. »Ich habe weibliche Freunde.«

»Ja, aber die sind außerhalb deiner Reichweite, sonst wäre es wahrscheinlich anders.«

Schnaubend schüttele ich den Kopf. Ok, sie hat recht. Meine weiblichen Freunde sind verheiratet und glücklich. Zwei davon haben Kinder. Ich bin ein Arsch, aber niemals würde ich mich in eine Beziehung drängen oder gar in eine Ehe.

»Wie sieht sie aus?«, forscht Amber, ganz die Journalistin, weiter.

Schulterzuckend lehne ich mich zurück. »Dunkelhaarig, braun-grüne Augen, etwas größer als du.«

»Und wie alt ist sie?«

»Dreiundzwanzig«, antworte ich viel zu schnell.

Meine Schwester schmunzelt. »Sie gefällt dir.«

Stöhnend verdrehe ich die Augen und kann nicht anders, als dabei an Hailey zu denken und daran, wie sie das immer tut. »Sie ist nicht mein Typ, ehrlich gesagt.« Das ist keine Lüge.

»Aber?« Amber kneift die Augen ein Stück zusammen. »Da gibt es doch noch mehr zu sagen. Raus damit, Bruderherz!«

»Ich mag ihre Ausstrahlung. Keine Ahnung, wieso mir die nie aufgefallen ist.«

Ambers Mund öffnet und schließt sich wieder, ehe sie spricht. »Du magst ihre Ausstrahlung? Was soll das denn bedeuten?«

Um Zeit zu schinden, fahre ich mir durch die Haare. »Dass sie auf ihre eigene Art wohl schön ist.«

Ein Prusten bricht aus meiner Schwester heraus. »Du fährst auf sie ab. Ist sie deshalb so sauer auf dich? Hat sie dich bei der Challenge angemeldet, weil du sie anbrätst, sie aber kein Interesse an dir hat?«

»Was?«, entfährt es mir. »Nein. Bis vor kurzem habe ich sie nicht mal wirklich als Frau wahrgenommen. Sie war einfach meine Assistenzärztin.«

Amber kichert. »Aber sie war doch schon immer eine Frau.«

»Ja …«, grummele ich. »Ich habe sie trotzdem als nicht interessant abgestempelt.«

Jetzt ist es Amber, die sich Pasta in den Mund schiebt. Gleich darauf schüttelt sie den Kopf. »Und wieso hast du sie abgestempelt?«, will sie wissen, nachdem ihr Mund wieder frei von Pasta ist.

Hitze steigt in mir auf und ich rutsche etwas peinlich berührt auf meinem Stuhl hin unter her. »Sie ist mollig.«

Die Augen meiner Schwester werden groß. »Wie bitte?«

»Na, du weißt, wie die Frauen aussehen, die mich sonst so interessieren. Ich stehe auf schlanke Blondinen.«

Als würde sie gerade einen Unfall auf offener Straße beobachten, starrt sie mich an. »Du verarschst mich, oder?«

Schnaubend beiße ich die Zähne zusammen, schüttele aber den Kopf.

»Sie ist mollig?«

»Ja.«

»Du meinst etwas fülliger?«

»Mhm.«

Amber lehnt sich zurück, fährt sich durch die blonde Mähne und lacht dann bitter auf. »Du bist ein Arsch.«

Blinzelnd sehe ich sie an, sage aber nichts.

»Du schließt eine Frau sofort davon aus, interessant für dich zu sein, nur weil sie keine Modelmaße besitzt? Außerdem, wer bestimmt denn bitte, wie eine Frau auszusehen hat?«

Weil ich keine Erwiderung weiß, zucke ich mit den Schultern. Sie hat ja Recht.

»Was hat sich also nun geändert, dass du sie plötzlich doch interessant findest, obwohl sie«, Amber malt Anführungszeichen mit den Händen in die Luft, »dick ist.«

Tja, wenn ich das so genau wüsste. »Keine Ahnung.«

»Du verhältst dich wie ein dummer Junge, Colin.«

Erneut überkommt mich der Wunsch, die Augen zu verdrehen. »Danke, das wollte ich hören.«

»Was willst du denn hören? Soll ich dir den Kopf dafür tätscheln, dass du dich total arschig benimmst? Du bist doch, verflucht nochmal, keine zwanzig mehr.« Jetzt verdreht sie die Augen. »Du hast gesagt, du magst ihre Ausstrahlung. Was noch?«

»Hm«, mache ich und denke an Haileys Augen, ihr Lächeln. »Ist doch egal.«

»Wieso ist es egal? Du denkst offenbar über sie nach. Wenn du es nicht tätest, würden wir dieses Gespräch nicht führen.«

»Wir führen ein Gespräch? Gerade habe ich das Gefühl, mir bloß eine Standpauke von dir abzuholen.«

Schnaubend nickt sie. »Das hast du offenbar auch bitter nötig!«

Ein »Pfff«, kommt über meine Lippen.

»Nichts da pfff! Ich hätte nicht erwartet, dass du so oberflächlich bist, Colin!«

»Was soll ich denn machen?«, zische ich, nun doch aufgebracht darüber, dass sie mich wie ein dummes, ungehorsames Kind behandelt. »Seine Vorlieben sucht man sich nicht aus.«

Ambers Blick wird weicher. »Du hast gesagt, du findest sie schön. Meinst du nicht, dass du es bist, der daran festhält, zu denken, dass blond, groß, schlank, dein Typ ist? Vielleicht hast du dich ja weiterentwickelt. Womöglich ist dir mittlerweile das Wesen eines Menschen wichtiger als das Äußere.« Sie macht eine kurze Pause. »Meinst du nicht, dass du Hailey nun schön findest, weil du sie kennengelernt hast?«

»Kann sein«, brumme ich und beginne wieder damit, mich meiner Pasta zuzuwenden. »Das tut aber nichts zur Sache. Ich habe das Ding mit der Challenge ins Lot gebracht und das war es, was ich wollte. Ein gutes Arbeitsklima.«

Kapitel | 11.
Traumschiff Surprise
Hailey

Gerade schlüpfe ich mit dem rechten Fuß in meine Strumpfhose, als es an meiner Tür klingelt. Verwirrt halte ich inne. Erwarte ich jemanden? Nein. Vielleicht die Nachbarin, die sich Zucker oder Mehl leihen möchte. Das ist schon öfter vorgekommen.

Hastig stolpere ich aus dem Badezimmer. »Moment«, rufe ich dabei so laut, dass sie weiß, dass ich da bin und nur noch etwas Zeit brauche. Schnell blicke ich an mir herab, quäle mich in die Strumpfhose, schnappe mir meinen Bademantel, werfe ihn über und hechte zur Wohnungstür.

»Hallo Oliv-« Mitten in meiner Begrüßung halte ich inne, als ich sehe, dass sich nicht meine Nachbarin Olivia vor meiner Tür befindet, sondern Colin Martinez.

»Hallo Hailey.« Der Blick meines Bosses gleitet über meinen Körper, bevor er mir wieder ins Gesicht sieht. »Ich schätze, du brauchst noch ein paar Minuten?«

Verdattert blinzele ich und verschließe meinen Bademantel noch fester vor meiner Brust. »Wofür?« Heute trägt Colin eine dunkle Jeans und einen schwarzen, engen Pullover. In seiner Ellenbeuge klemmt außerdem eine Jacke. Seine Haare sind, wohl durch den Wind, etwas verstrubbelter als sonst bei der Arbeit.

Colin schmunzelt und gegen meinen Willen macht das in meinem Magen etwas. »Für die Arbeit. Ich dachte mir, ich hole dich ab.«

75

Ein Schnauben entfährt mir. »Ich steige nicht wieder auf deine Maschine. Danke, aber ich schaffe es schon selbst zur Arbeit. Außerdem ist es heute viel zu kalt für eine Ausfahrt mit dem Monstrum.« Davon abgesehen, werde ich den Teufel tun, und mich nochmal so an ihn klammern.

»Ich bin mit dem Auto da«, lockt er mich. »Und wir holen uns auf dem Weg Kakao.«

Die Zähne fest zusammenbeißend, schüttele ich den Kopf. »Ich verzichte.«

Meine Augen werden groß, als mein Boss, Mister Charmebolzen, einen Schmollmund macht. »Bitte?«

Tief atme ich durch, als dieses Wort aus seinem Mund mich mitten ins Herz trifft. Wieso mag ich diesen Idioten plötzlich? »Na schön«, seufze ich und mache ihm Platz. »Ich bin noch nicht fertig. Eigentlich dachte ich, noch eine Stunde Zeit zu haben.«

»Kein Ding«, gibt er von sich, bevor er sich ungeniert an mir vorbei in meine Wohnung schiebt. Als würde er hier ständig ein und aus gehen, betritt er meinen Flur, streift sich die Schuhe ab, hängt seine Jacke an die Garderobe und marschiert ins Wohnzimmer.

»Alles klar«, murmele ich. »Fühl dich ganz wie zu Hause.«

»Was?«, höre ich ihn sagen.

»Nichts.« Rasch schließe ich die Tür und folge ihm. Kaum betrete ich das Wohnzimmer, husche ich durch den Raum, um einige Kleidungsstücke zu entfernen. Colin macht es sich unterdessen auf dem Sofa bequem.

»Für mich musst du nicht aufräumen. Ich weiß ja schon, wie deine Unterwäsche aussieht.«

Abrupt halte ich inne und drehe den Kopf, um ihn anzusehen. In seinen Augen erkenne ich ein amüsiertes Funkeln. »Du magst es, mich in Verlegenheit zu bringen, oder?«

Grinsend lässt er langsam seinen Blick ein weiteres Mal über meinen Körper wandern. »Ja, sehr.«

Stöhnend verdrehe ich die Augen. »Na gut. Ich würde ja gerne sagen, du sollst es dir bequem machen, aber das tust du ja schon. Ich gehe mich dann mal anziehen. Und …« Umständlich deute ich mit dem Kleiderberg in meinen Armen auf mein Gesicht. »Gesellschaftsfähig machen.« Kaum gesagt, wende ich mich ab.

»Du siehst zauberhaft aus.«

Beinahe wäre ich über meine eigenen Beine gestolpert. Hat er gerade gesagt, dass ich zauberhaft aussehe?

Schnell husche ich davon und gehe nicht darauf ein, was er da von sich gegeben hat. Mit einem Knall schließe ich die Badezimmertür hinter mir und erlebe ein kurzes Déjà-vu, als mir klar wird, dass sich mein Boss nun zum zweiten Mal in einer Woche in meiner Wohnung befindet.

In einem dunklen, knielangen Kleid aus weicher Wolle und gebürsteten Haaren, trete ich aus dem Badezimmer hinaus und begebe mich zurück ins Wohnzimmer. Colin sitzt mit seinem Smartphone in der Hand auf meinem Sofa und sieht völlig entspannt aus. Sofort beneide ich ihn um seine Gelassenheit.

»Möchtest du etwas trinken?«, frage ich zu meiner eigenen Verwunderung und Colin hebt den Kopf, bevor er das Handy wegsteckt und mir seine volle Aufmerksamkeit schenkt. Eindringlich sieht er mich an, legt den Kopf schief und bringt mich damit dazu, rot anzulaufen. »Ja oder nein?«

»Ja, gerne.« In einer schwungvollen Bewegung steht er auf und folgt mir zur Küchenzeile. Eine Gänsehaut rieselt über meinen Körper, als ich seine Körperwärme hinter mir wahrnehme. Was macht er da?

»Ich habe nur Coke oder Wasser da, was mö-« Um mich herum greift Colin nach dem Glas, das ich eben aus dem Schrank genommen habe. Dabei spüre ich seine Brust direkt an meinem Rücken. Als wäre es das Selbstverständlichste, schiebt er sich vor mich, öffnet den Kühlschrank und füllt sein Glas mit Wasser. Danach lehnt er sich an die Küchentheke, trinkt und sieht mich an. »Ok, also Wasser«, kann ich mir nicht verkneifen.

»Wie hast du deine freien Tage verbracht?«

Überrascht von dieser Frage, hebe ich die Augenbrauen. Wie kommt er denn jetzt so plötzlich auf dieses Thema? »Ich war zu Hause und habe mich erholt.«

Langsam nickt er, stellt das Glas ab und macht einen Schritt auf mich zu, sodass ich, wie einige Tage zuvor im Medikamentenraum, zurückweiche.

»Und du?«, kommt es für meine Verhältnisse piepsig aus meinem Mund. Toll, Small Talk.

Ein schiefes Lächeln zeigt sich auf seinen Lippen. »Ich war mit meinen Freunden und meiner Zwillingsschwester unterwegs.«

»Ah«, mache ich. Stimmt. Die Journalistin ist seine Zwillingsschwester.

»Mhm«, macht er. »Was machst du an Weihnachten?«

Überrumpelt ziehe ich die Augenbrauen zusammen. »Was?«

»Weihnachten. In vier Tagen. Du weißt schon, das Fest der Liebe?«

»Ja …«, nuschele ich. Noch nie konnte ich etwas mit diesem Tag anfangen. Meine Eltern haben nie etwas von dieser Tradition gehalten und ich habe das übernommen. Wieso sollte ich jemanden feiern, an den ich nicht glaube? »Ich werde wohl arbeiten. Weihnachten haben wir in meiner Familie noch nie gefeiert.«

»Du wirst …« Colin betrachtet mich stirnrunzelnd.

»Arbeiten«, wiederhole ich etwas resoluter. »Und du?«, setze ich hinzu, weil man das schließlich so macht. Vermutlich hat er nur gefragt, weil er mir erzählen möchte, was er macht.

Colin geht an mir vorbei, greift aber plötzlich nach meiner Hand. Zurückzuckend entreiße ich sie ihm, was ihn dazu bringt, mich fragend anzusehen.

»Was?«, stoße ich hervor. »Wieso siehst du mich so an?«

Als würde er nach den richtigen Worten suchen, öffnet und schließt er den Mund, bevor er spricht. »Das im Medikamentenraum. Ich dachte wir ...«

»Wir was?«, zische ich nun, weil ich nicht fassen kann, dass er das ernsthaft anspricht. Nur wenige Stunden danach hat er im Ruheraum wieder eine Frau flachgelegt.

Unwirsch fährt er sich durch das dunkle Haar und verwuschelt es damit noch mehr. »Ich habe da wohl etwas falsch interpretiert.«

Jetzt stemme ich die Hände in die Hüften. »Was hast du falsch interpretiert?«

Wie ein kleiner Junge zuckt er mit den Schultern. »Mir war, als wären wir kurz davor gewesen, uns zu küssen.«

Ein ungläubiger Laut dringt aus meiner Kehle. »Deshalb bist du hier? Dachtest du, du tauchst hier auf und ich falle dir um den Hals, nur weil da dieser kurze Moment war? Falls ja, musst du noch ignoranter und arroganter sein, als ich gedacht habe. Glaubst du ernsthaft, ich hätte so wenig Respekt für mich selbst übrig?«

Zu meiner Überraschung sieht er nach meinen Worten ernsthaft gekränkt aus. »Nein, das habe ich nicht erwartet. Aber ich dachte, wir hätten uns etwas angenähert.«

Das ist doch nicht zu fassen, oder? »Uns angenähert? Ja, du warst mir für einen Moment sympathisch, aber nur, bis ich nur wenige Stunden, nachdem du mich küssen wolltest, am Ruheraum vorbeigekommen bin! Was denkst du dir eigentlich dabei, ständig irgendwelche Frauen dorthin abzuschleppen? Was war das im Mediraum? Wolltest du eine schnelle Nummer schieben, damit ich mich nicht mehr darüber beschweren kann, was du treibst, weil ich dann ja auch mitgemacht habe?«

Wieder fährt er sich durch die Haare. »Ich weiß es nicht.«

»Was?«, schreie ich jetzt beinahe. »Was weißt du nicht?«

»Warum ich dich im Mediraum küssen wollte.«

Mein Mund klappt auf, öffnet sich voller Entsetzen darüber, was er da von sich gibt. »Raus hier!« Das hat er nicht gerade wirklich einfach so gesagt!

Ergeben hebt er die Hände. »Hör zu, ich wi-«

»Raus!«, unterbreche ich ihn. »Sofort, bevor ich dich wegen sexueller Belästigung verklage!«

Der verletzte Ausdruck in seinen Augen bringt mich dazu, die Zähne zusammenzubeißen. »Ich habe dich nicht belästigt.«

»Du bist mein Boss und stehst hier in meiner Wohnung.«

»Und das macht mich zum Triebtäter, oder was?«, knurrt er jetzt.

»Nein, das macht dich zum Arschloch.« Keine Ahnung, wo ich die Courage herhabe, ihm das einfach so ins Gesicht zu sagen. Aber ich habe es all die Monate gedacht. Jetzt habe ich es eben endlich ausgesprochen.

Schnaubend wirft er die Hände hoch. »Schön. Ich verschwinde.«

»Ja, verpiss dich«, werfe ich ihm praktisch hinterher, als er mein Wohnzimmer verlässt, in seine Schuhe schlüpft, seine Jacke nimmt, eilig die Wohnungstür öffnet und sie mit einem lauten Knall zurück ins Schloss befördert.

Erst, als er schon mehrere Sekunden fort ist, wird mir klar, was ich da gerade gemacht habe, und ich sinke auf mein Sofa. Er wird mich kündigen. Ganz sicher. Und wenn nicht das, wird er mir die Zeit in der Klinik ab sofort zur Hölle machen. Ich habe gerade meine Karriere als Ärztin für einige Sekunden Überlegenheit riskiert. Bin ich denn völlig verrückt?

Kapitel | 12.
Frostige Schichten
Colin

Kaum an meinem Auto angekommen, ziehe ich mein Handy aus der hinteren Hosentasche und wähle Ambers Nummer. Es läutet einige Male und ich laufe wie ein Tiger im Käfig auf und ab. »Komm schon, geh ran!«

»Colin, hi!«, erklingt ihre fröhliche Stimme und ich presse die Kiefer zusammen. »Colin?«

»Du und deine dämlichen Ratschläge«, blaffe ich ihr entgegen und höre sie Luftholen.

»Was soll das denn heißen?«

»Was es heißen soll? Nur deinetwegen bin ich eben zu Hailey gefahren und habe mich zum Trottel gemacht!« Das stimmt nur halb. Ich hatte sowieso vor, Hailey abzuholen. Aber Ambers Zuspruch hat mich zusätzlich motiviert.

Einen Moment bleibt es in der Leitung still. »Warte, warte, warte. Was ist passiert?«

»Ich bin zu ihr gefahren!«

Meine Schwester schnaubt. »Das habe ich kapiert, Idiot. Aber wieso bin ich dann die Blöde?«

Grummelnd fahre ich mir durch die Haare. »Weil es ganz und gar nicht so gelaufen ist, wie du es mir ausgemalt hast!«

»Wie ich? Wow, jetzt mach aber mal einen Punkt. Ich habe dir gar nichts ausgemalt, ich habe dir lediglich gesagt, dass du vielleicht mit ihr sprechen solltest, darüber, wie du sie siehst. Und das, nachdem du mir gesteckt hast, dass du sie schön findest. Was davon ist also mein Fehler?«

»Sie hat mich gerade aus ihrer Wohnung geworfen, nachdem ich ihr gesagt habe, dass ich sie küssen wollte.« Rasch sehe ich mich um, aber bis auf ein paar Kids, ein ganzes Stück entfernt, befindet sich niemand in direkter Nähe.

Abermals bleibt es kurz still. »Sie hat dich rausgeworfen, weil du ihr gesagt hast, dass du sie küssen willst?«

»Wolltest«, bessere ich sie automatisch aus.

»Könntest du bitte von vorne anfangen? Ich verstehe nämlich gerade nur Bahnhof!«

Tief atme ich durch. »Nachdem ich bei ihr angekommen bin, hat sie mich in ihre Wohnung gelassen.«

»Okay?«

»Und dann war sie sich umziehen und …«

»O Gott, hast du sie angegraben?«

»Was? Nein. Ich weiß nicht. Sie hat mich gefragt, wieso ich sie im Mediraum küssen wollte, und ich hatte keine Antwort darauf. Das hat sie sauer gemacht. Außerdem war sie angefressen, weil ich ein paar Stunden, nachdem die Sache mit ihr war, mit Corinne im Ruheraum Sex ha-«

»What?«, ruft Amber mir so laut ins Ohr, dass ich das Handy ein Stück von meinem Ohr weghalten. »Sag mir, dass das nicht dein Ernst ist, Colin Lionell Martinez!«

»Was davon?«, hake ich nach und entriegele mein Auto.

»Die Sache mit der Tusse im Ruheraum! Wieso machst du so etwas?«

Als könnte sie mich sehen, zucke ich mit den Schultern. »Es hat sich angeboten.«

»Es hat sich …«, brüllt sie weiter. »Kein Wunder, dass sie dich rausgeworfen hat. Das liegt dann aber nicht an meinen Ratschlägen, sondern an deiner eigenen Dummheit!«

Mit einem Seufzen lasse ich mich auf den Fahrersitz des Porsches sinken. »Und was schlägst du vor, soll ich jetzt machen? Was, wenn sie kündigt? Ambi, ich hatte noch nie eine so gute Assistenzärztin! Ich brauche sie.«

»Entschuldige dich bei ihr und dann gib ihr ein paar Tage Zeit, um sich zu beruhigen.«

»Und dann?«

»Dann versuchst du, mit ihr zu reden, falls du auch nur irgendwie Interesse an ihr hast. Und behalte zur Abwechslung deinen Schwanz bei dir.«

»Nur weil ich ›Interesse‹ an ihr habe, soll ich ein Zölibat unterzeichnen, oder was?«, knurre ich und lehne mich genervt im Sitz zurück. »Wozu, wenn sie mich sowieso hasst?«

»Bruderherz, ich möchte dir gerade wirklich gerne den Schädel einschlagen. Wenn sie dich hassen würde, würde es sie gar nicht kümmern, was du tust. Irgendwie mag sie dich also offenbar. Auch schon, als sie dich für die Challenge angemeldet hat. Wenn man sich für jemanden nicht interessiert, kümmert einen nicht, was dieser Jemand tut, solange er niemandem schadet. Deine Sexgeschichten sind zwar ärgerlich in der Klinik, schaden aber niemandem. Deshalb gehe ich davon aus, dass Hailey dich gut findet. In welcher Form auch immer. Nur deshalb reagiert sie so heftig. ABER«, sie hält inne. »Das ist kein Freifahrtschein. Wenn du also willst, dass sie dich mag, dann musst du aufhören, irgendwelche Frauen zu knallen, die dir nichts bedeuten. Du wolltest doch ergründen, wieso Hailey diese … Empfindungen in dir auslöst, oder? Um dahinterzukommen, wird es dir nicht helfen, dich mit fremden Frauen zu vergnügen.«

Mir schwirrt der Kopf. »Dir ist klar, dass ich nur die Hälfte von deinem Vortrag gehört und noch weniger verstanden habe, oder?«

Wieder ein lautes Schnauben. »Finde heraus, wieso du plötzlich auf Hailey abfährst! Was hat sie, was andere nicht hatten? Wenn du das herausgefunden hast, kannst du dich ihr widmen und gutmachen, was du verkackt hast.«

»Ich habe ni-«

»Halt die Klappe. Du hast es dermaßen verkackt!«, schimpft sie. »Hör zu, du hast mir noch nie von irgendeiner deiner Frauen erzählt. Noch nie. Bei Hailey hast du es getan. Das bedeutet etwas.«

»Schön«, grummele ich unzufrieden. »Ich ›widme‹ mich dem Problem.«

»Ja, tu das. Und entschuldige dich verdammt nochmal bei ihr.«

»Mhm«, mache ich nur.

»Colin!«

»Jaha, ich mache es doch. Setz mich nicht so unter Druck!«

»Gut. Ich muss weiterarbeiten. Wir sehen uns in vier Tagen. Ich liebe dich, Bruderherz. Auch wenn du ein Idiot bist.«

Mich nach vorne beugend, starte ich den Motor. »Ich dich auch.«

Wie nicht anders zu erwarten, zeigt mir Hailey die kalte Schulter. Sie tut zwar alles, was ich von ihr arbeitstechnisch verlange, darüber hinaus, sieht sie mich aber praktisch nicht an. Wenn wir uns zufällig über den Weg laufen, weicht sie aus, biegt ab oder senkt den Kopf, als könnte sie sich dadurch unsichtbar machen. Ich habe versucht, mich bei ihr zu entschuldigen. Aber wie sollte ich, wenn sie vor mir davonläuft? Dem bereite ich nun ein Ende.

Mit einem leisen Klicken schließe ich die Tür hinter mir und sehe, wie Hailey ruckartig den Kopf hebt. Wie beim letzten Mal sieht sie langsam über ihre Schulter in meine Richtung. Kaum hat sie gesehen, wer sich mit ihr im Mediraum befindet, dreht sie sich wieder weg.

»Ich bringe sofort das Medikament«, bringt sie mit eisiger Stimme hervor.

»Ich weiß.« Langsam nähere ich mich ihr, bis ich direkt hinter ihr stehe. Der Duft von frischer Wäsche steigt mir in die Nase und ich atme tief durch. Drei Tage. Ich habe ihr drei Tage Zeit gegeben, um sich zu beruhigen. Offenbar ist sie der nachtragende Typ Frau.

Sie bleibt, wo sie ist. »Was willst du?«

Schluckend balle ich die Hände zu Fäusten. Habe ich mich je bei einer Frau für mein Verhalten entschuldigt, mal abgesehen von Amber und meiner Mutter? »Mich entschuldigen.«

Jetzt dreht sie sich doch zu mir um und blickt zu mir auf. »Wofür?«

Weil es viel schwieriger ist, mit ihr zu sprechen, wenn sie mich derart mit ihren braun-grünen Augen durchbohrt, sehe ich für einen Moment zur Seite. »Für mein Verhalten, dafür, dass ich mit dir geflirtet und dann … das im Ruheraum getan habe.«

Ein ungläubiger Laut dringt aus ihrer Kehle. »Es geht mich nichts an, was du grundsätzlich treibst. Mir geht es nur um den Ruf der Klinik, dem du damit schadest. Jeder könnte dich jederzeit hören, was glaubst du-« Sie verstummt, als ich mich noch einen Schritt nähere, fängt sich aber gleich wieder. »Was glaubst du, wie das angekommen würde, wenn der Vorstand mitbekäme, dass du ständig irgendwelche Patientinnen oder Kolleginnen im Ruheraum verführst?«

Mir entgeht nicht, wie sich ihre Augen ein Stück weiten, als ich noch einen Schritt mache, sodass ich nun keine Handbreit mehr vor ihr stehe. »Es tut mir leid. Ich wollte dich mit meinem Verhalten weder in Verlegenheit bringen noch verletzen.«

Zu mir aufblickend, schluckt sie. Dieses Mal weicht sie nicht zurück. »Schön, ich nehme deine Entschuldigung an, weil ich ein gutes Arbeitsklima schätze. Sind wir dann fertig hier?«

»Hailey«, dringt es aus meiner Kehle und als ich ihr Gesicht betrachte, die hübschen, langen Wimpern, die gerade, schmale Nase und die Röte auf ihren Wangen, weiß ich es plötzlich. Ich habe sie vor sechs Monaten nicht als ›nicht mein Typ‹ abgestempelt. Das war es nicht. Ich habe sie als ›zu gut für mich‹ bewertet. Schon nach ein paar Tagen mit ihr als meine Assistenzärztin, habe ich festgestellt, dass sie eine großartige Ärztin werden würde. Nicht nur, dass sie äußerst geschickt jede Verletzung versorgt, sie weiß genau, wie sie mit den Patienten und Patientinnen umgehen muss. Ihre ruhige Ausstrahlung und das Lächeln, das sie für sie alle übrig hat, erwärmt die Herzen der Menschen, die zu uns kommen, um sich helfen zu lassen.

»Was ist noch?«, fragt sie, weil ich nur ihren Namen gesagt, aber nichts hinzugefügt habe.

Mein Blick fällt auf das Medaillon um ihren Hals, dann tiefer und wandert schließlich über sie. »Ich möchte mit dir ausgehen.«

»Was?«, entfährt es ihr.

Mich räuspernd, rücke ich ein Stück von ihr ab. »Würdest du mit mir ausgehen, Hailey?«

»Ein Date?«, japst sie, sichtlich überrascht.

Das Organ in meiner Brust macht einen eigenartigen Sprung. »Ja, ein Date.«

Kurz hat ihre lockere Fassade gebröckelt, jetzt zieht sie sie wieder hoch und verschränkt die Arme vor der Brust. »Warum? Wozu?«

Langsam zucke ich mit den Schultern. »Um uns besser kennenzulernen. Ich möchte mehr über dich erfahren, Hailey.«

Der hübsche Mund der schönen Frau vor mir öffnet sich, bevor sie den Kopf schüttelt. »Ich halte das für keine gute Idee, Colin.«

Mhh. Ich mag es, wie sie meinen Namen sagt. »Wieso nicht?«

Sie ballt die Hände zu Fäusten. »Weil ich nicht auf der langen Liste deiner Eroberungen vermerkt werden möchte.« Mit diesen Worten schiebt sie sich an mir vorbei. »Ich wünsche dir ein schönes Weihnachtsfest.« Mit diesen Worten verlässt sie den Mediraum und lässt mich stehen.

Noch in derselben Nacht liege ich im Bett in meinem Apartment und grübele darüber, wie ich die Sache mit Hailey wieder in den Griff bekommen könnte. Sie sagt, sie verzeiht mir für ›das gute Arbeitsklima‹, aber das bedeutet nicht, dass sie mir grundsätzlich vergibt. Was auch immer es zu vergeben gibt. Auch nach einem weiteren Gespräch mit meiner Schwester verstehe ich einfach nicht, was ich falsch gemacht haben soll. Ja, ich wollte Hailey küssen. Aber wir sind kein Paar, ich habe ihr keine Exklusivrechte an mir überschrieben. Mal abgesehen davon, dass sie die wohl auch gar nicht wollen würde.

Genervt von meinen eigenen Gedanken, drehe ich mich auf den Bauch. Wollte sie mich nun auch küssen oder wollte sie es nicht? Noch nie war ich mir so unsicher darüber, was eine Frau will und was nicht. Hailey ist wie ein Buch mit sieben Siegeln. Möchte ich wirklich versuchen, diese Siegel zu knacken?

Schnaubend lege ich mich auf den Rücken zurück. Was ist denn verdammt nochmal los mit mir? Wie ist das passiert? Wenn ich es nicht besser wüsste, würde ich glauben, Hailey hat mich irgendwie verhext. Es ist doch völlig absurd, dass ich plötzlich ein solches Interesse an ihr entwickelt habe. Völlig grundlos …

Na gut, nicht grundlos. Aus irgendeinem Grund sehe ich nun so viel mehr in ihr. Nicht nur die tüchtige, geschickte Assistenzärztin, sondern die Frau mit dem schönen Lächeln. Die Erinnerung an den Glanz in ihren Augen und der Röte auf ihren Wangen, wenn sie sich amüsiert, lässt mein Herz hüpfen.

Wie es sich wohl anfühlen würde, mit der Hand ihr Haar zusammenzuraffen? Wie würde sie reagieren, wenn ich daran ziehen würde, bis ich meine Lippen auf ihre pressen kann? Würde dieses sinnliche Stöhnen, das sie beim Essen des Kuchens ausgestoßen hat, ihren Mund verlassen?

Mein Schwanz richtet sich bei der Erinnerung daran auf und ich greife danach. Wann habe ich es mir zuletzt selbst gemacht?

Die Augen schließend, denke ich daran, wie sie mich angesehen hat, nachdem sie die Lippen um meine Gabel geschlossen hat. Der Ausdruck in ihrem makellosen Gesicht ...

Langsam bewege ich die Hand über meinen Schaft, ziehe die Vorhaut zurück und atme tief durch.

Wie würden sich ihre Lippen anfühlen? So weich, wie sie aussehen? Wonach würde sie schmecken? Nach Kakao? Würde sie leise und vor Lust vibrierend meinen Namen raunen?

Meine Hand wird schneller bei der Vorstellung daran, wie sich ihr warmer, weicher Körper an meinen drängt. Sanfte Weichheit gegen meine Härte. Wie würden sich ihre Rundungen unter meinen Fingern anfühlen? Ihre Brüste sind groß, ihre Schenkel so einladend. Noch nie hat mich die Vorstellung an eine fülligere Frau derart angemacht, wie es der Gedanke an Hailey tut.

Ein Stöhnen bricht aus mir heraus, als ich mir vorstelle, mich auf sie zu legen, sie weich und anschmiegsam unter mir zu spüren, bevor ich mich in sie schiebe. Wie sie es wohl wollen würde? Hart oder zärtlich, schnell oder langsam? Vielleicht beides. Hailey ist nicht auf den Mund gefallen, womöglich ist sie im Bett genauso herrisch?

Gedanklich lasse ich ihre Nägel über meine Haut kratzen, bis sie laut meinen Namen schreit, sich an mir festklammert und sich um meinen Schwanz zusammenzieht. Gott, allein die Vorstellung...

Bevor ich es bremsen kann, ergieße ich mich auf mir und sinke erschöpft in mein Kissen zurück. Schweiß steht mir auf der Stirn, als hätte ich gerade tatsächlich Sex gehabt. Fuck. Bin ich gerade ernsthaft beim Gedanken an meine Assistenzärztin gekommen?

Kapitel | 13.
Frohe Weihnachten, Hailey ...
Hailey

»Frohe, frohe Weihnachten«, nuschelt Hazel an meinem Ohr und drückt mich fest an sich. »Und sieh zu, dass du bald nach Hause kommst, ja?«

»Klar«, murmele ich in ihr Haar. Es ist gerade mal Mittag, aber Hazel geht jetzt in ihren wohlverdienten Feierabend. Die nächsten Tage wird sie mit ihrer Familie verbringen und daher nicht in der Klinik sein.

Langsam löst sie sich von mir und sieht mir ins Gesicht. »Falls was ist, hast du ja meine Nummer.«

Schmunzelnd nicke ich, weil sie sich wie eine große Schwester benimmt. »Ja, habe ich. Jetzt geh aber endlich. Deine Familie wartet bestimmt schon auf dich.«

Sie zieht einen Schmollmund. »Ich finde es schrecklich, dass du Weihnachten ganz allein verbringst.«

Kopfschüttelnd grinse ich. »Ich bin bis abends hier und dann mache ich es mir mit einem guten Buch und einem Kakao auf dem Sofa bequem. Glaub mir, das ist für mich der Inbegriff eines schönen Abends.«

»Na gut«, murrt sie. »Dann mache ich mich mal auf den Weg.« Schnell drückt sie mir noch einen Kuss auf die Wange, dann winkt sie mir zum Abschied.

Vier Stunden später packe ich meine Sachen und mache mich auf den Weg zum Ausgang der Klinik. An Weihnachten, so habe ich mir sagen lassen, ist es meist ruhig. Auch heute war den ganzen Tag sehr wenig los. Hoffentlich bleibt es auch nachts so, wenn die Kolleginnen und Kollegen ihren Dienst bestreiten.

Rasch schlage ich den Kragen meiner Jacke hoch, als mich der kühle Nachtwind trifft. Mein Blick hebt sich gen Himmel und ein Lächeln breitet sich in meinem Gesicht aus. Sterne und ein halbvoller Mond.

Obwohl mir nach all den Stunden in der Klinik die Beine schmerzen, beschließe ich, nach Hause zu spazieren. An Weihnachten sind die Straßen Vancouvers ab einer gewissen Uhrzeit ruhig. Alle sitzen mit ihren Familien zu Hause, genießen ein gutes Essen und freuen sich über die Anwesenheit der anderen. Für mich ist es ein Tag wie jeder andere, aber das ist in Ordnung.

Das Klingeln meines Smartphones holt mich aus meinen Gedanken und ich gehe ran, ohne auf den Namen zu achten, der auf dem Bildschirm zu sehen ist. »Hallo?«

»Hi Hailey, wie geht's?«, erklingt die Stimme meiner Schwester. »Frohe Weihnachten!«

Glucksend wechsele ich das Handy auf die andere Seite. »Ja, dir auch frohe Weihnachten. Was machst du heute Abend? Mir geht es übrigens gut und dir?«

»Simon hat mich auf eine Weihnachtsfeier geschleppt. Total eigenartig, wenn man mit knapp zwanzig Jahren zum ersten Mal erlebt, wie Weihnachten bei anderen aussieht.«

Kurz beiße ich mir auf die Unterlippe. »Ich bin schon über zwanzig und weiß es nicht.«

»Ja …«, spricht Hannah leise. »Aber du könntest herkommen? Simons Familie hat bestimmt nichts dagegen!«

Obwohl sie es nicht sehen kann, winke ich ab. »Lass mal. Das ist wirklich lieb von dir, aber ich komme gerade von einer

Zwölf-Stunden-Schicht und bin durch. Ich will eigentlich nur noch in die Wanne und ausspannen. Aber wir könnten uns in den nächsten Tagen zum Lunch treffen?«

Ein freudiges Japsen erklingt. »Klar! Wir vereinbaren noch Genaueres, oder? Ich muss jetzt auch auflegen, gleich gibt's Essen und ich will nicht unhöflich rüberkommen.«

»Alles gut«, beruhige ich sie. »Wir hören uns die Tage.«

»Okidoki«, trällert sie. »Hab dich lieb, Schwesterchen!«

»Und ich dich, Kleine.«

»Hey!«, schimpft sie wie immer, wenn ich sie so nenne. »Du bist nur vier Jahre älter als ich!«

»Vier Jahre sind vier Jahre.«

»Pfff. Bis bald!«

»Bis bald.« Mit einem Lächeln auf den Lippen lasse ich das Handy zurück in meine Jackentasche sinken und reibe mir die kalt gewordene Hand. Es freut mich riesig, dass Hannah eine schöne Zeit verbringt. Sie und Simon sind seit Anfang des Jahres ein Paar und er scheint ihr gutzutun. Zumindest habe ich noch nichts Gegenteiliges gehört.

Um endlich aus der Kälte herauszukommen, beschleunige ich meine Schritte und bin nur zehn Minuten später in der Straße, in der sich meine Wohnung befindet. Während ich meinen Schlüssel aus der Tasche krame, fällt mir eine Bewegung rechts von mir auf.

Ohne weiter darauf zu achten, entriegele ich die Haustür, stoße sie auf und mache schon einen Schritt in das Treppenhaus, als mich eine mir bekannte Stimme innehalten lässt.

»Hailey.«

Rasch drehe ich den Kopf und sehe Colin in einem langen, schwarzen Mantel, Hemd und Anzugshose auf mich zu kommen.

Bei mir angekommen, lächelt er schief. »Frohe Weihnachten.«

Meine Augenbrauen heben sich und ich halte die Tür fest, damit sie nicht wieder zufällt. »Was machst du denn hier?«

»Ich habe auf dich gewartet. Bist du von der Klinik bis hierher zu Fuß gegangen?«

»Stalkst du mich?«, verlässt es meinen Mund, bevor ich es bremsen kann.

Colin lacht. »Nein, aber ich wusste, wann deine Schicht endet, und hätte dich bereits vor dreißig Minuten hier erwartet.«

»Oh«, mache ich, finde es aber dennoch schräg, dass er nachgesehen hat, wann ich heute fertig bin. »Und warum hast du auf mich gewartet?«

Kurz wirkt es, als wäre er verlegen. Dann aber fällt mir ein, mit wem ich da spreche. Colin Martinez und verlegen? Dass ich nicht lache! »Eigentlich wollte ich dich etwas fragen.«

Meine Augenbraue hebt sich abwartend. »Dann frag doch.«

Sein Kehlkopf hüpft, als er schluckt. »Bei meinem besten Freund Shane findet heute eine Weihnachtsfeier statt. Nur meine Freunde und meine Zwillingsschwester. Ich wollte dich fragen, ob du mich begleiten würdest.«

Unvermittelt klappt mein Mund auf. »Wie bitte?«

»Würdest du mich auf die Weihnachtsfeier meiner Schwester begleiten?«

Blinzelnd winke ich ab. »Ich habe dich schon verstanden. Mir erschließt sich nur nicht, wieso du mich fragst, ob ich mit dir zu einer Feier komme. Einer Weihnachtsfeier.«

Ein amüsierter Ausdruck zeigt sich in seinem Gesicht. »Weil ich dich gerne dabeihätte?«

»Warum?«, kann ich mir nicht verkneifen. »Hat keine deiner Errungenschaften Zeit?«

Colin schüttelt den Kopf. »Nein, ich meine, ja. Nein, ich habe sie nicht gefragt, weil ich gerne mit dir dorthin gehen würde.«

Verwirrt ziehe ich die Augenbrauen zusammen. »Wieso? Was erhoffst du dir davon?«

»Was ich mir …« Colin neigt den Kopf, sieht mir in die Augen und kommt dann einen Schritt näher. Sein Parfüm steigt mir in die Nase. Offenbar hat er es für diesen Anlass aufgelegt, normalerweise trägt er keines. Zumindest habe ich dieses noch nie an ihm gerochen. »Ich erhoffe mir, dass wir einen schönen Abend miteinander verbringen. Mehr nicht.«

Zweifelnd blicke ich zu ihm auf. »Mehr nicht?«

»Nein.« Rasch schüttelt er den Kopf. »Es sei denn, du willst mehr.« Der Schalk funkelt in seinen Augen.

Schnaubend lasse ich die angespannten Schultern ein Stück sinken. »Meinst du, deiner Schwester würde es gefallen, wenn du eine fremde Frau zu ihrer Weihnachtsfeier mitbringst?«

Mein Boss lacht laut auf. »O ja, das würde ihr gefallen.«

Was ist daran witzig? »Aha?«

»Sie wartet schon sehr lange darauf, dass ich ihr eine Frau vorstelle.«

Jetzt zuckt meine Augenbraue. »Hast du das noch nie gemacht?«

»Nein«, beantwortet er prompt.

Fröstelnd, weil mir langsam die Kälte in die Knochen kriecht, weiche ich ein Stück in das Treppenhaus zurück. Colin folgt mir, bis wir darin stehen und die Tür hinter uns ins Schloss fällt. »Ich weiß nicht, Colin. Wir haben keine guten Erfahrungen miteinander …«

Wieder nähert er sich mir, bis er dicht vor mir steht und seine Wärme lockend an mir zerrt. »Das sehe ich anders. Ja, wir hatten unsere … nennen wir es Differenzen, aber dazwischen haben wir uns doch gut verstanden. Wieso also nicht einen schönen, gemütlichen Abend zusammen verbringen?«

Röte steigt mir in die Wangen bei seiner Wortwahl. Das klingt, als würden wir es uns allein in einer Wohnung gemütlich machen, um uns zu ›entspannen‹. »Hm«, mache ich deshalb nur.

»Was, wenn ich dich eindringlich darum bitte, mich dort nicht allein auftauchen zu lassen? Bitte?«

Ein gequältes Stöhnen dringt aus meiner Kehle, weil er das wirklich mit einer sehr, sehr verführerischen Stimme gesagt hat. Gleichzeitig deute ich auf meine Kleidung. »Ich bin für sowas ja gar nicht vorbereitet. Man sieht mir die lange Schicht an, außerdem stinke ich.«

Colin schnuppert zu meinem Entsetzen an mir. »Du duftest verführerisch, Hailey.« Sein Blick richtet sich, während er sich wieder aufrichtet, auf mich und eine Gänsehaut rast durch meinen Körper.

Obwohl er mir bestimmt ansehen kann, wie sehr mich das eben erregt hat, verdrehe ich die Augen. »Klar. Sicher, dass mit deiner Nase alles stimmt?«

»Jep, ganz sicher.« Mit dem Kinn deutet er in Richtung Treppe. »Wir könnten hochgehen, du duschst, ziehst dich um, machst dich fertig und ich warte.« Seine Hand legt sich sanft auf meinen Oberarm. »Komm schon, Hailey, sag ja.«

Tief atme ich durch. Möchte ich das? Will ich mit ihm einen Abend verbringen, Weihnachten feiern? »Ich habe keine Geschenke.«

»Na und?« Er lächelt. »Wir sagen einfach, meine Geschenke kommen von uns beiden.«

Was zum Teufel … »Aber das stimmt doch nicht.«

Er zuckt mit der Schulter. »Das tut nichts zur Sache.«

»Doch schon, es wäre nämlich gelogen. Das mag ich nicht.«

Mein Gegenüber stöhnt. »Ok, dann sagen wir das eben nicht. Hailey, begleitest du mich? Bitte?«

Kurz sehe ich in Richtung Treppe. Weihnachten. Es wäre das erste Mal, dass ich diesen Abend nicht allein verbringe, seit ich von zu Hause ausgezogen bin. Es wäre das erste Mal überhaupt, dass ich diesen Anlass feiere. Mit fremden Leuten.

»Was, wenn sie mich nicht mögen?« Gott, seit wann bin ich so unsicher?

»Sie werden dich lieben«, versichert er mir und lächelt dieses unwiderstehliche Lächeln. Verfluchter Kerl.

Mit einem eigenartigen Gefühl im Bauch nicke ich langsam. »Ok.«

»Ok?«, wiederholt er, als hätte er mich nicht verstanden.

»Ja, gut, ich begleite dich. Aber wehe, ich muss mitten in der Nacht ganz allein durch Vancouver fahren, weil wir uns wieder gezofft haben.«

Erleichtert atmet er durch. »Du rettest mir den Abend!« Unvermittelt greift er nach meiner Hand und will mich zur Treppe ziehen, aber ich bleibe stehen und er lässt mich los. Den Teufel werde ich tun und fünf Stockwerke nach oben laufen, damit er oben hört, wie ich keuche. Fragend blickt er mir entgegen. »Was ist?«

»Ich nehme den Aufzug.«

Sein Mundwinkel zuckt, als er mir den Vortritt lässt. Als ich über meine Schulter hinweg zu ihm zurückblicke, sehe ich, dass er mir folgt.

Kaum den Knopf für den Aufzug gedrückt, erklingt das ›Ping‹ und ich steige ein. Langsam drehe ich mich um und sehe mich prompt Colin gegenüber. »Soll ich drücken oder tust du es?«, will er wissen und grinst. Vermutlich denkt er auch gerade daran, wie seine Finger beim letzten Mal meine Brüste gestreift haben.

»Ich mache schon«, versetze ich ihm einen leichten Dämpfer. Er versucht, ein Stück zur Seite zu rücken, stößt wie beim letzten Mal mit der Hüfte gegen meinen Bauch und wartet in dieser Position, bis ich die fünf gedrückt habe. Kaum ist das geschehen, stellt er sich wieder gerade hin und blickt auf mich herab.

Kapitel | 14.

Lass uns Freunde sein ...
Colin

Sie so dicht vor mir zu haben, ihren Körper an meinem...

›Ping‹

Kurz schließe ich die Augen, bevor ich mich rückwärts aus dem Fahrstuhl bewege. Hailey folgt mir, geht an mir vorbei und läuft auf ihre Tür zu. Den Schlüssel in der Hand, entriegelt sie sie. Erst dann sieht sie wieder zu mir.

»Ich habe nicht aufgeräumt.«

Schmunzelnd zucke ich mit den Schultern. »Bin ich ja schon von dir gewöhnt.«

Empört öffnet sich ihr Mund und ich denke daran, wie gerne ich ihr ...

Sie schlägt nach mir und reißt mich aus diesen herrlichen Gedanken rund um ihren Mund. »Das darfst du nicht sagen!«

Glucksend folge ich ihr in den Flur der kleinen Wohnung, streife meine Schuhe ab, ziehe meinen Mantel aus und hänge ihn an den Haken. »Wieso nicht?«

Verwirrt, nachdem auch sie sich Jacke, Schal und Schuhe ausgezogen hat, sieht sie mich an. »Was, wieso nicht?«

»Wieso darf ich das nicht sagen?«

Ihre Augenbrauen heben sich. »Ach das. Na, weil du mir Honig ums Maul schmieren solltest, damit ich nicht länger sauer auf dich bin.«

Langsam folge ich ihr ins Wohnzimmer. »Bist du denn noch sauer auf mich?«

Sie dreht sich zu mir um und kurz landet mein Blick zwischen ihren Brüsten, wo das Medaillon hängt. Irgendwie hat es mir das Ding angetan. »Das weiß ich noch nicht.«

Grinsend gehe ich an ihr vorbei und lasse mich auf ihr Sofa fallen. Dabei pikst mich etwas im Rücken und als ich es hervorziehe, lache ich laut los. »Schon wieder?«

Haileys Wangen glühen, als sie auf mich zustürzt, um mir einen weißen Spitzen-BH aus der Hand zu reißen. Weil ich es ihr aber nicht so leicht machen will, halte ich ihn fest und ziehe sie ein Stück näher, bis sie zwischen meinen Beinen steht. Erst dann lasse ich los. Sie steht wie erstarrt da und sieht auf mich herab, den BH in der einen Hand, die andere auf meiner Schulter, weil sie sonst gegen mich gestolpert wäre, als ich sie zu mir gezogen habe.

»Was ist?«, frage ich leise und lege meine Hand vorsichtig auf die Hinterseite ihres Schenkels, wo ich meinen Daumen über den Jeansstoff gleiten lasse. Ein Ziehen setzt in meiner Leiste ein und ich unterdrücke den Drang, sie auf meinen Schoß zu ziehen. So früh. Hailey ist nicht wie die Frauen, die ich sonst verführe.

»Nichts.« Sie schluckt, nimmt die Hand von meiner Schulter. »Ich gehe duschen und so.«

»Mhm«, mache ich und verkneife mir ein ›darf ich dich begleiten?‹. Ihre Worte, die sie mir beim letzten Mal hier an den Kopf geworfen hat, hallen noch in mir nach. Ich bin forsch, aber eine Frau belästigen? Nein. Haileys Signale allerdings sind so widersprüchlich, dass ich nicht recht einschätzen kann, was ich mir erlauben kann und was nicht.

Obwohl sie gesagt hat, dass sie nun geht, steht sie weiterhin vor mir und sieht mir ins Gesicht. Keine Ahnung, was sie darin sucht. Aber als sie mit der Zunge ihre Unterlippe kurz und schnell befeuchtet, zuckt mein Schwanz.

»Hailey?«, raune ich.

»Hm?«, macht sie und blinzelt träge.

»Wenn du jetzt nicht abhaust, werde ich dich küssen.«

Meine Worte reißen sie aus dem, was auch immer sie sich gerade in ihren Gedanken ausgemalt hat. Schnell tritt sie einen Schritt zurück.

»Autsch. Das war eine sehr deutliche Reaktion.« Getroffen greife ich mir an die Brust.

Haileys Gesicht hellt sich auf. »Du hältst das aus. Dein Ego ist sowieso viel zu groß.«

»Pff«, mache ich und sehe zu, wie sie in ihrem Schlafzimmer verschwindet, vermutlich um sich frische Kleidung zu holen. Kurz darauf verlässt sie es wieder, blickt in meine Richtung und läuft beinahe in eine Stehlampe, die sich neben der Wand zwischen Schlafzimmer und Badezimmer befindet. Bevor ich lachen kann, fängt sie sich wieder, läuft rot an und taumelt davon. Hinter sich knallt sie die Tür zu und ich schüttele grinsend den Kopf.

»Colin?«, durchdringt eine weiche, samtige Stimme meinen Geist, sodass ich langsam die Augen öffne. Müde blinzelnd blicke ich in das Gesicht der Frau, die mich geweckt hat. »Hey, so lange habe ich nun auch wieder nicht gebraucht.«

Langsam richte ich mich auf, reibe mir die schmerzenden Lider und gähne herzhaft. Erst dann sehe ich Hailey wieder an. »Sorry, dein Sofa ist wirklich sehr bequem und irgendwie nutzt mein Körper jede Chance zu schlafen.«

Ein wunderschönes, liebevolles Lächeln zeigt sich in ihrem Gesicht mit den etwas geröteten Wangen. »Das kenne ich gut.« Kurz sieht sie weg und ich folge ihrem Blick zu einer großen Wanduhr über ihrer Schlafzimmertür.

»Fuck«, entkommt es mir dabei. »Schon so spät? Wir müssen los.« Schnell stehe ich auf und bringe Hailey damit dazu, ein Stück zurückzuweichen, um mir Platz zu machen, nachdem sie noch immer etwas über mich gebeugt dagestanden hat.

»Entschuldige«, kommt es hinter mir, nachdem ich um den kleinen Tisch vor dem Sofa herumgegangen bin.

Mit einer erhobenen Augenbraue drehe ich mich um. »Wofür entschuldigst du dich?«

»Na, offenbar habe ich zu lange gebraucht. Aber hättest du mir ges-«

Mit drei großen Schritten bin ich bei ihr, umfasse ihr Gesicht und höre, wie sie scharf die Luft einzieht. »Mach dir darüber keine Gedanken.« Sanft schiebe ich ihr kastanienbraunes Haar zurück, lasse meine Hand hindurch gleiten und lege sie an ihren Hinterkopf. Erst jetzt fällt mir auf, dass sie sich geschminkt hat. Dezent und dennoch sichtlich. Ihre Lider glitzern etwas und verleihen ihr einen gewissen Glamour. *Sie ist schön*, geht mir in Dauerschleife durch den Kopf, bevor ich an ihrem Körper hinabsehe. Ein warmes Gefühl breitet sich in mir aus, als ich an ihrem Schlüsselbein entlang über ihre Brüste hinweg das tannengrüne, knielange Kleid betrachte, das sich an ihren Körper schmiegt. Ein herzförmiger Ausschnitt zeigt viel von ihrer Oberweite, aber nicht zu viel. Alles in mir sehnt sich danach, sie zu berühren, ihre Haut mit meiner Zunge zu kosten.

»Colin«, haucht sie und erst da sehe ich, dass sich ihr Brustkorb anders hebt als gewöhnlich. Als ich den Kopf wieder hebe und in ihre braungrünen Augen blicke, stockt mir der Atem. In ihnen meine ich Lust zu erkennen. Für den Bruchteil einer Sekunde sehe ich auf ihre Lippen, die rot glänzen und mich verführerisch locken. Verdammt, was ist das nur, was sie mit mir macht? Wieso fühlt sich das so heftig an?

»Hm?«, mache ich endlich, weil sie mich angesprochen hat. Mein Kopf fühlt sich wie in Watte gepackt an. »Du siehst wunderschön aus. Ich brauche noch ein paar Minuten, um das zu verarbeiten. Ist dir das recht?«

Schnell nickt sie, schluckt sichtlich und lässt zu, dass ich meine Finger durch ihr leicht gelocktes Haar gleiten lasse. Ein betörender Duft geht von ihr aus. Meine Nasenflügel beben, meine Lippen prickeln.

»Hailey?«, bringe ich hervor und fühle mich unfähig. Wieso nehme ich mir nicht einfach, wonach ich mich sehne? Normalerweise habe ich doch auch kein Problem damit. Hailey aber …

»Ja?«, flüstert sie und eine Gänsehaut rieselt über meinen Rücken. Fuck.

Rasch befeuchte ich meine Lippen. »Was machst du mit mir?«

Ihre wunderschönen Augen werden groß, ihre Augenbrauen heben sich. »Was ich mit dir mache? Du stehst hier vor mir, mit diesem … Blick und deinen Händen an mir. Die Frage ist wohl eher, was machst du mit mir?«

Mein Mundwinkel zuckt. Natürlich kann sie es nicht lassen. »Okay, ich sage es dir: Ich bringe dich dazu, mich zu küssen.«

Ein Lachen bricht aus ihr heraus. »Das tust du?«

»Jep«, versichere ich ihr. »Aber irgendwie funktioniert es nicht.«

»Vielleicht bist du ganz schlecht darin?« Sie schmunzelt und ich beuge mich ein Stück vor.

»Wirklich? Bin ich schlecht darin?« Mein Atem streift ohne jeden Zweifel über ihren Mund, denn ich kann ihren spüren, als sie jetzt ausatmet. Langsam schließen sich meine Augen, bevor ich sanft ihre Lippen mit meinen berühre, allerdings nur hauchzart und kaum wahrnehmbar, dann ziehe ich mich zurück.

Sofort sehe ich, wie Hailey die eben geküsste Unterlippe nach innen zieht, als würde sie den Geschmack meines Kusses erneut kosten wollen. Ein Grollen bricht aus mir heraus, als sie direkt danach wieder zu mir aufblickt.

»Hailey?«, gebe ich atemloser von mir, als ich mich fühlen sollte. Nichts ist passiert. Nicht mal ein richtiger Kuss. Wieso bringt mich der so durcheinander?

»Ja?«, haucht sie wieder.

»Erlaubst du mir, dich zu küssen?« Bitte sag ja!

Überraschung zeichnet sich in ihrem Gesicht ab. Wieso? Ihr müsste längst klar sein, dass ich sie küssen und noch viel mehr will. Oder? Ist ihr das klar?

In ihren Augen schimmert etwas. »Colin, ich …« Sie unterbricht sich und meine Ungeduld wächst. »Ich glaube nicht, dass das eine gute Idee wäre.«

Eine Ohrfeige hätte nicht schmerzhafter sein können. Noch nie wollte mich die Frau, die ich küssen wollte, nicht küssen. Noch nie. Und ich bin inzwischen über dreißig und hatte unzählige Frauen. »Warum nicht?«, frage ich dennoch nach, auch wenn es mir widerstrebt.

Langsam windet sie sich aus meinem Griff, befreit sich von meiner Hand an ihrem Kopf und weicht zurück. »Wir arbeiten zusammen, du bist mein Boss und deutlich älter als ich. Ich will nicht, dass wir Probleme miteinander bekommen, und das werden wir definitiv, wenn wir diese Grenze überschreiten und mehr sind als Kollegen oder Freunde.«

Hat sie mich gerade, ohne mit den Wimpern zu zucken, in die Friendzone geschoben und mir gleichzeitig gesagt, dass ich alt bin? Wow. »Du willst … Freunde sein?«, höre ich mich sagen. In meinen Ohren rauscht es.

Resolut nickt die schöne Frau vor mir. »Ja. Das wäre schön.«

»Das wäre …«, wiederhole ich. »Ja, schön.« Das ist totaler Müll, völlig falsch. Freunde sein? Mit ihr? Wie soll das gehen, wenn ich dermaßen scharf auf sie bin?

Ein Lächeln breitet sich in ihrem Gesicht aus und weht die üble Laune, die gerade in mir aufsteigen wollte, einfach fort. Freunde. Na schön, Hailey Xanders. Aber glaub bloß nicht, dass ich es dir so leicht machen werde. Du wirst mir verfallen.

Kapitel | 15.

Ein Kofferraum voller Geschenke
Hailey

Es fällt mir schwer, den Mann, der da neben mir hergeht, mit dem in Verbindung zu bringen, den ich in den letzten sechs Monaten bei der Arbeit in der Klinik kennengelernt habe. Mag sein, dass ich mich in ihm getäuscht habe, mir keine Mühe gegeben habe oder von Anfang an ein schlechtes Bild von ihm hatte. Dennoch weiß ich nicht recht, wie ich mit der Situation umgehen soll. Mich in eine Freundschaft zu flüchten, ihm diese anzubieten, schien mir der einzige Weg zu sein. Ich möchte keine Frau auf der langen Liste von Colins Klinik-Eroberungen sein. Eine von vielen. Eintausch- und ersetzbar. Aber genau das wäre ich für ihn. Ein Spiel, eine schnelle Nummer, eine weitere Gespielin.

»Worüber denkst du so vehement nach, dass sich deine Stirn in tiefe Falten legt?«, erklingt seine Stimme und ich drehe den Kopf etwas. Wir sind auf dem Weg zu seinem Wagen. Er hat ihn ein Stück von meinem Wohnhaus entfernt abgestellt, weil ansonsten nirgends Parkplätze frei waren.

Die Hände tief in den Taschen meines Mantels vergraben schüttele ich den Kopf. »Über nichts.«

Colin legt den Arm um meine Schultern, zieht mich ein Stück an sich und ich versinke praktisch im Duft seines Parfüms. »Du bist eine ganz schlechte Lügnerin, Freundin.«

Wieder auf den Gehweg blickend, schüttele ich den Kopf. »Wieso nimmst du mich mit, Colin?« Diese Frage kreist schon die ganze Zeit durch meine Gedanken. Warum will er nicht allein zu einer Weihnachtsfeier mit den Menschen, die ihm wohl ziemlich viel bedeuten? Wieso schleppt er ausgerechnet mich mit?

Weil du vermutlich die Einzige bist, die heute Nacht Zeit hatte, meldet sich sofort die hässliche Stimme in meinem Kopf, die mir immer alles madig machen will. Sie klingt verdächtig nach meiner Mutter.

Der Arm um meine Schultern drückt mich noch ein Stück mehr an den warmen Körper Colins und ich schließe für ein, zwei Sekunden die Augen. »Die Wahrheit?«

»Ja bitte.« Nun rücke ich doch wieder ein Stück von ihm ab und sehe ihn an. Langsam lässt er den Arm sinken und schiebt sie in seine Hosentaschen.

»Ich wollte Zeit mit dir verbringen. Außerdem wollte ich nicht allein da hin. Amber und Shane sind ekelhaft verliebt. Sie kleben ständig aneinander und himmeln sich gegenseitig an. Felix und ich sitzen die ganze Zeit nur daneben und hoffen, dass die Zeit schnell vergeht.«

Ein Prusten bricht aus mir heraus. »Was?«, japse ich. »Ist das dein Ernst?«

»Was davon?«, will er ernst wissen und hält mich an der Ellenbeuge fest. Gleichzeitig zeigt er auf seinen Wagen. Er entriegelt den Wagen, öffnet mir die Beifahrertür und hebt die Augenbrauen, weil ich ihm noch immer nicht geantwortet habe.

»Die Sache mit Amber und Shane und, dass euch das so stört«, lasse ich ihn wissen, dann folge ich seinem Wink und steige ein. Kaum sitze ich, schließt er die Tür vorsichtig hinter mir und läuft an der Motorhaube vorbei auf seine Seite. Ich verfolge ihn mit meinem Blick, bewundere die aufrechte Haltung, den sicheren Gang, sein Selbstbewusstsein, das ihm aus jeder Pore quillt.

Mit einem Seufzen lässt er sich auf seinen Platz sinken, schnallt sich an und sieht mich anschließend wieder an. »Ja, das habe ich völlig ernst gemeint. Nach heute Nacht wirst du verstehen, was ich damit meine.«

Auch ich schnalle mich an. »Wie nett von dir, dass du deine Qualen mit mir teilen möchtest.«

Seine Mundwinkel zucken. »Von Herzen gerne.«

Zwanzig Minuten später fährt Colin in die Tiefgarage eines riesigen Wolkenkratzers. Auf einem Parkplatz angekommen, stellt er den Motor ab und löst seinen Gurt. Direkt danach dreht er sich zu mir. »Bereit?«

Ein nervöses Kribbeln ergreift von mir Besitz. Ich bin im Begriff, Weihnachten zu feiern. Weihnachten! Zum ersten Mal in meinem Leben. »Ich glaube schon«, bringe ich hervor und sehe zu, wie Colin lächelnd aussteigt. Nur langsam schnalle ich mich ab, atme tief durch und folge ihm nach draußen. Er wartet, bis ich bei ihm hinter dem Wagen bin, dann öffnet er den Kofferraum. Beinahe fallen mir die Augen aus dem Kopf, als ich all die verzierten, verpackten Geschenke sehe.

»Wie viele Menschen erwarten uns dort oben, meintest du?«, murmele ich und versuche, den Berg abzuzählen. Das können wir unmöglich tragen.

Der Kerl neben mir lacht leise. »Nur meine Zwillingsschwester und meine beiden besten Freunde, keine Sorge.« Er hält inne. »Wobei, natürlich kann es sein, dass Felix ebenfalls eine Frau mitbringt. Das weiß ich nicht.«

»Aha«, mache ich und deute auf die Geschenke. »Und wer soll die tragen?«

Colin tritt einen Schritt näher an den Kofferraum heran, nimmt ein Geschenk und hält es mir hin. »Du und ich.«

Mein Mund öffnet sich empört. »Ach, deshalb wolltest du mich dabeihaben! Aber das werden wir niemals mit einem Mal schaffen!«

Lässig zuckt er mit den Schultern. »Dann tragen wir einen Teil schon mal ins Erdgeschoß und stellen sie dort ab, um den Rest zu holen.«

Die Augen verdrehend, nicke ich. »Na schön.« Okay, dieser Typ hier klingt schon viel mehr wie mein Boss. Anweisungen ohne Bitte und Danke. Beinahe muss ich schmunzeln. Stattdessen lasse ich mir von Colin ein, zwei, drei, vier, fünf Geschenke auf die Arme laden. Danach schnappt er sich selbst einen ganzen Haufen.

Mit dem Kinn deutet er hinter mich. »Wir müssen in diese Richtung, dort befindet sich der Fahrstuhl. Komm.« Ohne große Mühe, obwohl seine Pakete deutlich größer und schwerer sind als meine, geht er los.

Hastig folge ich ihm auf dem Fuße, bis wir bei besagtem Fahrstuhl ankommen. Umständlich drückt Colin mit dem Ellenbogen die Taste, um ihn zu rufen. Als sich die Türen öffnen, tritt er zur Seite und lässt mich – wieder ganz der Gentleman, zuerst einsteigen. Dieser Fahrstuhl ist mit meinem nicht zu vergleichen. Selbst so vollbeladen, wie wir sind, hätten noch weitere zehn Personen Platz – locker.

Das ›Ping‹ ertönt und die Türen öffnen sich wieder. »Da sind wir«, höre ich ihn nuscheln, dann treten wir aus dem Fahrstuhl. Langsam setzt Colin die Geschenke ab, wendet sich an mich und nimmt mir auch meine Last. »Du kannst hier warten, ich hole den Rest.« Er grinst und bevor ich etwas erwidern kann, verschwindet er wieder in der Kabine.

Etwas beklommen sehe ich mich im riesigen Foyer des Wolkenkratzers um. Nur einige Meter entfernt ist ein Pult aufgestellt, das wohl normalerweise von jemandem besetzt ist. Heute allerdings ist der Platz hinter dem Pult leer. Kein Wunder. Es ist schließlich Heiligabend. Die Böden dieses Gebäudes sind edel in dunklem Grau gehalten und glänzen, als wäre noch nie jemand mit dreckigen Straßenschuhen darüber gelaufen. Die

Wände sind reinweiß, kein einziger Fleck ist zu sehen. Das hier schreit nur so nach Reichtum. Was Colins bester Freund Shane wohl beruflich macht? Ausgeschlossen, dass sich eine Journalistin das hier leisten kann. Na ja, außer, Colin und Amber haben reiche Eltern.

Das ›Ping‹ des Fahrstuhls lässt meine Gedanken verstummen. Langsam drehe ich mich um und sehe, wie Colin heraustritt. Mit einem Stöhnen legt er die Geschenke auf den Boden, bläst die Wangen auf und fährt sich durchs Haar.

»Jetzt müssen wir den Berg noch da rüber schaffen.« Mit dem Zeigefinger der rechten Hand deutet er in Richtung eines weiteren Fahrstuhls. »Der führt direkt in Shanes Penthouse.«

»Alles klar«, gebe ich von mir. Ich hatte Recht. »Was macht Shane denn so?« Während ich das frage, nehme ich wieder einen ganzen Haufen Geschenke hoch und setze mich in Bewegung.

»Er ist Anwalt und hat mit Felix eine eigene Kanzlei.«

Mitten im Weg bleibe ich stehen und Colin, der hinter mir gegangen ist, läuft in mich hinein. Hastig drehe ich mich um und sehe dabei zu, wie Colin es gerade so noch schafft, kein Päckchen fallen zu lassen. »Entschuldige!«

Über die Pakete hinweg lächelt Colin. »Schon gut, nichts passiert. Wieso bist du stehengeblieben?«

»Wie alt ist dein Freund?«

Verwirrt blinzelt er. »Zwei Jahre älter als ich, wieso?«

Mein Mund öffnet sich. »Der Kerl ist 33 und hat eine eigene Kanzlei?«

Mit dem Kinn deutet mir Colin an, weiterzugehen. »Das Zeug ist schwer, Süße. Ich wäre dir dankbar, wenn wir, während wir reden, gehen.«

Verlegen beiße ich mir auf die Unterlippe. »Sorry!« Schnell drehe ich mich um.

»Shane ist sehr … sagen wir herrisch und hat Ehrgeiz. Er wollte nie unter der Fuchtel irgendwelcher alten Vögel stehen.

Ich kann mir auch nicht vorstellen, dass er damit klargekommen wäre.«

»Oh«, mache ich und bleibe vor dem Fahrstuhl stehen. »Er ist also ein Siegertyp?«, fragend schaue ich Colin an.

»Jep.« Er setzt die Geschenke ab. »Wenn jemand ein Siegertyp ist, dann garantiert er.« Mit diesen Worten dreht er sich um und läuft los, um die anderen Geschenke zu holen.

»Und was ist mit Felix?«, rufe ich ihm zu, als er gerade wieder auf mich zu kommt.

»Felix ist …«, setzt er an, wird aber unterbrochen.

»Felix ist der Beste«, erklingt eine tiefe, brummige Stimme und ich schrecke zusammen. Ich sehe mich um und entdecke am Eingang des Foyers einen großen, breitgebauten Mann mit Vollbart. Ebenso wie Colins Haare sind die des Fremden dunkel. Allerdings weniger akkurat gestylt. Er trägt eine Nadelstreifenhose in Schwarz-Weiß, dazu ein weißes Hemd. Die oberen zwei Knöpfe stehen offen. Über dem Arm trägt der Kerl die passende Jacke zur Anzugshose.

Ein Schnauben erklingt neben mir. »Felix«, murrt Colin. »Du bist ganz schön spät dran.«

Lässig hebt der Kerl den Arm und schaut auf eine goldene Uhr an seinem Handgelenk. »Wenn jemand spät ist, dann ja wohl du. Ich war schon oben und bin nur nochmal runter, um das hier zu holen.« Aus seiner Hosentasche holt er ein kleines Päckchen hervor und dreht es.

»Was ist das?«, fragt meine Begleitung sofort. »Machst du einer Frau einen Antrag?«

»Nope«, erwidert der Kerl, der mich wegen seiner Breite an einen Bären erinnert. »Ich nicht.«

Mein Blick fliegt zu Colin, dem jegliche Farbe aus dem Gesicht gewichen ist. »Du meinst …«

»Unser Freund wird sesshaft.«

Im Gesicht meines Bosses kann ich in diesem Moment Tausende von Emotionen vorbeiflitzen sehen. Der Schock scheint sich mit Überraschung, Freude, Unglaube und ... Widerwillen abzuwechseln. »Jetzt schon?«, murmelt er schließlich und sieht kurz zu mir, bevor er Felix wieder ansieht, der nun zu uns getreten ist. Statt ihm allerdings zu antworten, wendet sich Felix an mich.

»Entschuldige, wie unfreundlich von mir.« Ehe ich reagieren kann, nimmt mir Felix, der das kleine Päckchen wieder in seiner Hosentasche hat verschwinden lassen, die Geschenke ab. »Ich bin Felix und normalerweise habe ich Manieren. Heute ist etwas ... na ja, Ausnahmesituation. Es kommt nicht oft vor, dass der beste Freund der besten Freundin einen Antrag machen will, weißt du?«

Schmunzelnd blicke ich ihm in die dunklen Augen. Beinahe wirken sie schwarz. Die Pupille ist nur schwach erkennbar. »Kein Problem.«

»Das ist Hailey«, mischt sich Colin ein.

Felix' Augenbrauen heben sich, als er zu seinem Freund sieht. »Ja und ich bin mir sicher, sie hätte mir ihren Namen gleich selbst genannt.«

Nur mühsam verhalte ich mir ein lautes Auflachen. Noch nie habe ich erlebt, dass jemand so mit Colin spricht. In der Klinik ist er immer der Boss. Niemand würde es wagen, ihn derart in seine Schranken zu weisen. Aber klar, das hier ist sein bester Freund. Er nimmt kein Blatt vor den Mund.

»Ja, ja, lach du nur«, murrt Colin wie ein Kind und ich wende mich ab, um das breite Grinsen zu verbergen.

»Ich glaube, ich mag sie«, gibt Felix von sich, dann geht er an mir vorbei und drückt den Knopf für den Fahrstuhl. »Ihr seht so aus, als würdet ihr Hilfe gebrauchen können.«

»Ich nicht«, plappere ich rasch. »Das ist Colins Eskalation.«

»Verräterin«, höre ich besagten Kerl neben mir sagen.

Felix lacht - ein raues, ziemlich heiseres Geräusch. »Das tut er jedes Jahr. Keine Ahnung, woher er die Zeit nimmt, all das Zeug zu shoppen. Man sollte meinen, als Oberarzt einer Klinik hat er mehr zu tun.« Das ›Ping‹ des Fahrstuhls erklingt, ich nehme schnell die anderen, noch auf dem Boden stehenden Geschenke an mich und der Mann im Nadelstreifenanzug tritt zur Seite. »Ladies first.«

»Danke«, gebe ich grinsend zurück und betrete einen weiteren großen Fahrstuhl. Danach suche ich nach der Knopfleiste, finde aber keine. »Wo ist denn di…-« Mitten im Satz breche ich ab, als sich die Türen schließen und sich der Kasten in Bewegung setzt. »Wie?«, fragend sehe ich Colin an.

Dessen Mundwinkel zucken amüsiert. »Der Fahrstuhl führt ausschließlich ins Penthouse.«

Mein Mund klappt auf. »Im Ernst?«

»Jep«, bestätigt Felix. »Shane mag es extravagant.«

»Oh.« Ein Fahrstuhl, der nur dem Zweck dient, ins Penthouse zu fahren. Wie krass ist das denn? Wie reich ist der Typ? In meinem Magen entsteht ein nervöses Flattern, je höher wir fahren. Verkrampft halte ich mich an den Geschenken in meinen Armen fest. War es wirklich richtig, mitzukommen? Ich habe nicht mal Geschenke dabei! Bestimmt sind Colins Freunde und seine Schwester nicht besonders glücklich darüber, wenn er einfach unangekündigt Besuch mitbri-…

Mit einem kleinen Ruck bleibt der Fahrstuhl stehen und mein Herzschlag gerät aus dem Takt.

Kapitel | 16.
Weihnachten mal anders …
Colin

Die Türen des Fahrstuhls gleiten auf und sofort sehe ich in das breit grinsende Gesicht meiner Schwester. »Colin!«, ruft sie aus und hüpft wie ein Flummi auf der Stelle. »Wen hast du uns denn da mitgebracht?« Sofort mustert sie Hailey aufmerksam.

»Euch mitgebracht?«, erwidere ich. »Sie ist zu meiner seelischen und geistigen Unterstützung dabei, nicht für euch.«

Das Lächeln meines Zwillings bleibt strahlend. »Du Trottel«, gurrt sie. »Hallo, ich bin Amber und zu meinem Leidwesen bin ich seine Schwester.«

Ein Schnauben entfährt mir, bevor ich Hailey einen sanften Stoß mit dem Ellenbogen gebe, weil meine Arme noch immer voller Geschenke sind. »Los jetzt, das Zeug ist schwer.«

»Wieso musst du auch immer so übertreiben?«, wirft Shane ein und kommt Hailey entgegen, die jetzt aus dem Fahrstuhl tritt. »Komm, gib das mal her. Eine Frau so schleppen lassen, Colin. Ich dachte, du hättest Anstand.«

»Schon gut«, nuschelt meine Begleitung und schiebt sich eine Strähne ihres dunklen Haares hinters Ohr, sobald ihre Hände frei sind. Dabei sieht sie schüchtern lächelnd zu Shane auf und ich kneife die Augen zusammen.

»Verteidige ihn ja nicht, er glaubt sonst, er kann das immer mit dir machen!«, schimpft Amber, dann tritt sie schnurstracks auf die nun von ihrem Ballast befreite Hailey zu und schlingt die Arme um ihren Hals. »Du bist Hailey, oder?«

»Ja, die bin ich«, erwidert diese, sieht über Ambers Schulter zu mir und klopft meiner Schwester dann auf den Rücken. Sie sieht nicht gerade aus, als wäre ihr diese plötzliche Umarmung besonders recht.

»Amber«, gebe ich von mir, sobald ich an ihr vorbeigegangen bin. »Lass sie los. Nicht jeder steht so auf Nähe wie du.«

»Oh!« Hastig tritt sie zurück und räuspert sich. »Sorry. Ich freue mich nur so, dass mein dümmlicher Bruder endlich eine Frau mitbringt. Das hat er noch nie gem-«

Ruckartig fahre ich herum. »Amber, halte endlich deine Klappe! Wir sind Freunde«, zwänge ich hervor. Freunde. Unglaublich, dass ich das mitmache.

Ergeben hebt sie die Hände. »Mann, du bist ja heute wieder empfindlich.«

Mein Blick fällt auf Hailey, die zwischen uns allen hin und her sieht und sichtlich überfordert ist. »Kommst du?«, frage ich sie deshalb und sehe sie rasch nicken. Mit einem entschuldigenden Blick beeilt sie sich, zu mir zu kommen, anschließend folgt sie mir durch den Flur in den riesigen Wohn/Essbereich.

»Wow«, bricht es aus ihr heraus, während ich die Geschenke unter dem gigantischen Baum platziere, den mit Sicherheit Amber angeschleppt hat. Shane und Felix tauchen an meiner Seite auf und tun es mir nach. Auch ohne meine Geschenke wäre es unter dem Baum eng geworden. Amber und ich teilen nämlich die Vorliebe, unsere Liebsten mit Geschenken zu bombardieren.

Bevor sich meine Schwester wieder über Hailey hermachen kann, durchquere ich den Raum schnell und stelle mich an ihre Seite. »Gefällt es dir?«, will ich wissen und beuge mich dafür nah an ihr Ohr.

»Meine ganze Wohnung würde spielend in dieses Wohnzimmer passen«, kommentiert sie und sieht mich mit einem Seitenblick an.

Sanft lege ich ihr einen Arm um die Taille. »Aber bei dir ist es kuscheliger.«

Sofort färben sich Hailey Wangen rot. »Das ist eine nette Bezeichnung dafür.«

Schmunzelnd drücke ich ihr einen Kuss auf den Schopf, weil ich einfach nicht anders kann, dann lasse ich sie los, weil es ihr sichtlich unangenehm ist, mir in Anwesenheit meiner Freunde und Schwester so nah zu sein.

»Also«, höre ich Amber sagen und sehe, wie sie auf uns zu kommt. »Du bist die Frau, die mir vor einigen Monaten bezüglich der Challenge geschrieben hat …«

»Was?«, kommt es unisono von Shane und Felix.

»Du hast ihn für die Challenge angemeldet?«, will Shane sofort wissen. »Wie viele Meldungen gab es seinetwegen und wieso hast du mir nichts davon erzählt?« Sein vorwurfsvoller Blick trifft auf Amber.

Meine Schwester feixt und ich sehe sie finster an. »Weniger als für dich, mein Schatz«, säuselt sie anschließend in Shanes Richtung und verdreht gespielt die Augen.

»Lass mich raten«, bringt sich auch Felix ein. »Du hast dich darüber beschwert, dass er die halbe Belegschaft knallt! Er hat u-«

»Felix!«, verlässt es laut meinen Mund und er bricht ab. »Muss das sein?« Gott, wieso habe ich gedacht, dass es eine gute Idee wäre, Hailey zu diesem Haufen mitzubringen?

Sofort verzieht Felix das Gesicht. »Entschuldige.« Betreten sieht er auch Hailey an. »Normalerweise benehmen wir uns besser, versprochen.«

Zu meiner Verwunderung gluckst Hailey neben mir und entspannt sich sichtlich. »Ich glaube dir das jetzt einfach mal.«

»Das solltest du«, brummt Shane und streckt ihr die Hand hin. »Übrigens, ich bin Shane, wie du bestimmt schon erraten hast.«

Hailey ergreift seine Hand, sieht zu ihm auf und lächelt. »Schön dich kennenzulernen. Dein Penthouse ist wirklich unglaublich. Ich war noch nie in einer so großen Wohnung.«

Shane lässt die Augenbrauen hüpfen. »Ja, oder? Amber liebt mich nur, weil sie auf das Penthouse abfährt.«

»Hey!«, ruft mein Zwilling aus. »Das stimmt nicht. Ich habe dich schon geliebt, bevor du auch nur ein Haar am Sack hattest!«

Ein lautes, helles Lachen erklingt und ich sehe Hailey an. Mein Blick fliegt über ihr hübsches Gesicht, das strahlt, wenn sie lacht. Sofort überkommt mich der Wunsch, sie hier und jetzt zu küssen. Stattdessen beschränke ich mich darauf, sie anzustarren.

Ein Ellenbogen landet in meiner Seite und als ich den Kopf drehe und Amber ansehe, die sich irgendwie an meine andere Seite geschlichen hat, zwinkert sie mir zu. »Du hast Herzchenaugen«, flüstert sie.

Schnaubend verdrehe ich die Augen, sehe dann aber doch wieder sofort zu Hailey, die sich langsam beruhigt. Kaum ist ihr Lachanfall vorbei, sieht sie mich schmunzelnd an.

»Wir sollten essen, oder? Hailey, trinkst du Wein?«

Schnell nickt sie. »Gerne.«

»Rot oder Weiß?«, hakt Amber nach.

»Bitte nur weiß.«

»Yes«, gibt Felix von sich und hält die Hand hoch, damit Hailey bei ihm abklatschen kann. »Wir sind alle Weißwein-Trinker! Du passt in unsere Gruppe!«

Abermals färben sich die Wangen der jungen Frau an meiner Seite rot, dennoch klatscht sie bei Felix ab. »Das ist lieb, danke.«

»Alles klar, also Weißwein für alle. Schatz, du holst die Gans aus dem Ofen!«

Shane salutiert. »Selbstverständlich, Madam. Ganz wie Ihr befehlt.«

Glucksend setzt sich Amber in Bewegung, stößt Shane mit ihrer Hüfte an und geht mit ihm gemeinsam zur Küchenzeile.

Zurück bleiben Felix, Hailey und ich. »Setzen wir uns?«, schlage ich vor und deute auf den großen Esstisch rechts im Raum angrenzend an den Küchenbereich.

»Jep«, bestätigt Felix und läuft bereits los.

»Alles in Ordnung?«, frage ich Hailey und sie dreht sich zu mir, um mir ins Gesicht sehen zu können. »Das ist alles etwas viel, oder?«

»Alles wunderbar. Deine Schwester und deine Freunde sind toll. Aber …« Sie zieht die Augenbrauen zusammen und sieht an mir vorbei zur Kücheninsel. »Hattest du nicht gesagt, Amber wäre deine Zwillingsschwester?«

»Ja, das ist sie.« Ich weiß, woran sie denkt, und lächle schon, bevor sie weiterspricht.

»Aber ihr seht euch gar nicht ähnlich!«

Wie vorhin auf dem Weg zum Wagen, lege ich meinen Arm um ihre Schultern und setze mich in Bewegung, sodass sie sich mir anschließt. »Wir sind zweieiige Zwillinge. Die sehen sich meist nicht so ähnlich wie eineiige Zwillinge.«

»Oh.« Wieder sieht sie zu Amber. »Aber sie ist blond und du dunkelhaarig.«

»Mhm«, mache ich. »Wir teilen uns nur die Augenfarbe.«

»Stimmt!« Hailey nickt bestätigend. »Das habe ich gesehen.«

Beim Esstisch angekommen, nehme ich meinen Arm von ihren Schultern und ziehe ihr einen Stuhl zurück. Erst da fällt mir auf, dass sie noch ihren Mantel trägt. Nicht nur sie scheint durch den Wind zu sein, mir geht es offenbar nicht anders, wenn ich die einfachsten Benimmregeln vergesse. Meine Mutter würde mir die Ohren langziehen.

»Gib mir deinen Mantel, ich trage ihn zur Garderobe.« Auffordernd halte ich ihr die Hand entgegen und warte, bis sie sich, mit roten Wangen, aus dem Mantel geschält hat. Sofort sehe ich wieder auf den Herzausschnitt ihres Kleides, anschließend tiefer über ihren Bauch, ihre Hüften, zu ihren Beinen.

»Danke«, sagt sie schnell und setzt sich. Kurz sehe ich sie noch an, dann setze ich mich endlich in Bewegung.

Kapitel | 17.
Die Martinez Zwillinge
Hailey

Kaum sitzen dieser bärige Typ – Felix und ich allein am Tisch, räuspert er sich vernehmlich und erregt so meine Aufmerksamkeit. Rasch sehe ich in seine Richtung, nachdem ich eben noch Colin hinterher gesehen habe. Er könnte viel mehr Colins Bruder sein, als Amber seine Zwillingsschwester ist. Nur, dass Felix etwas breiter, muskulöser ist. Außerdem hat er, im Gegensatz zu meiner Begleitung, irgendwie eine düstere Ausstrahlung.

»Führt ihr eine Beziehung?«, will er wissen und neigt den Kopf etwas.

Eine innere Unruhe befällt mich. »Nein, wir sind nur Freunde.« Wieso fragt er das?

»Freunde?« Felix sagt das Wort so belustigt, dass ich die Augenbrauen hebe und fragend seinen Blick erwidere. Seine Augen sind wahnsinnig dunkel. Ich selbst habe auch braune Augen, aber Felix' sind beinahe schwarz. »Na ja, ich kenne Colin seit über fünfzehn Jahren und noch nie hat er eine Frau an Weihnachten mit zu unserem Fest gebracht.«

Was will er mir damit sagen? Welche Erwiderung erwartet er darauf? »Na ja, wir verbringen viel Zeit zusammen, weil wir im General Hospital zusammenarbeiten. Ich bin seine Assistenzärztin.«

»Felix, hör auf sie auszufragen!«, erklingt laut Ambers Stimme von der Küche aus. »Colin ist sonst wieder beleidigt.«

Besagter betritt soeben das Wohnzimmer und sucht sofort meinen Blick, nachdem ich mich umgedreht habe. »Worum geht's?« Langsam schlendert er auf die Küchenzeile zu, greift nach zwei Weingläsern und kommt damit auf mich zu. Direkt vor mir bleibt er stehen. Seine Augen blitzen und ein amüsiertes Funkeln liegt in seinem Blick. Woher kommt das denn plötzlich? »Hier, für dich.«

Zögerlich greife ich danach, nehme ihm das Weinglas ab und ignoriere das Kribbeln, als sich unsere Finger hauchzart berühren. Freunde, wir sind Freunde. Vorhin in meiner Wohnung und eben, als er mir einfach so einen Kuss auf den Kopf gedrückt hat, Gott, da wollte ich all meine Bedenken über Bord werfen. Aber das darf ich nicht. Colin ist nicht nur acht Jahre älter als ich, er ist außerdem kein Kerl, der länger bleibt als für eine Nacht. So eine Frau möchte ich nicht sein. Nicht, wenn mir langsam klar wird, dass ich ihn wirklich mögen könnte. Wenn da nicht all die Erinnerungen an sein Verhalten im Krankenhaus, die Flirtereien, der Sex im Ruheraum mit irgendwelchen Frauen wären, dann …

»Danke«, gebe ich endlich von mir und lächele zu ihm auf. Er ist mein Boss! Mein Vorgesetzter! Ein Mann mitten im Leben, ein Oberarzt, was sollte er außerdem mit jemandem wie mir? Colin Martinez steht auf kleine, perfekte, blonde, schlanke Frauen. Nicht auf aufsässige, jeden Verstoß meldende, mollige Assistenzärztinnen.

Als sich Colin neben mich sinken lässt, hüllt mich sofort sein Duft ein und mein Blick richtet sich auf Felix, der mich neugierig betrachtet. Woran denkt er? Daran, dass ich überhaupt nicht Colins Beuteschema entspreche? Daran, dass ich bestimmt recht damit habe, dass wir nur Freunde sind, weil sein Freund keinen Gefallen an Frauen wie mir findet?

Eine sanfte Berührung an meinem Bein lässt mich ruckartig den Kopf abwenden und Colin ansehen. Hitze steigt in mir auf, als sein Daumen über mein Knie streicht und ich nervös den Blick senke, um zu beobachten, was er da tut.

Schluckend schiebe ich seine Hand von meinem Bein und kneife die Lippen zusammen. Stur starre ich danach auf das Weinglas, das ich vor mir auf dem Tisch abgestellt habe.

»Mache ich dich nervös?«, erklingt seine Stimme leise an meinem Ohr und sein heißer Atem streift meine Wange.

Angespannt kneife ich die Augen zusammen. Alles in mir kribbelt. Wann hatte zuletzt ein Mann eine derart heftige Macht über mich und meinen Körper? Ich meine, nicht, dass ich viel Erfahrung hätte. Bisher habe ich zwei Beziehungen geführt, wobei man die mit vierzehn Jahren nicht wirklich als Beziehung bezeichnen kann. Wir waren Kinder, unbeholfen und neugierig. Mehr als uns geküsst und ein bisschen gestreichelt haben wir nicht. Mit achtzehn hatte ich für ein Jahr Brian an meiner Seite. Er war wirklich süß, genauso unerfahren wie ich und wahnsinnig zärtlich. Immer hat er versucht, mir zu geben, was ich brauche. Aber so wirklich geklappt hat es nicht. Irgendwann hat er eine Cheerleaderin kennengelernt, die deutlich mehr Erfahrung hatte als ich. Für sie hat er mich schließlich verlassen. Ich war nicht böse. Es war ohnehin nicht die große Liebe, aber gemocht habe ich ihn schon. Und gerade in der ersten Zeit war ich auch wirklich verliebt in ihn.

»Felix, Colin?«, ruft Amber in diesem Moment, reißt mich aus meinen Gedanken und lenkt gleichzeitig von Colins Frage ab, die ich noch immer nicht beantwortet habe. »Könntet ihr mal eure Ärsche bewegen und uns helfen?«

Auf der anderen Seite des Tisches scharrt ein Stuhl und schon ist Felix auf den Beinen. Colin lässt sich mehr Zeit.

»Ich kann auch helfen«, biete ich an und will mich ebenfalls erheben, aber Colin legt mir die Hand auf die Schulter.

»Nein, du bleibst, wo du bist. Gäste müssen nicht arbeiten, stimmt's, Ambi?«, ruft er am Ende seiner Schwester zu.

»So ist es. Aber weder Felix noch du seid hier Gäste! Also los!«

»Sklaventreiberin«, murrt Colin und ein Lächeln breitet sich in meinem Gesicht aus. Ich mag es, wie die Geschwister miteinander umgehen. Es hat etwas Unbeschwertes, etwas Leichtes. Ohne jeden Zweifel ist mir bewusst, dass sich die beiden sehr lieben. Es ist die Art, wie sie einander ansehen, wie sie sich necken, sich sogar gegenseitig in die Pfanne hauen. Ich wünschte, ich hätte eine so enge Beziehung zu meinen Geschwistern, aber meine Eltern haben uns derart auseinandergetrieben, dass wir nur selten wirklich Kontakt haben. Klar, ich telefoniere mit meiner Schwester, aber oft kommt es dann doch zu keinem Treffen.

Etwas zappelig, weil ich wirklich lieber helfen würde, als bloß hier rumzusitzen, sehe ich dabei zu, wie Felix Shane mit der Gans hilft. Gleichzeitig drückt Amber Colin zwei große Schüsseln in die Hände.

»Die stellst du links und rechts an die Enden des Tisches«, trägt sie ihm auf.

»Zu Befehl«, wiederholt er die Worte von Shane vorhin und kommt zum Tisch zurück. Als er meinen Blick bemerkt, zwinkert er mir zu. Kaum hat er die beiden Schüsseln je auf eine Seite des Tisches gestellt, bewegt er sich in meine Richtung.

»Glaub bloß nicht, das war es schon, Colin!«, warnt Amber sofort und ihr Bruder, der nun vor mir steht, schnaubt.

»Was denn noch?«

»Ich kann wirklich …«

»Nein!«, kommt es unisono von den Zwillingen. Bevor Colin allerdings wieder in die Küche zurückkehrt, beugt er sich vor. »Du bleibst hier auf deinem heißen Arsch sitzen und rührst keinen Finger, verstanden?«

Unvermittelt klappt mein Mund auf. Hat er meinen Po gerade als ›heiß‹ bezeichnet? Meinen PO?

Nur mit Mühe unterdrücke ich den Drang, mich ein Stück zur Seite zu neigen und besagten Hintern anzusehen. Hat er Schwierigkeiten mit den Augen? Anders kann ich es mir nicht erklären. Mein ›Arsch‹ ist alles andere als heiß. Er ist zu groß, zu breit, und auch wenn man es in einem Kleid nicht sieht – voller Cellulite.

»Verstanden?«, hakt er nach, weil ich noch immer kein Wort herausgebracht habe.

»Äh, ja«, presse ich hervor und kneife die Lippen zusammen.

Colin atmet tief durch, streicht mir sanft über den Arm, dann dreht er sich um. »Gut.« Kaum gesagt, geht er folgsam zur Küchenzeile zurück.

Keine fünfzehn Minuten später sitzen wir alle am Tisch, heben die Gläser und stoßen auf ein wundervolles Weihnachtsfest an. Ein eigenartiges Gefühl der Behaglichkeit schleicht sich in meine Eingeweide. Das ist es also. Mein erstes Weihnachten, und ich verbringe es mit meinem Boss.

Als könnte er meine Gedanken lesen, dreht er in diesem Moment den Kopf und erwidert meinen Blick. »Auf dein erstes Weihnachtsfest.«

»Ihr was?«, greift Amber sofort auf und wir wenden uns gleichzeitig seiner Schwester zu. Sie sieht von Colin zu mir und wieder zurück. »Hast du gerade gesagt, das ist ihr erstes Weihnachtsfest oder habe ich mich verhört?«

Schon lange ist es mir nicht mehr peinlich, Weihnachten nicht zu feiern. Immerhin hatte ich 23 Jahre Zeit, mich daran zu gewöhnen. »Nein, du hast dich nicht verhört«, antworte ich deshalb. »Meine Eltern halten nichts von Weihnachten und na ja…, was man nicht kennt, vermisst man nicht, oder?«

Jegliche Farbe ist aus Ambers Gesicht gewichen. »O Gott, du hast deine gesamte Kindheit ohne den Zauber des Heiligen Abends verbringen müssen?«

Jetzt doch etwas beklommen über ihre Entrüstung, balle ich unter dem Tisch meine Hand zur Faust. »Ja, aber es war wirklich nicht so sch-«

»Baby, hast du das gehört?« Mit einem Klaps lenkt sie Shanes Aufmerksamkeit, der sich eben mit Felix unterhalten hat, auf sich.

»Hm? Was gehört?«

»Himmel, Amber!«, kommt es grob von Colin, bevor ich seine Hand auf meiner Faust spüre. Sanft löst er meine verkrampften Finger. »Du merkst nicht mal, wenn sich jemand deinetwegen unwohl fühlt, oder?« Ehe ich mich versehe, zieht Colin meine Hand auf seinen Schenkel, drückt sie flach darauf und legt seine große, warme Hand darüber. Ein Rauschen setzt in meinen Ohren ein, während die Geschwister sich ein Wortgefecht leisten. Amber versteht nicht, was sie falsch gemacht haben soll, und Colin ist offenbar überzeugt davon, mich beschützen zu müssen. Shane und Felix beobachten die Szene und ich? Ich kann mich ausschließlich auf den warmen, festen Schenkel unter meiner Hand konzentrieren. Nur ein Stück höher und ich würde seinen Pen-... nein, daran darf ich nicht denken! Nicht hier, nicht jetzt und überhaupt, eigentlich gar nicht!

»Bitte, hört auf«, bringe ich deshalb endlich hervor. »Es gibt keinen Grund, Mitleid mit mir zu haben oder mich zu verteidigen. Das kann ich bei Bedarf auch selbst.« Kurz sehe ich beide an, versuche mich an einem Lächeln.

Ambers Schultern sinken ein Stück nach unten, bevor beide Zwillinge gleichzeitig: »Entschuldige«, nuscheln.

Ein unterdrücktes Lachen erklingt und als ich Shane ansehe, kann der sich nur mit viel Gewalt davon abhalten, das Prusten herauszulassen. Mit rotem Kopf sitzt er da und kneift fest die Lippen zusammen.

»Was ist?«, will Amber wissen. »Wieso lachst du?«

»Weil«, keucht Shane und schüttelt den Kopf abwinkend.

»Weil es immer dasselbe ist«, bekommt er Felix' Unterstützung. »Ihr findet immer einen Grund, euch in die Wolle zu bekommen.«

»Das stimmt doch gar nicht!«, rufen die Zwillinge abermals unisono aus und jetzt kann selbst ich nicht mehr anders – laut lache ich los und spüre, wie sich Colins Finger unter meine Handfläche auf seinem Schenkel schieben.

Kapitel | 18.
Essen, Geschenke, Gelüste
Colin

Von der Seite beobachte ich Hailey, während ich ihr unter dem Tisch über die Handfläche streiche, bevor ich meinen Daumen über ihren Handrücken gleiten lasse. Ihre Reaktion besteht darin, sichtlich zu schlucken. Schon als ich ihre Hand auf meinen Schenkel gezogen habe, habe ich gesehen, wie sie sich leicht angespannt hat. Aber sie entzieht sich mir nicht und deshalb nehme ich an, dass es für sie ok ist.

»Jetzt musst du uns aber erzählen, wie es ist, mit Colin zu arbeiten. Wie lange musst du ihn schon ertragen?«, will Shane wissen, nachdem er einen kräftigen Schluck aus seinem Weinglas genommen hat.

»Pfff, ertragen«, murre ich, obwohl ich mir durchaus darüber bewusst bin, dass ich sehr viel von meinem Team verlange. Hailey ist zwar die, die meist an meiner Seite ist, aber da sind ja noch die Pfleger und Pflegerinnen, die Anästhesisten und Chirurgen und all die Fachleute, die wir hinzuziehen, wenn wir einen Fall vor uns haben, den wir in der Ambulanz nicht so einfach lösen können. Für innere Verletzungen, Operationen und ähnliche Fälle sind andere zuständig. Hailey und ich kümmern uns um kleinere Verletzungen, um Krankheiten. Natürlich werde ich hinzugezogen, wenn es um eine Diagnose geht, die nicht so einfach erkannt wird. Ebenso bin ich derjenige, der den Leuten die schlechten Nachrichten überbringen muss, wenn es denn welche gibt. Die guten Neuigkeiten überlasse ich meist meinen Kollegen und Kolleginnen.

»Also«, beginnt Hailey und beißt sich auf die rote Unterlippe, bevor sie den Kopf dreht und mich ansieht. »Ich denke, er ist der beste Arzt im General Hospital.«

»Aber?«, hakt Amber grinsend nach und lehnt sich über den Tisch nach vorne.

Schnaubend schüttele ich den Kopf. »Wieso sollte es da ein ›Aber‹ geben?«

»Lass sie aussprechen!«, schimpft Shane und als ich ihn ansehe, erkenne ich die Neugier in seinen Augen. »Komm schon, Hailey, sag es uns. Wir sind alle zum privaten Vergnügen hier, er darf dich nicht rauswerfen.« Bei seinen Worten wackelt er mit den Augenbrauen. »Ich versprech's, als Anwalt weiß ich das natürlich.«

Bevor sie das tatsächlich tut, leert sie ihren Wein und stellt das Glas vor sich ab. Ihre Finger auf meinem Schenkel bewegen sich leicht und ich spanne mich etwas an, weil das ein heißes Kribbeln direkt in meine Leisten sendet. »Kein Aber, er ist der beste Arzt.«

»Jaaa«, murrt Felix, »aber wie ist die Zusammenarbeit mit ihm? Er erzählt uns nie etwas!«

»Hm«, macht sie jetzt und wieder bewegen sich ihre Finger. Langsam, ganz langsam schiebe ich ihre Hand ein Stück höher und sehe dabei zu, wie sich ihre Wangen rot färben. »Er ist sehr…« Sie stockt, schluckt. »Fordernd und herrisch.«

Meine Nerven sind zum Zerreißen gespannt, weil sie noch immer keine Anstalten macht, die Hand wegzunehmen. Das wievielte Glas Wein hat sie getrunken? Das Dritte? Lässt sie es zu, weil sie betrunken ist, oder …?

»Fordernd und herrisch? Was fordert er denn, dass man ihm einen blä-« Shane kassiert einen Schlag auf den Hinterkopf von meiner Zwillingsschwester.

»Shane!«, gibt sie entrüstet von sich. »Mein Bruder ist nicht wie du!« Normalerweise würde ich mich jetzt auch aufregen, wie sie es tut. Es ist wirklich nett von ihr, dass sie ihn bei diesem Bullshit unterbrochen hat. Klar, ich habe mir auch schon mal bei der Arbeit einen blasen lassen, aber ich habe das nicht gefordert oder irgendwas in der Art. In jeder anderen Situation würde ich ihm jetzt mit einem Spruch kommen, aber die Finger, die gerade so nah dran sind, über meinen Schwanz zu streichen, lenken mich ab. Nicht zum ersten Mal bin ich an diesem Abend froh, dass Felix, Shane und Amber auf der anderen Seite des Tisches sitzen.

»Alles gut bei dir, Hailey? Ist dir warm? Möchtest du noch etwas trinken?«, höre ich Amber fragen und versuche, mich auf Haileys Antwort zu konzentrieren.

»Nein, alles gut«, meint diese und ich rücke unwillkürlich ein Stück auf meinem Stuhl vor, sodass ihre Hand nun direkt auf meiner Erektion liegt. Keine Chance, das irgendwie vor ihr zu verbergen. Nicht, dass ich das wollen würde. Sie soll ruhig spüren, was sie mit mir macht, ohne sich dessen auch nur irgendwie bewusst zu sein. Zumindest wirkt alles an ihr wahnsinnig unschuldig. Vielleicht liegt es an ihrem Alter. Gott, sie ist acht Jahre jünger als ich und ich bin ihr Boss. Aber gerade ist mir das sowas von egal. Auch egal ist mir, dass sie vorhin noch gesagt hat, sie will nur mit mir befreundet sein. Vor allem jetzt, wo ihre Finger sich erneut bewegen, über die Beule in meiner Hose streichen. Fuck.

Mich räuspernd, halte ich ihre Hand fest, bevor sie weitermachen kann. Ich nehme sie nicht weg, hindere sie aber daran, mich weiter zu streicheln. »Wollen wir uns jetzt über die Geschenke hermachen?«

Amber springt auf wie ein Kleinkind und klatscht in die Hände. »O ja, die Geschenke. Wartet, wir müssen erst aufräumen, uns frische Getränke holen und die passende Musik auswählen!« Ihr Blick richtet sich auf mich. »Colin?«

Die Augenbrauen hebend, betrachte ich meine Schwester. Sie trägt heute ein goldenes Kleid, das sich eng an ihren Körper schmiegt, sie allerdings etwas blass aussehen lässt.

»Vielleicht zeigst du Hailey den Rest der Penthouses? Die Lounge auf der Terrasse?«

Ein Grinsen breitet sich in meinem Gesicht aus. Manchmal ist Amber wahnsinnig unsensibel, aber meistens spürt sie genau, was jemand braucht. In meinem Fall: Haileys Körper an meinem. »Gute Idee.« Rasch nehme ich die Hand meiner Begleitung von meinem Schritt – Amber hat es, als sie aufgestanden ist, ohne jeden Zweifel gesehen – stehe auf, drehe mich um und richte meinen Ständer so, dass er nicht mehr so deutlich sichtbar ist. Erst dann wende ich mich an Hailey. »Kommst du?«

Nur für den Bruchteil einer Sekunde zögert sie, dann räuspert sie sich, steht auf und schiebt den Stuhl wieder an den Tisch. »Sicher, dass wir nicht lieber helfen sollten?«

»Aber nein!«, versichert ihr Amber sofort. »Geht ruhig. Wir schaffen das schon.« Sie zwinkert mir zu und ich ergreife Haileys Hand, um sie rasch in Richtung Terrasse zu ziehen. Kühle Nachtluft schlägt uns entgegen, als ich die Schiebetür öffne. Besorgt musterte ich die Frau an meiner Seite.

»Soll ich deinen Mantel holen?«

»Nein«, erwidert sie sofort. »Mir ist warm.« Sie tritt hinaus und schnappt im nächsten Moment nach Luft. »O Gott.«

Langsam und bedächtig trete ich hinter sie. »Vancouver von hier oben, nachts, an Weihnachten, sieht großartig aus, oder?« Überall sind die Lichter der Stadt zu sehen, die glitzernden, leuchtenden, schimmernden Laternen. Selbst mich haut dieser Ausblick immer wieder um. Auch ich habe eine großartige Bude, aber Shanes Penthouse ist eine ganz besondere Immobilie. Da kann mein Loft nicht mithalten.

»Ja«, bestätigt Hailey und weil ich nicht anders kann, trete ich noch ein Stück näher an sie heran, sodass ich ihren Po an meinem Schritt und ihren Rücken an meiner Brust spüren kann.

»Hailey?«

Auch ohne ihr Gesicht zu sehen, spüre ich, wie sie sich anspannt. »Hm?«

Langsam hebe ich die Hand und lasse sie über ihren Arm gleiten. »Wenn wir ungesehen sein wollen, müssen wir da vorne um die Ecke.« An ihr vorbei zeige ich auf die Hauswand, die eine Stelle bietet, von der aus man hier draußen nicht gesehen werden kann. »Möchtest du das?«

Sie lässt sich mit ihrer Antwort so lange Zeit, dass ich das Gesagte schon zurücknehmen will, aber dann überrascht sie mich. »Okay.«

»Okay?«, hake ich nach, weil ich mir ganz sicher sein möchte, dass sie das will. Immerhin geht es hier nicht um irgendeine Frau, sondern um meine Assistenzärztin. Wenn wir irgendwas tun, was unsere gemeinsame Arbeit beeinträchtigen könnte, sollte es gut überlegt sein. Auch wenn ich selbst gerade mehr als impulsiv handle. Mir ist irgendwo weit hinten in meinem Kopf bewusst, dass ich gerade dabei bin, eine große Blödheit anzustellen. Aber verflucht, sie raubt mir seit Tagen jeden Nerv, weil ich ständig an sie und ihren Körper denken muss.

»Ja«, flüstert sie wieder verzögert und ich löse mich von ihrem Rücken, um schnell an ihr vorbeizugehen. Dabei ergreife ich erneut ihre Hand und ziehe sie hinter mir her. Schnell verschwinden wir um die Ecke. Kaum dort angekommen, drehe ich mich zu ihr, schlinge die Arme um ihren Körper und ziehe sie eng an mich.

»Du machst mich wahnsinnig, Hailey.« Mein Blick fällt auf ihr Gesicht, ihre dunklen Augen, die hübsche Nase und die vollen, heute roten Lippen. Ihre weichen Brüste drücken sich an mich und meine Hände machen sich selbstständig. An ihrem Rücken hinunter, berühre ich im nächsten Moment ihren prallen, festen Po und drücke zu. »Fuck«, höre ich mich murren, bevor ich meine Aufmerksamkeit wieder auf ihren Mund richte. »Ich würde dich jetzt furchtbar gerne nackt in meinem Bett sehen, aber für den Moment …« Mit der Hand, die nicht ihren Arsch umfasst hält, schiebe ich ihr Haar zur Seite und senke meinen Mund auf die pochende Vene an ihrem Hals. Ihre Haut schmeckt süß und salzig, von beidem nicht zu viel.

»Colin«, höre ich sie hauchen und werde auf der Stelle ein weiteres Mal hart.

Sanft sauge ich an der Haut direkt unter ihrem Ohr. »Hm?«, mache ich dabei und drücke ihren Unterkörper fester gegen meinen.

»Ich …«, beginnt sie, stöhnt dann aber leise, als sie meinen Atem hört, weil ich soeben ihr Ohrläppchen erreicht habe.

»Ja, du?«, hake ich erregt nach. Verflucht. Ich will sie ficken. So dringend. Alternativ hätte ich auch nichts dagegen, wenn sie mir mit ihren perfekten, roten Lippen einen blasen würde. Fuck, wie geil würde das aussehen, wenn sie vor mir kniend meinen Schwanz lutschen würde, während sie diesen Lippenstift trägt? Ihr perfekter Mund um mich herum …

»Ich«, beginnt sie wieder, gleichzeitig zieht sie mein Hemd aus der Hose und berührt meinen Rücken mit ihren kühlen Fingern. »Mehr.«

Ein animalisches Knurren dringt aus meiner Kehle, bevor ich sie gegen die Mauer in ihrem Rücken schiebe. »Darf ich dich jetzt küssen?«

Schnell nickt sie.

»Keine Freunde?«

»Heute Nacht nicht.«

Kurz breche ich die Erkundung ihres Körpers mit meinen Fingern ab. Gerade war ich dabei, über den Ausschnitt ihres Kleides an ihren Brüsten zu streichen. »Heute Nacht?«

Hastig nickt sie.

»Und morgen sind wir wieder Freunde?«

Hailey stößt ein ungeduldiges Schnauben aus. »Ja. Jetzt küss mich endlich.«

Ein Lächeln zupft an meinen Mundwinkeln. »Dein Wunsch ist mir Befehl.« Ohne noch eine Sekunde zu zögern, beuge ich mich vor und lege meinen Mund endlich auf ihren.

Kapitel | 19.
Heiße Küsse und Unsicherheiten
Hailey

Ein Schauer rauscht durch meinen gesamten Körper, als Colins Lippen meine berühren. Automatisch schließen sich meine Augen und ich klammere mich an seiner Hüfte fest. Sein Mund liegt heiß auf meinem, bevor er ihn ein Stück öffnet. Ein Seufzen dringt aus meiner Kehle, als sich sein harter, großer Körper an meinen drückt. Wie lange ist es jetzt her, dass mir ein Mann so nah war? Vier Jahre?

Sanft legt er mir eine Hand an die Wange, streicht mit der Zungenspitze über meine Unterlippe, sodass ich ihm nachgebe, ihm entgegenkomme und meine Zunge seine berührt. Ein Rauschen setzt in meinen Ohren ein, während der Kuss intensiver wird. Colins Erektion drückt sich gegen mein Becken und eine ungeheure Lust rast durch meinen Körper. Er schmeckt so gut! Ein bisschen nach dem Wein, den er vorhin getrunken hat. Wie ich wohl für ihn schmecke?

Sein leises Stöhnen, als er in meinen Mund vordringt, lässt einen Schauer über meinen Nacken rieseln. Ist das zu fassen? Ich stehe hier auf einer Terrasse, von der aus ich auf ganz Vancouver hinabblicken kann, und knutsche hemmungslos mit meinem Boss.

Stockend halte ich inne, schiebe Colin an seinem festen Bauch ein Stück von mir und sehe zu ihm auf. Der Ausdruck in seinen Augen haut mich beinahe um. Noch nie war ich mir so sicher, zu wissen, was gerade in einem Mann vorgeht.

»Was ist los?«, fragt er und klingt dabei ziemlich atemlos. Hat ihm dieser Kuss genauso gefallen wie mir?

Bebend einatmend, erwidere ich seinen Blick. »Das hier wird nichts an unserer Zusammenarbeit ändern, oder?« Ich muss das einfach fragen.

Colins Augenbrauen ziehen sich zusammen, aber seine Finger, die noch immer an meiner Wange verweilen, streicheln mich zärtlich. »Nein, natürlich nicht. Ab morgen sind wir wieder Freunde.«

Schnell nickend schlucke ich. »Ok, dann hör nicht auf, mich zu küssen.«

Sofort verschwindet die sorgenvolle Miene, die Falten auf seiner Stirn ebenfalls und er entspannt sich wieder. »Das hatte ich nicht vor.« Ehe ich mich versehe, liegt sein Mund wieder auf meinem. Dieses Mal ist es kein langsamer, genüsslicher Kuss. Colin drückt mich etwas grober als zuvor an die Wand, lässt mich abermals spüren, was das hier mit ihm macht. Ist das zu fassen? Ich bin der Auslöser für diese mächtige Erektion in seiner Hose! Diese feste …

Meine Gedanken fliegen davon, als sich seine freie Hand auf meine Brust legt. Verlangend drückt er zu und ich kann ein Stöhnen in seinen Mund nicht verhindern. Daraufhin wird der Kuss noch heftiger, Colin küsst mich, als würde er jede Sekunde den Verstand verlieren, wenn er mich nicht bekäme.

Gierig ziehe ich auch den vorderen Teil seines Hemdes aus der Hose und schiebe meine Finger unter den weichen Stoff. Die heiße, straffe Haut, auf die ich nun stoße, lässt mich abermals seufzen. Fahrig erkunde ich seinen Oberkörper, berühre ihn überall, wo ich rankomme. Wie kann jemand nur so perfekt aussehen?

Mein Gefummele nimmt ein jähes Ende, als Colin Anstalten macht, mein Kleid anzuheben. Dafür beugt er sich ein Stück vor, streicht über meinen Schenkel und ich spüre die kalte Luft.

Hastig unterbreche ich den besten Kuss meines bisherigen Lebens. »Halt!«, bestimme ich und ergreife sein Handgelenk. Unter meinem Kleid trage ich eine Bauch-Weg-Hose und darüber eine Strumpfhose. Wenn er mich berührt, wird er das spüren. Nicht, dass er nicht ganz sicher weiß, dass ich schummeln musste, um in diesem Kleid halbwegs vorzeigbar auszusehen, aber es ist nochmal etwas anderes, es zu spüren.

»Hm?«, macht er, weil er ganz sicher nicht versteht, wieso ich ihn jetzt bremse. Eben habe ich ihn gierig befummelt und wenn er dasselbe tun will, bremse ich ihn. Schon klar, dass das ungerecht ist, aber ...

Verlegen senke ich den Blick, aber Colin lässt mir keine Chance, mich vor ihm zu verstecken. Seine Hand legt sich unter mein Kinn.

»Hailey? Kannst du mir bitte sagen, was gerade passiert ist?« Seine Stimme klingt rau, dunkler, noch immer voller Verlangen. Außerdem geht sein Atem schwer.

Ihm nun in die Augen sehend, schüttele ich den Kopf. »Ich... also ... nein.«

Langsam tritt er ein Stück zurück und sofort vermisse ich seine Körperwärme an meiner. »Ok, alles klar«, gibt er von sich. »Wenn du das nicht willst, ist das in Ordnung.«

»Ich will«, bricht es aus mir heraus, bevor ich es bremsen kann. »Aber ...« Ein verzweifeltes Schnauben ausstoßend, zucke ich mit den Schultern. »Ich bin dick, Colin.«

Verwirrung zeichnet sich auf seinem Gesicht ab. »Ich verstehe nicht, worauf du hinauswillst.«

Meine Güte, wie kann er das nicht verstehen? Sollte ein Oberarzt nicht etwas einfühlsamer sein?

Mit zur Faust geballten Händen recke ich das Kinn. »Die Frauen, mit denen du sonst ... na, du weißt schon. Die sind nicht dick. Ich ... was, wenn du mich berührst und dich ekelst? Das wäre oberpeinlich!«

Ungläubig starrt mich der Kerl, der mich eben noch um den Verstand geküsst hat, an. »Mich ekeln?«, wiederholt er meine Worte. »Soll das ein Scherz sein?«

Hastig schüttele ich den Kopf. Was glaubt er denn, wie ich mich fühle? Er ist Mister Perfekt, und ich?

Unvermittelt kommt er wieder einen Schritt näher, greift nach meiner Hand und führt sie an seinen noch immer erregten Schwanz. Meine Augen weiten sich, als ich die dicke Beule unter meinen Fingern spüre. »Spürst du das?«

Jetzt nicke ich schnell. Natürlich spüre ich das. Was für eine Frage?

»Meinst du, wenn ich mich vor dir ekeln würde, wäre ich hart?«

Unsicher beiße ich mir auf die Unterlippe. »Nein.« Zumindest glaube ich das. Wobei es bestimmt Männer gibt, denen es nur um Sex geht und da ist es ihnen auch egal, wie die Frau aussieht.

Colin lässt meine Hand los und ich lasse sie sinken. »Da hast du deine Antwort. Hör zu …« Er hält inne, fährt sich durch die Haare und sieht dann kurz auf die Stadt hinab, bevor er seine Aufmerksamkeit wieder auf mich richtet. »Ich verstehe deine Gedanken, das tue ich wirklich. Aber die sind unnötig.« Intensiv blickt er mir in die Augen und ich versinke im Blau seiner Iriden. »Ich lüge nicht, wenn ich dir sage, dass du wunderschön bist, Hailey.« Mit seinen Worten streicht er mir eine Strähne meines Haares hinters Ohr. »Und damit meine ich nicht nur dein unglaubliches Gesicht, sondern alles an dir.«

Mein Herz schlägt schnell, meine Nase beginnt als sicheres Zeichen dafür, dass ich gleich heulen werde, zu prickeln. »Ich war ein halbes Jahr unsichtbar für dich. Wie kann es sein, dass du mich plötzlich …«

Prompt schüttelt er den Kopf. »Du warst nie unsichtbar für mich, Hailey Xanders. Du bist die beste Assistenzärztin, die man haben kann. Ich schätze dich sehr und ich hatte bisher immer großen Respekt vor deiner Leistung.«

Das glaube ich ihm sofort. Mir war immer bewusst, dass er meine Arbeit schätzt, auch wenn er mich nur selten gelobt hat. Aber all das hat nichts damit zu tun, dass er mich plötzlich schön finden soll. Ich meine, ich habe ihn schon immer heiß gefunden – natürlich. Aber er war für mich in der Kategorie ›unerreichbar‹. Mal abgesehen davon, dass ich immer dachte, dass er sowieso nur auf schlanke Frauen mit langen Beinen und blonden Haaren steht. Nicht, dass er auf mich stehen würde, aber …

»Hailey«, unterbricht er meine Gedanken. »Hör auf, es zu zerdenken. Reicht es denn nicht, wenn ich dir sage, dass du mich umhaust und ich verdammt scharf auf dich bin? Ich meine, du hast entschieden, dass wir morgen wieder Freunde sind. Was ist also dabei, wenn wir heute tun, wonach uns ist und wir morgen wieder das sind, was wir davor waren?«

Gute Frage, Doktor. Vielleicht mein Verstand? »Meinst du, das ist so einfach?«

Er zuckt mit den Schultern. Natürlich ist es das für ihn. Colin schläft ständig mit Frauen, die er dann nie wieder sieht. Für ihn ist das hier nichts anderes als das, was er auch sonst tut. Nur dass ich es dieses Mal bin, die ihm in die Falle gegangen ist. Will ich wirklich Sex mit meinem Boss? Will ich eine von vielen sein? Ja und nein. Sex mit ihm … ja, das würde ich wollen. Himmel, das würde ich wirklich gerne wollen. Aber die Tatsache, dass ich für ihn nur eine Nummer sein werde, lähmt mich. Er wird es nicht schwer haben, wenn wir danach wieder zu dem zurückkehren, was wir bis hierhin waren – Kollegen und sowas wie Freunde, falls man uns überhaupt so bezeichnen kann. Aber ich? Was ist mit mir? Wie wird es mir gehen, wenn er danach so tut, als wäre nichts gewesen? Ich hatte noch nie einen One-Night-Stand. Vielleicht ist Colin genau der Richtige für so etwas, aber wollte ich das bisher überhaupt je? Nein. Mal abgesehen davon, dass ich nicht wüsste, wo ich jemanden für ein solches Unterfangen finden sollte, wenn ich keine Clubs oder Pubs besuche. Dafür fehlt mir nicht nur das Geld, sondern auch die Lust. Meine Abende verbringe ich lieber eingekuschelt auf meinem Sofa, mein Lieblingseis Stracciatella auf dem Schoß und mit einer oder zehn Folgen ›How I Met Your Mother‹.

»Hailey«, holt er mich abermals aus meinen Gedanken, weil ich noch immer vor ihm stehe und nichts gesagt habe. »Wir müssen nicht. Es ist in Ordnung, wenn du es bei diesem Kuss belassen möchtest. Deine Entscheidung.«

Kapitel | 20.
Heiße Vorfreude
Colin

Nein, verdammt. Es wäre nicht ok, wenn wir es bei diesem Kuss belassen. Mein Schwanz drückt verlangend gegen meine Hose, alles in mir pulsiert, will in ihr sein. Wenn sie jetzt einen Rückzieher macht, verzweifele ich. Schon seit Tagen lechze ich nach ihr. Noch nie musste ich derart auf eine Frau warten. Normalerweise reicht es, wenn ich kurz mit ihnen flirte, um sie ins Bett zu bekommen. Aber Hailey ist anders, so verflucht anders. Der Kuss eben, die Küsse... fuck. Sie hat mich anfangs geküsst, als hätte sie das noch nie getan oder schon sehr lange nicht mehr. Aber als sich ihre Lippen geöffnet haben ...

Scheiße, ich muss mich konzentrieren. Außerdem könnte jeden Moment Amber nach uns rufen. Auf keinen Fall will ich diese verdammte Terrasse verlassen, ohne zu wissen, ob das hier heute Nacht noch zu etwas führt. Zu ihr, zu mir, total egal. Hauptsache sie lässt zu, dass ich ihr dieses Kleid vom Körper reiße und sie mir endlich nehme. Jede verdammte Nacht in den letzten Tagen habe ich es mir selbst gemacht, während ich an sie gedacht habe. Ich bin mir sicher, wenn ich sie endlich gehabt habe, wird das aufhören. Wenn ich sie endlich gefickt habe, wird sie aus meinen Gedanken verschwinden, wie es jede Frau vor ihr getan hat. Sie reizt mich, das ist es. Ganz klar. Was auch immer Amber denkt, ich verliebe mich nicht. Ich bin scharf auf sie, will ihre Abwehr knacken. Sie ist interessant und schön. Das war es die ganze Zeit, oder? Hailey hat mich für Ambers Challenge angemeldet und damit irgendwas in mir verursacht. Nur deshalb fahre ich derart auf meine dunkelhaarige Assistenzärztin ab. Wenn ich sie gevögelt habe, bin ich das los. Zumindest ist so der Plan. Glaube ich. Danach können wir Freunde sein, gar kein Problem. Wenn diese Anziehungskraft, die sie auf mich ausübt, erst verflogen ist, können wir von mir aus die besten Freunde werden.

»Ok«, flüstert sie endlich und ich halte an mich, um nicht die Faust in die Luft zu stemmen.

»Ok?«, hake ich stattdessen nach. Ich bin ein Arschloch, aber ich will mir ganz sicher sein.

Ihr Schlucken ist unübersehbar. Wann hatte sie zuletzt Sex? Fuck, hatte sie schon Sex? Das sollte ich sie unbedingt fragen, oder? Ich meine, sie ist 23 und bis auf ihre große Klappe bei der Arbeit, wirkt sie sonst sehr schüchtern. Bestimmt hat sie, wenn überhaupt, nicht viel Erfahrung.

»Lass uns diese Nacht genießen. Zusammen.«

In mir vibriert die Freude über ihre Worte. Aber bevor ich sie an mich ziehen und küssen kann, muss ich sie das mit dem Sex noch fragen. »Hattest du, also, bist du noch Jungfrau oder …?«

Ihre Augenbrauen heben sich überrascht und selbst hier im spärlichen Licht kann ich erkennen, wie sich ihre Wangen röten. »Wie kommst du darauf?« Sie schüttelt den Kopf. »Nein, ich bin keine Jungfrau. Und du?« Jetzt breitet sich ein Lächeln in ihrem Gesicht aus.

»O ja, ich fürchte, ich werde schon kommen, bevor ich ganz in dir bin …« Rasch trete ich näher an sie heran, beuge mich vor und halte vor ihren Lippen inne. »Ich kann es kaum erwarten, diese drei Sekunden mit dir zu erleben.«

»Hailey? Colin? Ich störe nur ungern, aber langsam geht die Weihnachtsstimmung flöten!«, erklingt Ambers Stimme in diesem Moment und ich schließe die Augen. Rasch drücke ich Hailey einen Kuss auf den Mund.

»Später«, verspreche ich ihr dann, ziehe mich zurück und stopfe mein Hemd wieder in meine Hose. Danach fahre ich mir durch die Haare und sehe Hailey dabei zu, wie sie an ihrem Kleid zupft, ihre Haare ausschüttelt und tief durchatmet. »Bereit?«

»Mhm«, macht sie und lässt zu, dass ich ihre Hand in meine nehme. Erst dann treten wir hervor und sehen Amber an der Terrassentür stehen. Sie grinst breit.

»Alles gut bei euch?«

»Alles bestens«, versichere ich ihr, als wir bei ihr ankommen.

Belustigt sieht sie mich an. »Du hast da etwas Lippenstift.« Ehe ich mich versehe, hebt sie die Hand und wischt mir über den Mund.

»Lass das«, motze ich, schlage ihre Hand weg und höre Shane und Felix im Wohnzimmer laut lachen. Großartig. Damit werden sie mich wieder wochenlang aufziehen.

»Ist ja schon gut«, trällert Amber, »jetzt bist du wieder sauber.« Sie zwinkert Hailey zu, die hochrot angelaufen ist, dreht sich um und schreitet uns voran zurück ins Wohnzimmer. »Zeit für Geschenke!«, ruft sie aus und klatscht in die Hände.

Als wir ebenfalls eintreten, entdecke ich auf dem Esstisch jede Menge Getränke und Snacks. Leise Weihnachtsmusik ist zu hören und ich entspanne mich. Ein Blick auf Hailey verrät, dass auch sie wieder lockerer wird.

»Na, ihr beiden?«, erklingt Shanes Stimme genau in diesem Moment. »Ihr seid ja noch angezogen.«

Hailey neben mir schnappt nach Luft und dreht sich ein Stück in meine Richtung, um ihr Gesicht an meiner Brust zu verbergen. Ein Gefühl der Wärme rast durch meinen Körper und ich lege den Arm um sie.

»Müsst ihr sie ständig in Verlegenheit bringen?«

»Müssen? Nein. Aber ihre Reaktion ist echt sehr süß«, gibt mein bester Freund von sich. Zu meiner Überraschung streckt Hailey die Hand aus und zeigt ihm den Mittelfinger.

Ein lautes Lachen bricht aus mir heraus. »Ich hätte es ihm nicht besser sagen können, Baby«, gackere ich und ziehe sie noch fester an mich. Gleichzeitig spanne ich mich an, weil dieses ›Baby‹ so selbstverständlich über meine Lippen gekommen ist.

»Leute, benehmt euch, es ist Weihnachten!« Amber steht inzwischen neben dem Esstisch. »Lasst uns anstoßen, das Licht löschen und kurz innehalten, ja?«

»Komm, geben wir ihr diesen Moment.« Weil Shane, Felix und ich wissen, dass Amber diese Sache sehr wichtig ist, versammeln wir uns alle am Tisch, nehmen unsere Getränke entgegen und stoßen an. Amber betätigt einen den Lichtschalter, dann einen Weiteren, der den Baum zum Leuchten bringt. Kaum ist dies geschehen, sehe ich Hailey an. Ihre Augen glänzen, sie starrt den Baum an, als hätte sie nie etwas Schöneres gesehen.

Die Klänge von ›Holy Night‹ nehmen den Raum ein und ein Gefühl der Behaglichkeit klettert mein Rückgrat hinauf. Sanft lege ich die Arme von hinten um Haileys Körper, ziehe sie dicht an mich und atme ihren Duft ein. Wie benebelt nehme ich wahr, wie sie ihre Hände auf meine um ihren Bauch legt und sie über meinen Handrücken streicht. Ohne jegliche Kontrolle beuge ich mich ein Stück vor und drücke ihr einen Kuss auf den Hals. Danach verharre ich an ihrem Ohr. »Frohe Weihnachten, Hailey.«

Ich spüre ihr tiefes Durchatmen. »Frohe Weihnachten, Colin.«

»O Gott«, japst Amber, als sie das lange, dunkelblaue Kleid auspackt, das Felix ihr geschenkt hat. »Es ist wunderschön!« Sofort fällt sie ihm um den Hals. »Ich liebe blaue Kleider!«

Felix lacht. »Das wissen wir alle, Kleines.« Seltsam unbeholfen tätschelt er ihr den Rücken und schiebt sie von sich. Bevor ich darüber nachdenken kann, taucht Amber direkt vor uns auf.

Breit grinsend hebt sie das Kleid vor ihren Körper und dreht sich damit. »Was sagst du, Hailey? Ist es nicht grandios?« Ihre Augen strahlen vor Freude.

Bestätigend nickt Hailey. Inzwischen haben wir wieder ein kleines bisschen Abstand zwischen uns gebracht, aber noch immer streift ihr Körper meinen bei jeder Bewegung. »Ja, das ist es wirklich. Es wird dir großartig stehen.«

»Ja, oder? Felix hat einen so guten Geschmack!« Wieder sieht sie zu ihm und als ich ihrem Blick folge, erwische ich Felix dabei, wie er die Augenbrauen zusammenzieht, bevor er sich in Bewegung setzt, an den Esstisch geht und sich ein weiteres Glas Wein einschenkt. Bei Gelegenheit muss ich mich mit ihm treffen. Irgendwas stimmt nicht.

Amber scheint von all dem nichts zu bemerken, denn im nächsten Moment drückt sie Hailey ein Geschenk in die Hand. Die blinzelt verwirrt. »Für dich«, weist meine Schwester auf das Offensichtliche hin.

»Was?«, nuschelt Hailey. »Aber wie? Ich meine, warum? Du kennst mich doch gar nicht und wusstest nicht, dass ich Colin heute begleiten würde, oder?«

Das Grinsen meiner Schwester wird breiter. »Ich hatte da eine Vorahnung!«

Hailey sieht mich an und ich zucke mit den Schultern. »Ich habe nicht angekündigt, dich mitzubringen. Schließlich wusste ich ja nicht, ob du zusagen würdest.«

»Okay?«, nuschelt Hailey. »Aber ich habe gar nichts für dich…«

»Das macht doch nichts!«, beruhigt Amber sie sofort und ich stehe ihr zur Seite.

»Außerdem sind die Geschenke, die wir vorhin hochgeschleppt haben, von uns beiden.«

»Stimmt doch gar ni-«, bevor sie weitersprechen kann, drücke ich ihr rasch einen Kuss auf den Mund. Nur ganz kurz, aber der zeigt die erwünschte Wirkung. Hailey verstummt und Amber stößt einen erfreuten Laut aus.

»Ich habe gesagt, die Geschenke sind von uns.«

»Ok«, flüstert die hübsche Dunkelhaarige.

»Jetzt mach endlich auf!«, fordert Amber und deutet auf das Päckchen in Haileys Hand. »Ich will sehen, ob es dir gefällt!«

»Na gut«, murmelt sie, dann beginnt sie, das Ding auszupacken. Ein Grinsen breitet sich auf meinem Gesicht aus, als ich sehe, was Amber ihr besorgt hat. Natürlich hat sie diese Information aufgeschnappt, als wir über Hailey gesprochen haben. Nicht umsonst ist meine Schwester Journalistin. Sie merkt sich alles, um es irgendwann nutzen zu können.

»O Gott!«, stößt Hailey hervor und vibriert förmlich vor Freude. »Woher wusstest du das?« Ungehalten schlingt sie die Arme um den Hals meiner Schwester und drückt sie fest an sich. »Ich liebe Kakao!«

Amber gluckst. »Ich weiß, Colin hat es mir erzählt.«

Langsam löst sich Hailey von Amber, dreht sich zu mir und sieht mich mit offenem Mund an. »Du hast ihr das gesagt?«

Mit einem eigenartigen Gefühl schiebe ich meine Hände in die Hosentaschen und zucke mit den Schultern. »Kann sein, dass ich das mal erwähnt habe.«

Wie üblich fehlt meiner Schwester jegliches Gefühl dafür, die Klappe zu halten. »Es mal erwähnt? Er hat mir gesagt, dass du keinen Kaffee, aber dafür Kakao trinkst und, dass deine Augen leuchten, wenn du welchen trinkst!«

Der Blick der Frau, die mich nun betrachtet, wird weich. »Wirklich?«

»Jep«, bestätigt Amber, während Hailey mich nicht aus den Augen lässt. Sie mustert mich, legt den Kopf leicht schräg und beißt sich dann auf die Unterlippe. Ehe ich mich versehe, stürzt sie auf mich zu. Schnell ziehe ich die Hände aus den

Hosentaschen, um das Gleichgewicht nicht zu verlieren, und lege die Arme um ihren Körper.

»Das ist wirklich süß, Colin«, nuschelt sie dabei an mich gepresst. »Danke.«

Lächelnd drücke ich ihr einen Kuss auf das Haar, hebe den Kopf und begegne dem Blick meiner Schwester, die mich glücklich ansieht. Sie zwinkert mir zu, dann dreht sie sich um und beginnt, sich mit Shane und Felix zu unterhalten, damit Hailey und ich einen kurzen Moment für uns haben.

Sanft schiebe ich sie ein Stück von mir, um ihr ins Gesicht zu sehen, und entdecke Tränen, die ihre Wangen hinabkullern. »Hey…« Mit beiden Händen an ihrem Gesicht wische ich die Tränen fort. »Was ist denn los?«

Hailey atmet tief durch, schüttelt den Kopf und sieht dann auf das Geschenk meiner Schwester in ihren Händen hinab. »Ich habe noch nie ein Weihnachtsgeschenk bekommen und dann ist es auch noch etwas, dass ich sehr liebe.«

»Ja«, flüstere ich. »Ich fürchte, dagegen stinkt mein Geschenk für dich ab.«

Kapitel | 21.
Der Antrag
Hailey

Entsetzt sehe ich Colin an, nachdem er gesagt hat, dass ›sein Geschenk‹ gegen Ambers abstinken wird. »Wie meinst du das?«, will ich wissen und ziehe die Augenbrauen zusammen. »Bitte sag nicht, dass du mir ein Geschenk besorgt hast!«

Wie um sich zu ergeben, hebt der unglaubliche Mann vor mir die Hände. »Dann sage ich es nicht.« Mit dem Kinn deutet er hinter mich und ich drehe mich um. Hinter mir steht Shane und hält mir ein großes Paket entgegen.

»Da steht dein Name drauf«, meint dieser und lächelt. Bisher habe ich Colins besten Freund generell nur lächeln sehen. Wie kann es sein, dass er der ›Bad Boss 2022‹ geworden ist?

»Mein Name ...«, wiederhole ich seine Worte und lasse zu, dass er mir das Geschenk von Amber abnimmt und mir stattdessen das große Ding in die Hände drückt. »Danke?«

Shane deutet auf Colin. »Keine Sorge, das ist nicht von mir, sondern von deinem Lover.«

»Shane«, kommt es sofort warnend von Colin, während ich mich ihm wieder zuwende und auf das Paket hinabsehe.

»Bin schon ruhig«, versichert Shane noch, dann richtet Colin seine Aufmerksamkeit auf mich.

»Mach schon auf«, fordert er prompt und ich schlucke.

Alle möglichen Gefühle rasen durch meinen Körper. Natürlich freue ich mich, aber irgendwie bin ich auch überfordert. Ich meine, wir verbringen erst seit einigen Tagen

143

Zeit miteinander, also privat. Und da schenkt er mir gleich so etwas Großes? »Wieso hast du mir ein Geschenk gekauft?«

Colin lacht. »Na, zur Bestechung, was sonst?« Er beugt sich vor, bis ich seinen heißen Atem an meinem Ohr spüren kann. »Um dich ins Bett zu bekommen, du weißt schon.«

Schockiert neige ich mich zurück und sehe das amüsierte Funkeln in seinen Augen. »Du lügst.«

»Natürlich.« Er deutet abermals auf das Paket. »Mach es schon auf und hör auf, dir Gedanken darum zu machen. Ich liebe es, anderen Geschenke zu machen. Das ist der Grund, kein Hintergedanke, ich schwöre.«

Schmunzelnd senke ich den Blick, dann zupfe ich am Band, das rund um das Geschenk gebunden wurde. »Hast du das eingepackt?«

Ein raues, leises Lachen ertönt. »Nein, sowas liegt mir nicht.«

Ein Stück des Kartons kommt zum Vorschein, aber noch ist nicht genug sichtbar, um zu erkennen, worum es sich handelt. Erst als ich es noch weiter öffne, wird mir langsam klar, was dieser Idiot mir da besorgt hat. »Du spinnst doch«, bricht es aus mir heraus. Gleichzeitig sinke ich auf die Knie und packe das Ding ganz aus. »Du bist völlig verrückt!«, japse ich weiter und schlage mir die Hand vor den Mund. »Das hat ein Vermögen gekostet!« Colin hat mir allen Ernstes einen Kakaodispenser gekauft! Schon seit Jahren habe ich ein Auge auf dieses Gerät geworfen, es mir aber bisher nicht gegönnt – einfach, weil es zu teuer ist.

Der Verrückte hockt sich vor mich, hebt mein Kinn an und sieht mir ins Gesicht. »Ich sagte doch, es stinkt gegen Ambers Geschenk ab.«

Schon wieder die Tränen krampfhaft zurückhaltend, schlage ich nach ihm. »Du hast sie echt nicht alle. Das kann ich nicht annehmen, Colin. Du kannst nicht so viel Geld für mich ausgeben.«

»Ich kann«, meint er bloß und richtet sich wieder auf. Gleichzeitig hält er mir die Hand hin, um mir aufzuhelfen. »Und ich habe.«

»Trotzdem kann ich es nicht annehmen!« Das wäre wirklich zu viel.

»Tja.« Colin grinst. »Ich habe die Rechnung weggeworfen. Entweder du behältst es also oder ich werfe das Ding weg.«

Schockiert reiße ich die Augen auf. »Du würdest es wegwerfen?«

Wieder zuckt er mit den Schultern. »Klar, was soll ich damit? Ich kenne keine weitere Person mit einer Obsession für Kakao.«

Obsession für Kakao. Er übertreibt maßlos! »Das ist so unfair.«

»Was?«

Unbehaglich winde ich mich. »Dass du mir so etwas schenkst und ich nichts habe, was ich dir stattdessen geben kann.«

»Oh, du kannst mir heute Nacht noch einiges geben, Süße.« Der Klang seiner Stimme nimmt bei seinen Worten einen tieferen Ton an.

»Wir können euch hören!«, trällert Ambers Stimme durch das Wohnzimmer. »Ich möchte nicht wissen, was irgendjemand meinem Bruder auf diese Art gibt!«

Verlegen kneife ich die Augen zusammen und spüre, wie meine Wangen bestimmt zum tausendsten Mal an diesem Abend rot werden.

»Pfff, aber ich bringe unseren Gast in Verlegenheit«, murrt Shane.

»Weil es so ist«, bestimmt Amber. »Wenn du etwas sagst, ist das viel schlimmer.« Ein Arm legt sich über meine Schultern und die schlanke, schöne Blondine im goldenen Kleid lehnt sich an mich. »Stimmt's, Hailey?«

»Äh«, erwidere ich intelligent und Colins Schwester lacht.

»Siehst du? Das werte ich als ja!« Ihr Blick fällt auf den Kakaodispenser. »Krasses Teil. Als hätten wir uns abgesprochen!« Sie streckt ihrem Bruder die Faust hin und er erwidert die Geste.

»Mach schon!«, höre ich hinter uns Felix murmeln und danach Shane etwas fauchen. »Sei kein Waschlappen!«

»Bin ich nicht!«, erwidert der andere und ein Grinsen breitet sich auf meinem Gesicht aus, als mir einfällt, welches Geschenk noch nicht ausgepackt wurde: Das in Felix' Hosentasche. Das Geschenk von Shane an Amber.

»Was ist denn schon wi-« Colins Zwilling dreht sich, bricht aber ab, als sie Shane und Felix leise gestikulierend diskutieren sieht. »Was wird das?«

Ruckartig fahren die beiden zu uns herum. Plötzlich wirkt Shane weit weniger souverän und cool. Sein Lächeln ist zittrig, seine Augen groß. Er sieht aus, als würde er gleich flüchten, sie deutlich steht ihm PANIK ins Gesicht geschrieben.

»Shane?«, hakt Amber besorgt nach. »Geht es dir nicht gut, Schatz?« Jetzt nimmt ihre Stimme etwas Ängstliches an. »Hast du Schmerzen?«

»Nein«, spricht er schnell und um einiges höher, als er es den Rest des Abends getan hat. »Keine Schmerzen«, fügt er hinzu.

»Ok?« Amber sieht mich an, dann Colin. »Was ist hier los?«

Felix gibt Shane einen Schubs in unsere Richtung und er stolpert auf Amber zu. Es sieht aus, als würden ihn seine Beine gleich nicht mehr tragen.

»Amber«, bringt er hervor und schon blinzelt er wild. Er schluckt und obwohl das hier nicht mich betrifft, spüre ich erneut die Tränen aufsteigen. Ich kneife die Lippen zusammen und beobachte voller Ehrfurcht, wie der große, sportliche Kerl im dunkeln Anzug auf die Knie fällt. Amber stößt ein ungläubiges Quieken aus, dann beben ihre Schultern und sie schlägt sich die Hand vor den Mund. Nein, damit hat sie auf keinen Fall gerechnet. Die Überraschung in ihrem Gesicht, die Unruhe, das ungläubige nach Luft japsen. Sie hatte keine Ahnung.

»Fuck«, hören wir alle Shane murmeln. »Honey, ich …« Er bricht ab, zischt vor sich hin. Seine Finger, die die Schmuckschatulle halten, zittern unkontrolliert. »Wir haben schon so viel Zeit verschwendet«, fährt er endlich fort. Amber weint mittlerweile ungehemmt. Colins Hand liegt auf ihrer Schulter und er steht dicht hinter ihr, als würde er befürchten, dass sie umkippt. »Ich will keinen einzigen Tag meines Lebens jemals wieder ohne dich verbringen müssen, Ambi. Die acht Jahre ohne dich und deine Liebe waren schrecklich. Ich bereue jeden Tag, nicht schon damals mutig genug gewesen zu sein, dir meine Liebe zu gestehen. Ich will, ich möchte dich fragen, ich bitte dich mit allem, was ich habe und wer ich bin: Heirate mich. Heirate mich. Denn es wird nie wieder eine andere für mich geben, das hat es nie. Niemand konnte oder könnte dich jemals ersetzen. Du bist es, die ich schon mein ganzes Leben lang wollte und will. Du bist die Eine, die Einzige. Willst du meine Frau werden?« Mit dem letzten Satz öffnet er ungeschickt und von Schluchzern gebeutelt die Schatulle und ein atemberaubender goldener Ring mit einem blauen Saphir kommt zum Vorschein.

Die weinende, nach Luft japsende Amber stürzt nach vorne, kniet sich vor ihren Verlobten, legt ihre Hände an seine Wangen und küsst ihn wild. »Ja, ja, ja!«, ruft sie zwischen den Küssen aus. »O mein Gott, Shane, ja! Ich will dich unbedingt heiraten!«

Tief durchatmend, um mich selbst zu beruhigen, wische ich die Tränen von meinen Wangen. Das breite Grinsen in meinem Gesicht ist wie festgetackert. Noch nie habe ich einen Antrag miterlebt. Shane hätte es nicht besser machen können. Beinahe hätte ich an Ambers Stelle ›JA‹ gerufen, so ergriffen war ich von all den schönen Worten aus dem Mund dieses Mannes. Werde ich jemals auch jemanden finden, der mich mit Herz und Seele liebt?

Unwillkürlich sehe ich zu Colin, der mich seinerseits eindringlich ansieht. In seinem Blick liegt ein Ausdruck, den ich nicht deuten kann, aber er verschwindet auch gleich wieder, bevor er sich abwendet. Ich beobachte, wie sich ein Lächeln auf seinen Lippen ausbreitet, bevor er seine Schwester und Shane gleichzeitig umarmt.

»Herzlichen Glückwunsch, ihr beiden.«

»Danke«, nuschelt Amber, an deren Finger nun der Ring mit dem blauen Saphir steckt. »Ich kann's gar nicht fassen!«

Shane drückt Colins Schulter. »Danke, Mann.«

»Ich erwarte, dass du sie zur glücklichsten Frau der Welt machst, verstanden?«

»Verstanden«, bestätigt Shane prompt. »Nichts anderes hatte ich vor.«

»Jetzt macht mal Platz«, murrt Felix und umarmt Amber. »Herzlichen Glückwunsch.«

»Du wusstest es, oder?«, will sie von ihm wissen.

Felix grinst und mir fällt auf, dass er das den gesamten Abend über selten getan hat. Auf jeden Fall weniger als wir anderen. »Ja, ich weiß es schon eine Weile.«

Amber boxt ihm empört gegen den Bauch. »Und da sagst du mir kein Sterbenswörtchen?«

Lässig zuckt er mit den Schultern. »Die Überraschung ist doch gelungen.«

»Das ist sie«, bestätigt Amber sofort und breitet die Arme in meine Richtung aus. »Auch mal drücken?«

»Klar«, erwidere ich sofort und umarme sie. »Herzlichen Glückwunsch. Ich hoffe, ich bin zur Hochzeit eingeladen?«, mache ich einen Scherz und Amber löst sich von mir.

»Natürlich bist du eingeladen! Du kommst mit Colin!«

Mein Mund klappt auf. »Nein, was? Nein, so habe ich das nicht gemeint!« Panisch sehe ich zu Colin, der sich lässig die Hand in der Hosentasche steckend, mit Shane unterhält. Kaum bemerkt er meinen Blick, sieht er in meine Richtung und hebt fragend die Augenbrauen.

Schnell schüttele ich den Kopf.

»Wieso nicht?«, will Amber wissen und sieht ebenfalls zu Colin. »Colin? Du bringst doch Hailey mit zur Hochzeit, oder?«, ruft sie ihm dann zu und mein Herz bleibt stehen. O Gott, das wird gleich so peinlich!

Der Angesprochene sieht von Amber zu mir und wieder zurück zu seiner Schwester. Gleich wird er ihr sagen, dass wir bestimmt nicht als Pärchen zu ihrer Hochzeit ko- »Klar, wenn sie möchte.«

»Perfekt«, jubelt Amber und wendet sich mir zu. »Siehst du, Colin bringt dich mit. Aber natürlich bekommst du eine Einladung!«

»Ich …«, bringe ich hervor. »Ich habe das wirklich nicht Ernst gemeint. Du musst mich natürlich nicht zu deiner Hochzeit einl-«

»So ein Quatsch.« Amber schiebt mich ein Stück rückwärts, damit wir nicht mehr so dicht bei den Kerlen stehen. »Er steht total auf dich. Hör zu, Colin hat eine Frau noch nie so angesehen, wie er dich ansieht. Ich muss das wissen, ich bin seine Schwester. Wenn er jemanden zu meiner Hochzeit mitbringt, dann dich.« Ruckartig wendet sie sich wieder ab. Meine Gedanken rasen. Meint sie das wirklich so, wie sie es sagt?

»Shani?«, ruft sie quer durch den Raum und in mir steigt schon die Panik auf, was sie nun wieder vom Stapel lässt.

»Hm?«, macht dieser und sieht in unsere Richtung. Auch Colin tut das, Felix sitzt am Esstisch und trinkt einen Schluck aus seinem Weinglas. Als er bemerkt, dass ich ihn ansehe, hebt er das Glas und zwinkert mir zu.

»Wann heiraten wir denn eigentlich? Bald?«

Shane lacht und jetzt wirkt er wieder ganz entspannt. Kein Vergleich zu dem Nervenbündel von eben. »So schnell wie möglich. Du kommst.«

Nickend wendet sie sich mir zu. »So bald wie möglich.«

Schmunzelnd betrachte ich die wunderschöne Frau mit den Augen des Kerls, mit dem ich heute wohl die Nacht verbringen werde. Komischer Gedanke. »Ok«, bestätige ich. »Ich komme, wenn Colin mich wirklich mitnehmen möchte.«

»Und sonst kommst du auch. Ich meine, wir sind doch nicht angewiesen darauf, von einem Mann ›mitgenommen‹ zu werden!« Stolz reckt sie das Kinn.

Kichernd nicke ich. »Ok, du hast mich überredet.«

»Gut, ich lasse mir von Colin deine Telefonnummer geben. Du kannst mir bei den Hochzeitsvorbereitungen helfen.« Sie verzieht etwas das Gesicht. »Mir mangelt es etwas an weiblichen Freundinnen.«

Ich kann mir gut vorstellen, dass sich andere Frauen nicht nur von ihrer Schönheit, sondern auch von ihrem bestimmenden Charakter eingeschüchtert fühlen. Amber ist wie ihr Bruder – wird mir in diesem Moment klar. Womöglich stört es mich deshalb nicht, dass sie so forsch ist und einen kaum zu Wort kommen lässt. Sie weiß eben, was sie will, und setzt sich durch. »Ich helfe dir gerne«, sage ich deshalb endlich. Außerdem kann ich eine weitere Freundin neben Hazel auch gut gebrauchen.

»Sehr gut!«, trällert sie fröhlich und umarmt mich nochmal, bevor sie sich umdreht, meine Hand nimmt und mich hinter sich her zu den Kerlen zieht. Kaum kommen wir dort an, mustert mich Colin.

»Sollen wir aufbrechen?«

Ein nervöses Kribbeln jagt durch meinen Körper. »Ja, wir können los.«

»Ich bin weg!«, erklingt Felix Stimme und alle sehen wir in die Richtung, wo das Wohnzimmer in den Flur in Richtung Fahrstuhl übergeht. In der Hand hält er einen großen Beutel mit den Geschenken darin, die er bekommen hat.

»Jetzt schon?«, meint Amber und zieht eine Schnute.

»Jep, ich treffe mich noch mit jemanden.«

»Mit einer Frau?«, will sie sofort wissen und Felix verdreht die Augen.

»Geht dich nichts an.« Er hebt den freien Arm und winkt in die Runde. »Wir sehen uns.« Sein Blick richtet sich auf mich. »Schön, dich kennengelernt zu haben, Hailey.«

Bevor ich mich bedanken und sein Gruß erwidern kann, wendet er sich ab und marschiert davon.

»Hm«, macht Shane. »Irgendwas ist los, ich weiß nur nicht was.«

»Mhm«, stimmt ihm Amber zu.

»Ich werde mich demnächst mit ihm treffen und dem auf den Grund gehen«, versichert Colin.

»Gut.« Shane dreht sich zu mir. »Schön, dass du hier warst. Ich hoffe, man sieht sich.« Er reicht mir die Hand, drückt mir links und rechts ein Küsschen auf die Wangen und gibt mich wieder frei.

Amber ist weniger sanft, sie zieht mich fest an sich. »Wir hören und sehen uns bald, ja?«

»Ja.« An ihrer Schulter nicke ich. »Natürlich.«

»Sehr gut.« Sie seufzt erleichtert. »Ich freue mich darauf.«

»Ich mich auch.« Rechts von mir taucht Colin auf und hält meine Geschenke.

»Komm, wir fahren zu dir und probieren das Kakaogerät aus.« Mit dem Kopf deutet er in Richtung Fahrstuhl. »Bis die Tage, ihr beiden. Und treibt es nicht zu bunt.«

»Wir treiben es so bunt wir wollen«, erwidert Shane unbekümmert und wir setzen uns alle in Bewegung Richtung Fahrstuhl. Felix ist bereits fort. Während wir warten, steigt die Nervosität in mir wieder an. Gleich sind wir allein. Wir werden in meiner Wohnung sein und …

Das ›Ping‹ des Fahrstuhls erregt meine Aufmerksamkeit, während ich in meinen Mantel schlüpfe. »Bis bald«, ruft uns Amber noch hinterher und winkt, als wir bereits in die Kabine gestiegen sind. Die Türen schließen sich und Colin und ich sind allein.

Kapitel | 22.
Kakaokuschelsex
Colin

»Das war wirklich schön. Danke, dass du mich mitgenommen hast«, spricht Hailey in die Stille des Fahrstuhls hinein.

Lächelnd wende ich mich ihr zu. »Jederzeit wieder, Süße.« Eine innere Unruhe hat von mir Besitz ergriffen, seit Shane meiner Schwester den Antrag gemacht hat. Ich habe Hailey dabei beobachtet, wie sie zu weinen begonnen hat, wie sie vor Freude für meine Schwester vibriert hat, und irgendwas hat das mit mir gemacht. Deshalb habe ich ohne zu zögern zugestimmt, Hailey mit auf die Hochzeit zu bringen. Wieso habe ich das getan? Bis zur Hochzeit von Shane und Amber werde ich Hailey längst nicht mehr auf diese Weise treffen. Klar, ich kann sie als Freundin mitbringen, aber ob das eine gute Idee ist?

Der Fahrstuhl hält an, die Türen öffnen sich und ich gebe Hailey den Vortritt. Im Foyer angekommen, deute ich in Richtung Ausgang. »Ich habe ein Uber gerufen. Um selbst zu fahren habe ich zu viel Wein getrunken.«

Sie strahlt. »Sehr verantwortungsbewusst.«

»Natürlich«, murmele ich. »Ich sehe täglich, wie Leute aussehen, die besoffen gefahren sind.«

Meine Begleitung verzieht das Gesicht. »O ja, ich glaube niemand, der das jemals gesehen hat, würde sich jemals wieder angetrunken hinters Steuer setzen.«

»Mhm«, gebe ich bestätigend von mir, während die Türen des Gebäudes aufgleiten. Direkt vor dem Wolkenkratzer steht ein Wagen mit der Werbung für Uber. »Der war schnell.«

»Bestimmt möchte er auch bald nach Hause«, sinniert Hailey, als der Fahrer auch schon aussteigt und den Kofferraum öffnet.

»Guten Abend«, begrüßt er uns.

»Guten Abend«, erwidern Hailey und ich gleichzeitig. Schnell lade ich die Geschenke im Kofferraum ab, dann öffne ich die hintere Tür des Wagens und deute Hailey an, einzusteigen.

»Du Gentlemen«, neckt sie mich und lässt sich in den Sitz sinken.

»Immer«, lasse ich sie wissen, schließe die Tür, laufe um den Wagen herum und steige auf der anderen Seite neben Hailey ein. Direkt danach nenne ich dem inzwischen wieder auf seinem Platz sitzenden Fahrer Haileys Adresse und schon fahren wir los.

Die Fahrt im Uber verläuft schweigsam. Nicht nur ich scheine meinen eigenen Gedanken nachzuhängen. Als der Wagen jedoch vor Haileys Wohnhaus hält, bezahle ich rasch, springe praktisch hinaus, laufe um das Auto herum und öffne die Tür für sie.

Schmunzelnd steigt sie aus. »Hast du es eilig?«

Ihr Lächeln erwidernd, beuge ich mich ein Stück vor, damit uns der Uberfahrer nicht hören kann. »Du hast keine Vorstellung, wie eilig.«

Obwohl ihre Wangen rot werden, lacht sie auf. »Dann sollten wir uns beeilen.«

»Absolut«, stimme ich zu, nehme dem Uberfahrer Haileys Geschenke ab, die er inzwischen aus dem Kofferraum geholt hat, bedanke und verabschiede mich. Kaum sitzt der Mann hinter dem Steuer, laufe ich auf das Haus zu, in dem Hailey wohnt. Sie holt ihren Schlüssel aus der Manteltasche, öffnet und hält mir die Tür auf.

»Danke«, murmele ich im Vorbeigehen und bewege mich auf die Treppen zu. »Ich fürchte, wenn ich diese Geschenke mit in den Fahrstuhl nehme, werden sie uns erdrücken.« Über meine Schulter hinweg, sehe ich zu ihr zurück. »Ich laufe hoch.«

»Bist du dir sicher? Wir könnten den Fahrstuhl nacheinander nehmen …« Sofort ist ihre Unsicherheit wieder da. Verdammt.

»Hails, fahr schon hoch, wir sehen uns oben.« In der Hoffnung, sie damit zu beruhigen, grinse ich breit. War es je so schwierig, eine Frau ins Bett zu bekommen? Bestimmt nicht. Will ich es trotzdem? Ja, verflucht!

Kurz scheint sie noch zu hadern, dann nickt sie. »Na schön, ganz wie du willst. Wir sehen uns oben.«

»Ausgezeichnet.« Rasch wende ich mich ab und laufe die Stufen hoch.

Oben angekommen, bin ich ziemlich außer Atem, aber ich war schneller als der Fahrstuhl. Jedenfalls ist Hailey noch nicht da. Deshalb stelle ich ihre Geschenke vor der Wohnungstür ab und schlendere dann den Gang entlang. Vor dem Fahrstuhl mache ich Halt und warte, bis das ›Ping‹ erklingt, das ihre Ankunft ankündigt. Kaum öffnen sich die Türen, sieht mich Hailey an.

»Du warst schnell«, stellt sie fest und tritt aus der Kabine heraus.

»Mhm«, mache ich und greife sofort nach ihrem Handgelenk. Sie lässt zu, dass ich sie an mich ziehe, eine Hand in ihr Haar schiebe, mich herunterbeuge und meine Lippen auf ihre lege. Endlich.

Ein leises Seufzen verlässt ihren Mund, was mich sofort reagieren lässt. Als wäre ich wieder fünfzehn, richtet sich mein Schwanz sofort auf, drückt sich hartnäckig gegen meine Hose und bringt mich dazu, ihren Mund mit meiner Zunge zu erkunden. Fieberhaft gleiten meine Hände über ihren Körper. Sie hat viel zu viel an.

»Colin«, haucht sie und holt Luft. »Wir sollten reingehen. Die Nachbarn …«

Hastig nicke ich. »Ja.« Ohne weiter Zeit zu verschwenden, drehe ich mich um, greife dabei nach ihrer Hand und ziehe sie schnell hinter mir her zur Tür. Sie kichert und schüttelt den Kopf, als wir zum Stehen kommen.

»Etwas Geduld, Mister Martinez!« Wieder kramt sie ihren Schlüssel hervor und lässt sich extra Zeit, um die Tür aufzuschließen.

»Hails«, kommt es warnend aus meinem Mund, während ich ihre Geschenke aufhebe. »Reize mich nicht.«

»Was sonst?« Mit den Wimpern klimpernd strahlt sie mich an. Sie will spielen? Alles klar. »Finde es heraus.«

Prompt beißt sie sich auf die Unterlippe, mein Schwanz zuckt, dann schiebt sie endlich den Schlüssel ins Schloss und stößt die Tür auf. »Hereinspaziert.«

»Endlich«, murre ich, trete ein, entledige mich meiner Schuhe, der Geschenke, meiner Jacke und gehe dann schnurstracks in Richtung Wohnzimmer, als würde ich hier wohnen. Tatsächlich fühle ich mich beunruhigend wohl in dieser Schuhschachtel von einer Wohnung. Es ist, wie ich es gesagt habe: kuschelig. Nicht, dass ich viel davon verstehe. Kuscheln ist nichts, was ich bisher großartig vermisst habe. Mit One-Night-Stands kuschelt man nicht. Wenn man es doch tut, verliebt sich die Frau – so meine Erfahrung. Sie denken dann, sie wären etwas Besonderes. Zweimal habe ich das gemacht und sofort bereut. Es hat Wochen gebraucht, bis ich die jeweilige Frau wieder losgeworden bin. Irgendwie wollten sie nicht verstehen, dass das Kuscheln nichts mit meiner Zuneigung zu tun gehabt hat. *Egal.*

»Möchtest du etwas trinken?«, will Hailey wissen und ich wende mich ihr zu, nachdem ich endlich meine Gedanken abgeschüttelt habe.

Mit einem Lächeln nähere ich mich ihr und lege meine Hand an ihre Taille. »Ja, bevorzugt den Saft zwischen deinen Beinen.«

Jegliche Farbe weicht nach meinen Worten aus Haileys Gesicht. Fuck, hätte ich das nicht sagen sollen?

»Was ist? Stehst du nicht auf Oralsex?«

Sichtbar schluckt sie. »Ich weiß nicht.«

Verwirrt mustere ich ihr Gesicht, betrachte ihre braun-grünen Augen. »Wie meinst du, ›ich weiß nicht‹?« Sie weiß nicht, ob sie es mag, oder …

»Ich habe nicht viel Erfahrung«, lässt sie mich wissen.

»Nicht viel …«, wiederhole ich ihre Worte. »Was heißt: Nicht viel? Du bist keine Jungfrau, was hast du denn schon ausprobiert?«

Jetzt kehrt die Farbe in ihr Gesicht zurück, als sie verlegen den Kopf senkt. »Nicht viel. Oralsex jedenfalls nur in eine Richtung.«

Eine Welle der Erregung jagt durch meinen Körper. »Du meinst, du hast jemanden einen geblasen?«

»Meinem Ex«, stellt sie klar, dass sie eigentlich keine Frau für eine Nacht ist.

Meine Hand unter ihr Kinn legend, zwinge ich sie, mir in die Augen zu sehen. »Und er hat sich nicht revanchiert?«

»Nein.«

Ok, fuck. »In welchen Stellungen hattest du bisher Sex?«

Um mir nicht weiter in die Augen sehen zu müssen, kneift sie die Lider zusammen. »Colin, müssen wir das wirklich besprechen?«

O ja, das müssen wir. »Sag es mir, Hails.«

Sie öffnet die Augen wieder. »Hails?«

»Mhm«, mache ich. »Also?«

Kurz nagt sie an ihrer Lippe, dann atmet sie tief durch. »Missionar und ich oben.«

Nur schwer kann ich an mich halten. »Nie etwas anderes?«

»Nein.«

»Mit wie vielen Männern?« Hatte sie erst …

»Mit meinem Ex. Ich hatte seither keine Beziehung.«

Die hast du auch jetzt nicht. »Wie lange ist das her?«

»Colin«, kommt es jetzt streng aus ihrem Mund. »Ich dachte, wir wollen es tun. Wieso müssen wir jetzt mein gesamtes Sexleben besprechen? Ich frage schließlich auch nicht, mit wie vielen Frauen du es getan hast, und in welchen Stellungen.«

Amüsiert hebe ich die Augenbrauen. »Du willst Sex, aber nicht darüber sprechen? Bei mir waren es weit über vierzig Frauen, in allen mir oder der Frau möglichen Stellungen.«

Unvermittelt tritt sie einen Schritt zurück, entzieht sich so meiner Berührung an ihrer Taille. »Meinst du wirklich, es ist eine gute Idee, mir unter die Nase zu reiben, mit wie vielen Frauen du es getan hast?«

»Es tut nichts zur Sache, Hails. Es ist mir egal, mit wie vielen Männern du geschlafen hast. Darum ist es mir nicht gegangen. Ich wollte herausfinden, was dir gefällt. Gerade wenn du wenig Erfahrung hast. Aber wir müssen nicht reden.« Rasch trete ich näher an sie heran. »Wir können auch einfach ficken, wenn dir das lieber ist.«

Ihr Mund öffnet sich, schließt sich wieder und es braucht mehrere Sekunden, bis sie mir antworten kann. »Ok.«

»Ok?« Das ist alles?

»Ja, lass es uns tun.«

Etwas in mir stockt, es ist die Art, wie sie das sagt. Beleidigt, genervt, resignierend. Als würde sie sich mir ergeben, nicht, als würde sie es wirklich wollen. Wieso muss sie so kompliziert sein?

Tief atme ich durch, um die Geduld aufzubringen, die ich jetzt brauche. Sie braucht offenbar etwas anderes. »Vorschlag: Wir machen uns jetzt einen Kakao mit diesem unheimlich grandiosen Geschenk, duschen, kuscheln uns in dein Bett und sehen, wo es hinführt. Was hältst du davon?« Habe ich das gerade wirklich vorgeschlagen?

Haileys Augen werden groß. »Meinst du das ernst?«

Gott, tue ich das? »Ja.«

Ein Lächeln breitet sich in ihrem Gesicht aus und ich lasse die Schultern sinken. Also Kakao und Kuschelsex. Nicht das, was ich mir vorgestellt habe, aber gut. Es ist Weihnachten, oder?

Kapitel | 23.
Zärtliche Annäherung
Hailey

Mit einem eigenartigen Prickeln, das mir wie ein Schauer den Rücken hinunterläuft, sehe ich Colin dabei zu, wie er in den Flur spaziert, meine Geschenke holt und sie schließlich zu meiner Küchenzeile trägt. Sorgsam packt er die Maschine aus, die von nun an Kakao für mich macht. Nur wenige Minuten später erfüllt der Duft des köstlichen Getränkes meine kleine Wohnung. Colin bewegt sich, als würde er hier wohnen. Zielsicher findet er alles, was er sucht, bis er schließlich zwei Tassen mit Kakao befüllt. Mit der Köstlichkeit in den Händen kommt er zu mir. Die ganze Zeit über habe ich nutzlos mitten im Raum gestanden und ihm zugesehen.

»Danke«, bringe ich jetzt hervor und nehme ihm eine Tasse ab. »Der duftet köstlich.«

Ein schiefes Lächeln zeigt sich auf seinen Lippen. »Es ist mir ein Vergnügen.« Sanft stößt er mit seiner Tasse gegen meine. »Auf uns.«

»Auf uns«, nuschele ich und trinke zeitgleich mit ihm. Während ich vor Wonne seufze, verzieht Colin das Gesicht. Ein Prusten bricht aus mir heraus, als er sich schüttelt.

»Gott, das Zeug ist purer Zucker.«

»Aber köstlich«, füge ich hinzu.

Seine Stirn legt sich in Falten. »Das sehe ich anders.«

Grinsend sehe ich ihn an, strecke die Hand aus und wische mit dem Daumen über seinen Mundwinkel, wo etwas Kakao zurückgeblieben ist. Ungeniert schiebe ich mir den Finger im Anschluss in den Mund und höre, wie Colin ein leises Geräusch ausstößt, das wie ein Knurren klingt.

»Duschen?«, schlägt er vor und mir wird heiß.

»Zusammen?«

Verwirrt blinzelt er. »Natürlich zusammen. Ich will dich sehen, Hails.«

Alles in mir sträubt sich sofort. »Colin, das ist kei-«

»Sag es nicht«, stoppt er mich. »Denk nicht mal daran.« Rasch nimmt er mir mein Getränk ab, stellt es mit seiner Tasse auf meinen Couchtisch und kommt zu mir zurück. Er umfasst meine Hüften, zieht mich an sich und betrachtet mich eindringlich. »Du bist wunderschön.«

Wunderschön. Natürlich hat mir mein Ex gesagt, dass er mich schön findet. Aber er war ja auch mein Freund. Da muss man sowas sagen, oder? Sagt Colin das nur, weil er Sex will? »Ich weiß nicht …«

»Aber ich«, kommt es prompt retour. »Bitte, Hailey. Was soll denn passieren? Schau mich an.« Er deutet auf seinen Schritt und als ich seinem Blick folge, sehe ich, dass er hart ist. Prall und fest drückt sich seine Erektion gegen seine Stoffhose. »Wenn du willst, mache ich den Anfang.«

Fragend zu ihm aufsehend, nehme ich den Blick von seinem Schritt. »Wie meinst du das?«

»Ich ziehe mich zuerst aus.«

Ich schnaube und deute auf seinen Körper. »Aber du bist perfekt.«

»Woher willst du das wissen? Hast du mich bereits nackt gesehen?«

Nein, das habe ich nicht. Natürlich nicht. Aber … »Alles an dir ist straff und sportlich. Ich habe vorhin gefühlt, dass sich unter deinem Hemd kein Gramm Fett befindet.«

»Na und?« Colin legt den Kopf schief. »Was tut das zur Sache?«

Genervt von mir selbst, schnaube ich. »Nichts.« Das tut es wirklich nicht. Er ist er und ich bin ich. Das ist mir klar. Und ich möchte ja wirklich Sex mit ihm. Aber was, wenn er mich nackt sieht und er sich dann umentscheidet? Was, wenn der jetzt so pralle Schwanz in seiner Hose in sich zusammenfällt, wenn er mich erst ohne Klamotten sieht?

»Ich habe eine Idee«, durchdringt er meine Gedanken und als ich ihn nun ansehe, ist er dabei, seinen Gürtel zu öffnen.

Panisch reiße ich die Augen auf. »Was machst du da?«

»Ich zeige dir, was du mit mir machst.« Ohne jede Scham öffnet er den Knopf seiner Hose, den Reißverschluss und zieht sie sich dann samt der Unterwäsche bis zu den Knöcheln nach unten. Mein Mund öffnet sich, als er sich wieder aufrichtet. Ohne es zu wollen, richtet sich mein Blick auf sein pralles, steifes Glied. Es wackelt leicht, ist riesig und mit Adern durchzogen. Gott, was mache ich denn da? Ich starre einfach seinen Penis an!

Ruckartig hebe ich den Kopf und sehe ein amüsiertes Funkeln in seinen Augen. »Wieso hast du das gemacht?«

»Zieh dich aus, Hails. Zieh dich aus und du wirst sehen, dass das nichts ändert.«

Langsam schüttele ich den Kopf. »Das ist doch Quatsch.«

Er tritt näher und sein nackter, steifer Schwanz drückt sich an meinen Bauch. »Ist es nicht.« Vorsichtig greift er hinter mich, findet zielsicher den Reißverschluss an meinem Rücken und zieht ihn langsam hinunter. »Darf ich?«, fragt er dabei und tut es doch schon längst.

Mein Hals ist trocken, meine Gedanken überschlagen sich. »Ok«, nuschele ich und ergebe mich dem, was nun geschehen wird. Wenn er mich danach nicht mehr will, ist das eben so, oder? Dann verschwindet zumindest diese Anziehungskraft, die er auf mich ausübt, oder? Bestimmt.

Seine Lippen an meiner Stirn lassen mich tief die Luft einziehen. »Entspann dich«, flüstert er dabei, dann ist der Reißverschluss geöffnet. Kalte Luft streift meinen Rücken, aber schon im nächsten Moment ist das vergessen, als sich Colins

Lippen suchend auf meine legen. Unglaublich zärtlich und ruhig küsst er mich, streicht mit seiner Zunge über meine Unterlippe, während er das Kleid von meinen Schultern schiebt. Mit einem kleinen Rauschen landet es zu meinen Füßen, aber Colin sieht nicht nach. Stattdessen lässt er seine Hände über meinen Rücken gleiten, bis er den Bund meines Mieders und der zusätzlichen Strumpfhose erreicht. Als wäre es das Normalste der Welt, schiebt er beides ein Stück nach unten. Erst dann löst er den sinnlichen Kuss, der mich von dem abgelenkt hat, was er da tut, und geht zu meinem Entsetzen vor mir in die Hocke.

»Colin!«, bricht es aus mir heraus, aber er sieht nur zu mir auf, mir direkt in die Augen, während er mir die beiden Stoffteile über die Beine hinunterschiebt, bis ich heraussteigen kann. Mein Herz rast, meine Wangen glühen, als er den Kopf senkt, sein Blick über meine Beine, zu meinem Bauch, den Brüsten und schließlich wieder in mein Gesicht wandert. Danach richtet er sich auf, weicht ein Stück zurück und befeuchtet seine Lippen, bevor er spricht.

»Fuck«, verlässt es seinen Mund. »Hails …«

Rasch senke ich den Kopf, weil ich schon weiß, was jetzt kommt. Er wird mir sagen, dass er sich getäuscht hat, dass er mich nicht schö-...

»Ich will dich ficken, sofort.«

Bevor ich reagieren kann, ist er wieder bei mir. Mit einem leisen Schnappen löst er meinen BH, schiebt ihn mir gierig von den Schultern und lässt ihn auf den Boden fallen. Keine Sekunde später umfasst eine große, warme Hand meine linke Brust, dann auch die rechte. Colin drückt sie, seine Erektion an meinem Bauch zuckt. »Ich will diese Brüste vögeln, bis ich komme«, knurrt er und in meinem Schoß setzt ein Ziehen ein. Noch nie hat jemand so derbe über Sex mit mir gesprochen. Will er wirklich meine Brüste …

Endlich finde ich den Mut, zu ihm aufzublicken. Sein Daumen streicht über meine Brustwarze und ich ziehe scharf die Luft ein. »Colin …«

»Hm?«, macht er, beugt sich vor und küsst mich hart. Seine Zunge dringt in meinen Mund ein, aber er verweilt nicht lange. Schon im nächsten Moment küsst er sich an meinem Hals entlang.

Ein Stöhnen verlässt meinen Mund. Nässe sammelt sich zwischen meinen Beinen, als er über meine Brust leckt, die Brustwarze in den Mund nimmt und mit der Hand die andere streichelt.

»Ja«, höre ich ihn leise murmeln. »Entspanne dich, Baby. Du machst mich so an.« Schnell richtet er sich wieder auf, küsst mich und schiebt mir gleichzeitig den Slip über den Po nach unten. Er landet zu meinen Füßen und statt ihn dort zu lassen, hockt sich Colin ein weiteres Mal vor mich. Sanft befreit er mich von der Unterwäsche, dann spüre ich seinen heißen Mund an meinem Oberschenkel und ein Rauschen setzt in meinen Ohren ein. Meine Hände legen sich auf seine Schultern, krallen sich in den Stoff seines Hemdes, als er sich an meinem Bein entlang nach oben küsst, bis sein M-…

»Colin«, verlässt es stöhnend meine Kehle, als er einen Kuss auf meine Scham drückt.

»Gleich kümmere ich mich um dich«, flüstert er und richtet sich wieder auf. Hat er gerade mit meiner Scheide gesprochen? »Hails …« Er greift nach meiner Hand, legt sie auf seinen verdammt harten Schwanz und blickt mir in die Augen. »Ich bin nur deinetwegen so hart.«

Langsam bewege ich meine Hand an seinem Schaft entlang und sehe, wie er die Augen verdreht. Ein rauer Ton dringt aus seiner Kehle.

»Du hast keine Vorstellung, wie oft ich mir das hier in den letzten Tagen gewünscht habe.«

Seine Worte spornen mich an. Will er mich wirklich so sehr? Die Erektion deutet stark darauf hin, seine Worte … mutig erfasse ich ihn fester, drücke zu, reibe an ihm und bringe ihn damit zum Stöhnen. Gleichzeitig beginnt er, sein Hemd zu öffnen.

»Hör nicht auf«, fleht er, dann reißt er die Augen auf und stoppt meine Hand. »Oder doch, hör auf, sonst ist es gleich vorbei.« Mit einem Lächeln streift er sich das Hemd von den Schultern und mein Blick fliegt über seinen Körper. Wie ich es mir schon gedacht habe, ist er einfach perfekt. Straffe Haut spannt sich über die Muskeln, an Armen, Beinen, Bauch und Brust. Ein dunkler Haarflaum weist einen Weg von seinem Bauchnabel nach unten. Ich korrigiere: Er ist noch perfekter, als ich es mir vorgestellt habe! Seine Haut ist makellos, nirgends ist auch nur ein Gramm Fett zu sehen. Stattdessen jede Menge Venen, die sich über seine Arme ziehen und an seinen Händen enden.

»Sag mir, was du denkst«, fordert er. »Anders als bei mir kann ich an dir nicht sehen, wie du auf mich reagierst.«

Wieder fällt mein Blick auf seinen Penis. Das stimmt natürlich. Ein kleiner Nachteil, den Männer da haben. Aber ihm ist bestimmt klar, dass ich zwischen meinen Beinen inzwischen klatschnass bin, oder?

Tief atme ich durch, greife todesmutig nach seiner Hand und führe sie zwischen meine Beine. Er stößt ein kehliges Geräusch aus, das ich noch nie bei einem Mann gehört habe, als seine Finger meine nasse Mitte berühren.

»Fuck«, sagt er wieder. Das sagt er ziemlich oft. In der Klinik habe ich ihn das noch nie sagen gehört. »Verfluchte …« Seine Finger streichen an meinen Schamlippen entlang und ich vibriere vor Verlangen. Das hier fühlt sich gut an, besser als gut. Besonders, als er nähertritt und er mein Lustzentrum findet. Während er mir in die Augen sieht, beginnt er, an mir zu reiben, gleichzeitig streicht ein weiterer Finger durch meine Schamlippen. Mein Atem wird schneller, zwischen meinen Beinen pocht es.

»Ich fürchte, wir müssen das Duschen auf später verschieben«, knurrt er leise, lässt von mir ab, was ich protestierend zur Kenntnis nehme, und zieht mich im nächsten Moment hinter sich her in mein Schlafzimmer. Mehr stolpernd als laufend, landen wir zusammen in meinem Bett, wo sich Colin sofort über mich schiebt. Seine Augen leuchten, seine Haut gibt eine unglaubliche Hitze ab und ich verliere mich in ihm.

Kapitel | 24.
Ekstase
Colin

Ihr weicher Körper erregt mich mehr, als er sollte. Gott, ich bin derart scharf auf sie, dass ich mir sicher bin, dass ich komme, kaum dass ich in ihr bin. Bevor es aber so weit ist, werde ich mich ihr widmen, wie es ihr Ex ganz sicher nicht getan hat. Sie soll unter meiner Zunge beben, ihre Nägel in meiner Haut vergraben und meinen Namen stöhnen, wie sie es vorhin getan hat – nur lauter. Niemals hätte ich gedacht, dass mich ihre Fülle so heiß machen würde. Klar, ich fand sie angezogen hübsch, aber ausgezogen … ich liebe es, wie sich ihre Haut anfühlt, wie ihre Kurven meinen Händen nachgeben. Alles an ihr fühlt sich kuschelig warm und einladend an. Ob es in ihr auch so ist? Ich werde es definitiv bald herausfinden. Bald. Zuerst aber…

Ich löse meinen Blick von ihrem, sehe an ihr hinab und stöhne bei der Aussicht auf ihre großen Brüste. Sie sind perfekt, prall, weich, reizvoll. Nur zu gerne würde ich das tun, was ich vorhin gesagt habe: Meinen Schwanz zwischen ihre Brüste schieben, sie festhalten und mich auf ihr ergießen. Fuck, das wäre perfekt.

Um mich von dieser Vorstellung abzulenken, küsse ich sie kurz, bevor ich ihre Brustwarze in den Mund nehme. Sie stößt ein Seufzen aus, das mir wie ein heißer Strahl in den Schwanz schießt. Jedes Geräusch von ihr tut das. Es ist, als hätte sie eine Zauberstimme, die mich erregt und erregt und …

Mit einem leisen ›Plopp‹ lasse ich ihren Nippel aus meinem Mund gleiten und küsse mich zu ihrem Bauch. Kurz halte ich inne, hebe den Kopf und sehe sie mir an. Nichts an ihr ist abstoßend, nichts würde mich dazu bringen, sie nicht ficken zu wollen. Plötzlich weiß ich nicht mehr, wieso ich bisher nur schlanke Blondinen gevögelt habe. Hailey erscheint mir in diesem Moment tausendmal heißer.

Als ich mich wieder tiefer bewege, nehme ich ihren Duft wahr, rieche ihre Erregung, süß und verführerisch. Sanft ergreife ich ihre Beine und sehe ihr ins Gesicht.

»Öffne dich für mich, Hails, ich will dich lecken.«

Ihre Augen werden groß, aber sie lässt zu, dass ich ihre Beine hochdrücke und spreize, bis ich ihre nasse Pussy direkt vor mir habe. Sie ist rasiert, ihre Schamlippen hell, sie glänzen feucht. Bevor ich sie dort unten küsse, lasse ich meine Finger durch die nassen Lippen gleiten und höre sie tief durchatmen. Vorsichtig schiebe ich meinen Zeigefinger in sie, bemerke, wie eng sie sich um mich zusammenzieht und stöhne. Ich werde es unglaublich genießen, in ihr zu sein.

Ungeduldig ziehe ich meinen Finger wieder heraus, nehme ihn in den Mund und blicke ein weiteres Mal zu ihr auf. »Du schmeckst so gut«, lasse ich sie wissen, bevor ich den Kopf in ihrem Schoß senke. Meine Zunge gleitet langsam über jeden Millimeter ihrer Scham, dann finde ich den kleinen Knubbel, der geschwollen und fest unter mir liegt. Kaum berühre ich diesen Punkt, zischt Hailey laut. O ja, Baby, stöhne für mich. Lass es ruhig raus …

Um ihr weitere Geräusche dieser Art zu entlocken, sauge ich sanft an ihrem Kitzler, während ich meinen Finger erneut in sie schiebe.

»Colin«, krächzt sie und drückt meine Schulter. »Colin.« Ein langgezogenes Stöhnen ist zu hören, als ich schneller mache. Sie drückt sich mir entgegen, ihre Beine zittern. Ohne jeden Zweifel rast sie auf einen Orgasmus zu. Aber ich habe nicht vergessen, dass sie Spielchen spielen wollte. Deshalb ziehe ich mich zurück, richte mich auf und sehe sie an.

»Was machst du?«, will sie deutlich schockiert wissen. »Wieso hörst du auf? Ich wäre gleich gek-« Sie bricht ab, ihre Augen verengen sich zu Schlitzen. »Sag jetzt nicht …«

Ein Grinsen breitet sich in meinem Gesicht aus, als ich mich wieder auf sie schiebe, bis mein gesamter Körper auf ihr liegt. Um sie nicht zu erdrücken, stütze ich meine Arme links und rechts von ihrem Kopf ab. »Was soll ich nicht sagen?«

Böse funkelt sie mich an. »Deine Rache?«

Sie ist so schlau. Natürlich hat sie sofort kapiert, wieso ich es nicht zu Ende gebracht habe. »Ding, Ding, Ding«, mache ich und kassiere einen Schlag gegen die Brust. Stoisch sieht sie mich an, reckt das Kinn und sieht einfach nur umwerfend dabei aus. So umwerfend, dass ich sie prompt küsse, mich ein Stück mehr auf sie sinken lasse und mich gänzlich in ihr verliere. Meine Zunge streicht über ihre, die leisen Geräusche, die sie von sich gibt, bringen mich um den Verstand. Meine Hüfte schiebt sich gierig vor, mein Schwanz reibt sich an ihr, als hätte er ein Eigenleben. »Ich will dich ficken, Hailey. Ich will in dir sein.«

»Dann tu es«, flüstert sie an meinem Mund. »Ich will dich auch.«

In mir brennt etwas durch. Hastig sehe ich mich um. »Hast du ein Kondom?«

Sie deutet auf den Nachtschrank neben ihrem Bett und ich ziehe die Augenbraue hoch.

»Ich dachte, du hattest schon länger keinen Sex?«

»Hatte ich auch nicht«, lässt sie mich wissen. »Ich musste die Dinger schon zweimal erneuern, weil sie abgelaufen waren.«

»Zweimal?«, hake ich schockiert nach. »Wie kann das sein?«

Wie so oft, wird sie rot. »Nicht jeder hat den Körper eines Adonis und die Klappe eines Straßenjungen.«

Ein Lachen bricht aus mir heraus. »Die Klappe eines Straßenjungen?«

»Du bist nicht schüchtern, sagst, was du willst. Ich …«

»Du nicht, also nicht, wenn es um Sex geht.«

Zustimmend nickt sie und ich grinse.

»Aber bei der Arbeit bist du ein Straßenmädchen, so, wie du immer mit mir sprichst.«

»Pfff«, macht sie. »Hol schon die Kondome und hör auf zu labern.«

Erstaunt blinzele ich. »Yes, Madam. Ganz, wie Ihr befiehlt.« Schnell steige ich von ihr herunter, setze mich an den Rand des Bettes und krame in der Lade ihres Nachttisches nach den Kondomen. Es braucht nicht lang, bis ich sie finde. Wie eine Trophäe halte ich sie hoch, als ich mich wieder zu ihr umdrehe. Als mein Blick ihrem begegnet, bricht ein weiterer Schwall Lust über mich herein. Mein Schwanz zuckt, als ich sie da so liegen sehe, nackt, bereit, nur mein.

Ehe ich mich versehe, bin ich wieder bei ihr. »Wie willst du es tun, Süße?«

Unsicher beißt sie sich auf die Unterlippe. »Wie wäre es fürs Erste mit Missionar? Ist das ok für dich?«

Meine Mundwinkel zucken. »Fürs Erste? Was hast du heute Nacht vor, Hailey Xanders?«

Schief lächelnd zuckt sie mit den Schultern. »Das kommt auf dich an.«

»Auf mich? Wieso das?«

Kopfschüttelnd verdreht sie die Augen. »Wie viel Zeit du noch mit Reden verschwendest, statt endlich zu tun, wofür wir hier sind.«

Etwas in mir zieht sich zusammen, weigert sich, genau das zu tun, was sie da verlangt. Nur deshalb sind wir hier? Klar, das würde ich auch sagen – nein, das sage ich auch. Wir haben abgemacht, heute zu ficken und morgen wieder Freunde zu sein. Natürlich. Aber …

Mit einem Schnauben schiebe ich diesen Gedanken fort, kniee mich über sie, öffne das Kondom und rolle es über meinen Schwanz. Sie starrt mich an, betrachtet mich neugierig, sieht dabei zu, wie ich mich zwischen ihre Beine lege. Sie spreizt sie weit für mich, als mein Schaft gegen ihre Pussy drückt. Heiße Erregung rieselt über meinen Rücken, als ich ihr, während ich mich langsam in sie schiebe, in die Augen sehe. Ihre verengen sich, kaum dass mein Schwanz in sie dringt. Haileys Mund öffnet sich zu einem ›O‹ und ich nehme mir vor, sie irgendwann in den Mund zu ficken. Irgendwann …

Jeglicher Gedanke verfliegt, als ich in sie stoße und mich ihre Hitze gänzlich umschließt. Hailey fühlt sich innen genauso weich an, wie sie außen ist. Aber sie ist verflucht eng. Fest schließt sich ihre Pussy um mich und ich stöhne. Bevor ich mich wieder bewege, neige ich den Kopf, um sie zu küssen. Gierig erwidert sie, was ich ihr gebe, gleichzeitig bewegt sie die Hüften, um mich dazu zu bringen, sie zu ficken. Dem komme ich nur zu gerne nach. Ohne den Kuss zu unterbrechen, ziehe ich mich aus ihr zurück und stoße im Anschluss hart in sie. An meinem Mund stöhnt sie und meine Gier steigt ins Unermessliche. Meine Hand wandert in ihren Nacken, um mich festzuhalten, während die andere mich weiter so stützt, dass ich nicht gänzlich auf ihr liege. Dann beginne ich, mich in schnellen, harten Stößen in sie hinein- und hinauszubewegen. Wie ein Irrer nehme ich mir, was ich brauche, und spüre schon nach nur wenigen Stößen, wie sich der Orgasmus ankündigt. Mit aller Macht zögere ich das Unvermeidliche hinaus, warte, bis sie so laut und heftig stöhnt, dass ich mir sicher bin, dass sie auch bald so weit ist. Rasch ziehe ich die Hand aus ihrem Nacken, lasse sie zwischen unsere Körper gleiten und finde ihr Lustzentrum. Sie bäumt sich auf, als ich daran reibe. In abgehackten Atemzügen schreit sie meinen

Namen heraus, während sie sich um meinen Schwanz zusammenzieht.

»Colin!«, bricht es erneut aus ihr heraus, dann entspannt sie sich etwas und ich weiß, dass ich endlich nachziehen kann. In schnellem Tempo pumpe ich in sie, konzentriere mich nun ganz auf meine Lust und spüre das Prickeln, das mich jedes Mal überfällt, wenn ich komme. Mit einem tiefen Atemzug ergieße ich mich in das Kondom und lege meine Stirn an ihre. Ihr heißer Atem trifft auf meinen und ihre Brust hebt und senkt sich schnell. Alle Anspannung weicht aus meinem Körper, als ich mich aus ihr zurückziehe und neben sie auf die Matratze fallen lasse. Gleich darauf ziehe ich das Kondom ab, verknote es, prüfe, ob es dicht ist, und werfe es neben dem Bett auf den Boden. Später werde ich es entsorgen. Später, jetzt muss ich damit klarkommen, wie warm mir ist und wie gut es war, in ihr zu sein. So, so gut.

»Alles in Ordnung?«, erklingt Haileys Stimme verunsichert neben mir und ich nehme den Arm, den ich über meine Augen gelegt hatte, weg und drehe den Kopf, um sie anzusehen. Als hätte ich sie eben nicht nackt gesehen, zieht sie die Decke über sich, verdeckt ihren wunderbaren Körper und verweigert mir einen weiteren Blick darauf.

Ohne ihr zu antworten, rücke ich näher an sie heran, ziehe an der Decke und schlüpfe zu ihr darunter, sodass sich mein Körper der Länge nach an ihren presst. Danach drücke ich ihr einen sanften Kuss auf den Mund, lege meinen Arm um sie und atme genießerisch aus. »Ja«, murmele ich schließlich doch. »Alles bestens.«

Kapitel | 24.
Heißhunger
Hailey

O mein Gott. Das war ungelogen der beste Sex, den ich bisher hatte. Ok, meine Erfahrungen diesbezüglich sind kaum vorhanden und vermutlich hätte es jeder besser gemacht als mein ziemlich unsicherer Ex. Aber das eben ... wie er sich bewegt hat, das Keuchen, wie er mich angesehen hat. So hat mich Brian nie angesehen. Niemals habe ich in seinen Augen eine derartige Lust gesehen. Mal abgesehen davon, dass Colins Penis mir deutlich härter vorgekommen ist, als es Brians je wurde. Wie ist das möglich? Sollte hart nicht hart sein? Oder habe ich mir das nur eingebildet, weil es eben na ja, Colin ist?

Meine Finger tanzen über seinen Rücken. Er atmet ruhig, aber ich traue mich nicht, nachzusehen, ob er eingeschlafen ist. Himmel, was mache ich denn, wenn er schläft? Irgendwie habe ich erwartet, dass er nach dem Sex aufsteht, sich anzieht und abhaut. Zumindest war das meine Vorstellung von einem One-Night-Stand. Colin macht aber keine Anstalten, genau das auch zu tun. Stattdessen liegen seine Arme um meinen Körper, sein Bein verschlungen mit meinen. Ich habe keine Ahnung, wie man sich in einer solchen Situation verhält.

Mein Blick fällt auf die kleine Digitaluhr auf meinem Nachttisch. Es ist spät, fast drei. In sieben Stunden fängt mein Dienst an. Vielleicht sollte ich einfach auch schlafen? Aber wird es nachher nicht mega-peinlich? Im Licht des neuen Morgens wird das, was wir getan haben, ganz anders aussehen als es das

173

jetzt tut, oder? Er ist mein Boss, ich seine Assistenzärztin. Wir können einander nicht aus dem Weg gehen, müssen zusammenarbeiten. Der Sex mit ihm ändert nichts daran. Aber wie wird er mich behandeln, jetzt, wo wir das getan haben? Wird er so tun, als wäre nichts geschehen? Wird er wieder der sein, der er war, bevor er sich plötzlich für mich zu interessieren begonnen hat?

Tief atme ich durch und stoppe so das Gedankenkarussell, das mich völlig um den Verstand zu bringen droht. Egal, was geschehen wird, ich kann es nicht mehr ändern. Wir hatten Sex. Wir haben es wirklich getan und selbst wenn ich die Zeit zurückdrehen könnte, würde ich es nicht wollen. Oder? Nein. Der Sex war fabelhaft. Wer weiß, ob ich je wieder so guten Sex haben werde.

Plötzlich ärgere ich mich darüber, dass es so schnell vorbei war. Wir hätten es in die Länge ziehen, uns mehr Zeit lassen sollen. Wenn es nur dieses eine Mal war, dann hätten wir es mehr auskosten müssen, bevor wir morgen nur ›Freunde und Kollegen‹ sind. Morgen, heute, in ein paar Stunden. Ob er auch arbeiten muss? Werde ich mit ihm die Schicht durchziehen müssen? Wie wird das werden? Werde ich mich ab sofort immer nach etwas verzehren, dass ich nicht haben kann? Niemand kann Colin haben, nicht wirklich. Dafür ist er viel zu gerne dieser unausstehliche Stecher.

Unausstehlich … so ein Quatsch. Das ist er nicht. Er ist ein Frauenmagnet, weiß, wie er einsetzt, was er hat. Ja das. Aber er hat sich in letzter Zeit wirklich um mich bemüht. Vermutlich mehr, als er es bei seinen anderen Tussen tun muss. Colin stößt ein Seufzen aus und ich spanne mich an. Als er mich aber nur näher an sich zieht, entspanne ich mich wieder. Eindeutig, ja, er schläft. Noch eindeutiger: Ich werde ihn auf keinen Fall wecken. Seine Nähe fühlt sich viel zu gut an. Es ist so lange her, dass ich neben einem Mann eingeschlafen bin, und vielleicht macht er das ja immer so? Womöglich schläft er nach dem Sex mit irgendwelchen Frauen bei ihnen? Bestimmt.

Eine Bewegung neben mir lässt mich langsam aus dem Schlaf erwachen. Weil ich aber nicht weiß, was mich erwartet, lasse ich die Augen geschlossen. Ich habe nicht vergessen, wer sich unmittelbar neben mir befindet. Keine Ahnung, wie lange ich geschlafen habe, aber ich fühle mich eigenartig ausgeruht.

Raue, sanfte Finger streichen über mein Schlüsselbein, dann zu meiner Brust. Ein heißer Atem kitzelt mich an den Stellen, die er eben berührt hat, dann saugt er an meiner Brustwarze und ich ziehe scharf die Luft ein.

»Du bist wach«, raunt er heiser vom Schlaf klingend, hört aber nicht auf, mich zu streicheln. Im Gegenteil. Langsam schiebt er seine Finger über meinen Bauch in Richtung meiner Mitte. Ein leises Stöhnen erklingt, als er sie zwischen meine Schamlippen schiebt. Seine Hand verschwindet und ich schlage die Augen nun doch auf, um zu protestieren.

»Hey«, murre ich. »Nicht aufhören.«

»Hatte ich nicht vor«, lässt er mich wissen, dann höre ich das Knistern der Verpackung eines Kondoms. Neugierig drehe ich den Kopf und sehe ihm dabei zu, wie er das Gummi über seinen erigierten Penis schiebt. »Komm hoch.« Auffordernd greift er nach mir und ich tue, was er will – was ich will. In mir hat sich eine wohlige Wärme ausgebreitet bei der Vorstellung, nochmal Sex mit ihm zu haben, bevor alles vorbei ist.

»Knie dich vor mich, Hails. Ich will dich von hinten ficken.«

Mit stockt der Atem. Ihm meine Kehrseite zuzuwenden lässt mich zögern. Mein Hintern ist bestimmt nicht das, was er schön findet. Er ist viel zu groß, breit und …

»Hailey«, flüstert er, beugt sich vor und küsst mich, als wir beide voreinander knien. »Ich finde alles an dir heiß, okay?« Um

175

das zu unterstreichen, greift er um mich herum und kneift mir sanft in den Hintern. »Und den da besonders.«

Wie immer, wenn er so etwas sagt, werde ich rot. »Ok«, hauche ich dennoch. Ich will das. Gott, ich will so sehr, dass er wieder in mir ist. Deshalb beuge ich mich vor, knie mich vor ihn und höre, wie er leise vor sich hin murmelt. Seine Hand landet auf meinem Po, schiebt sich dann auf meinen Rücken und drückt mich in Stück nach unten.

»Streck ihn mir entgegen, Baby. Du machst mich so an.« Während er das sagt, rückt er näher, schiebt sich über meine Beine und ich spüre seine Hoden an meinen Waden. Diese Stellung ist wirklich …

Meine Gedanken brechen ab, als er seine Finger von hinten in mich schiebt und ein Stöhnen meinen Mund verlässt.

»Das hier macht dich an, stimmt's?«, will er wissen und weil ich nicht antworte, beuge er sich ein Stück vor. »Stimmt's, meine Süße?«

Meine Süße … »Jaaa«, bringe ich hervor, weil er meine Klitoris findet und sofort daran reibt.

»Gut«, raunt er, schlägt mir einmal zärtlich auf den Po, dann nimmt er die Hand weg und ersetzt sie durch etwas anderes. Sein Penis drückt sich gegen meine Scheide, dringt nur ein kleines Stück in sie ein, bevor er mich an den Hüften packt und mich damit zwingt, ihm meinen Hintern noch mehr entgegenzustrecken. Ein Keuchen kommt aus meinem Mund, als er ganz in mich dringt, so tief, dass ich ihn der vollen Länge nach in mir fühle, jeden Millimeter.

»O Gott«, schreie ich erstickt in mein Kissen und klammere ich an mein Bettlaken, als er beginnt, sich zu bewegen. Wie schon in der Nacht zuvor, lässt er mir kaum Zeit, mich an ihn zu gewöhnen. Stattdessen beginnt er, sich in schnellen, harten Stößen in mir zu bewegen. Hinein und hinaus, immer so, dass er mich praktisch aufspießt, wann immer er in mir ist. Inzwischen habe ich meine Atmung nicht mal mehr annähernd unter Kontrolle. Das Rauschen in meinen Ohren wird nur von den keuchenden Geräuschen übertönt, die Colin von sich gibt. Er ist nicht leise, wie es Brian war, er ist mindestens genauso laut, wie ich es bin. Immer wieder stöhnt er meinen Namen, kürzt ihn, nennt mich ›Baby‹ und sagt mir, wie heiß er ist, wie sehr er es genießt, in mir zu sein. Niemals hätte ich gedacht, dass ich auf Dirty Talk stehe, aber bei ihm? Definitiv. Obwohl ich viel zu gehemmt bin, um irgendwas zu erwidern, hört er nicht damit auf.

»Ich will dich wieder und wieder ficken, Hails, du fühlst dich so gut an. Deine Pussy ist wie für mich gemacht«, knurrt er, bevor er sich vorbeugt, zwischen meine Beine fasst und ein weiteres Mal an meiner Klitoris reibt. »Komm für mich, Baby, ich will dich kommen hören und spüren.« Dieses Mal scheint er deutlich mehr Ausdauer zu haben, als es letzte Nacht der Fall war. Ohne es verhindern zu können oder zu wollen, rast ein Orgasmus auf mich zu. Nur schwer kann ich mich noch auf den Knien halten. Fest beiße ich die Zähne zusammen und lasse los, was sich in mir aufgebaut hat.

»Ja, Hails, ja«, gibt er von sich, als der Orgasmus über mich hinwegfegt und ich kraftlos ein Stück nach vorne sinke. »Hey«, beschwert er sich. »Einen Moment noch, Süße. Gib mir einen Moment.« Sanft zieht er mich wieder hoch, bis ich ganz vor ihm knie, mein Rücken an seiner Brust. Seine Hand fährt zwischen meine Beine, reibt erneut an mir und ich schreie, während er sich hinter mir bewegt, sich weiter in mich schiebt. Er hält mich fest, reibt an mir, dringt in mich und raunt mir Obszönitäten ins Ohr, die mich ein weiteres Mal über die Klippe springen lassen. Mit einem Keuchen komme ich und höre im nächsten Augenblick Colin lang und gedehnt stöhnen. Er spannt sich an, dann zieht er sich aus mir zurück. Schnaufend verharrt er hinter mir und ich bleibe, wo ich bin. Ohne jeden Zweifel sieht er sich gerade meine

Kehrseite an. Aber jetzt ist es zu spät, mich ihm zu entziehen. Jetzt hat er wirklich alles von mir gesehen.

Sein heißer Atem trifft auf meine Pobacken und ich zucke zusammen, bevor ich mich nun doch umdrehe. Colin legt den Kopf schief, lässt den Blick über mich gleiten. »Du hast mich nicht geweckt.«

Mein Blick fällt auf die kleine Digitaluhr und ich reiße die Augen auf. »Schon so spät!«, entfährt es mir. »Ich wusste nicht, ob ich dich wecken soll. Irgendwie…«

»Schon gut«, beruhigt er mich, während ich die Decke an mich ziehe, um mich zu bedecken. Ich muss duschen, mich anziehen und zur Arbeit. »Ich habe schon lange nicht mehr so gut geschlafen.« Bevor er das Kondom abzieht, fährt er sich durchs Haar, dann verknotet er es, prüft gewissenhaft, ob es dicht war, und lässt es zum anderen auf den Boden fallen. »Duschen?«, schlägt er dann vor. »Oder willst du dich mir noch immer nicht nackt zeigen?« Er feixt und ich verdrehe die Augen.

»Gehen wir.« Trotz der großspurigen Worte umklammere ich die Decke, als wäre sie mein Rettungsanker.

Colin merkt es natürlich, lacht und entreißt mir den schützenden Stoff. »Wenn ich nackt bin, bist du es auch.«

»Dann nimm dir eine Decke«, schlage ich vor und recke das Kinn.

»Nein, ich mag es zufällig, nackt zu sein. Noch mehr mag ich es, wenn du nackt bist.« Er zwinkert, steht auf und wartet.

»Geh schon mal vor«, biete ich an.

Wieder lacht er. »Hails, ich habe bereits alles von dir gesehen und angefasst. Und es hat mir gefallen. Jetzt komm und zier dich nicht so, sonst ficke ich dich in der Dusche gleich nochmal.«

Empört öffne ich den Mund, obwohl mir sofort Hitze zwischen die Beine schießt. »Das kannst du nicht allein entscheiden.«

»Nicht?« Colin neigt den Kopf. »Würdest du es denn ablehnen?«

»Wer weiß.« Mit der Schulter zuckend, erwidere ich seinen Blick.

»Lügnerin«, stellt er fest, dann streckt er die Hand nach mir aus. »Komm, ich verspreche nicht zu gucken.«

Prustend krabbele ich aus dem Bett, nehme seine Hand und lasse zu, dass er mich ansieht. Röte steigt mir in die Wangen, aber ich bleibe, wo ich bin.

»Ich fürchte, ich werde dich wirklich gleich nochmal vögeln müssen. Sieh nur, was du mit mir anstellst!« Er deutet auf seinen schon wieder stehenden Penis.

»Du bist wohl unersättlich.«

»Das liegt an dir«, gibt er zurück, als wäre das eine Nebensächlichkeit, eine völlig einfache Aussage. In mir allerdings hallen diese Worte nach und legen sich über meine Seele. Er findet mich wirklich gut. Mich!

Kapitel | 25.
Gedanken, die sich drehen
Colin

Nachdem wir es in der Dusche ein weiteres Mal getrieben haben, dieses Mal ohne Kondom, nachdem sie mir gesagt hat, dass sie die Pille nimmt und ich ihr versichert habe, dass ich mich regelmäßig auf Krankheiten testen lasse, bin ich nach Hause gefahren. In weniger als einer Stunde haben wir zusammen Dienst und ich habe keine Ahnung, wie ich meine Lust auf sie zügeln soll. Seit ich ihre Wohnung verlassen habe, denke ich nur daran, wie und wann ich möglichst schnell wieder in ihr sein kann. Es ist wie verhext. Schon als ich heute in ihrem Bett aufgewacht bin, wusste ich, dass ich nicht geheilt bin, dass die Nacht mit ihr nichts geändert hat. Im Gegenteil. Sie hat alles verschlimmert! Jetzt, wo ich weiß, wie sie sich anfühlt, welche Geräusche sie von sich gibt, will ich sie nur noch mehr. Mein Schwanz ist zu einem stehenden Dauerzustand übergegangen. Wie das sein kann? Ich weiß es nicht. Wenn ich es wüsste, würde ich etwas dagegen tun. Ein kurzer Gedanke an sie reicht und schon …

Tief atme ich durch, als mein Telefon vibriert und ich den Namen auf dem Display lese. »Hey Ambi.«

»Na, schon wach, Brüderchen?«, neckt sie mich. »Wie war die Nacht?«

Ein Schnauben ausstoßend, verdrehe ich die Augen, obwohl sie es nicht sehen kann. »Das willst du nicht wissen.«

»So gut?« Sie klingt erfreut. »Sie ist übrigens toll. Und wahnsinnig hübsch.«

»Mhm«, murmele ich, weil ich nicht weiß, was ich dazu sagen soll.

»Du hast sie aber nicht behandelt wie all die anderen vor ihr, oder? Bitte sag mir, dass du nach dem Se-«

»Amber«, unterbreche ich sie. »Nein, ich bin geblieben.«

Erleichtert atmet sie durch. »Schön, das ist wirklich schön, Colin. Ich freue mich für dich.«

»Wir sind Freunde«, stelle ich klar, obwohl es mir nicht schmeckt. Fuck. Es sollte mir schmecken, es sollte perfekt sein! Bevor ich gegangen bin, haben Hails und ich noch kurz geredet. Sie war es, die mir versichert hat, dass wir einfach so weitermachen wie bisher, als Freunde und Kollegen. Aber hat es mir gefallen? Nein. Ganz und gar nicht.

Meine Schwester stößt ein schnaubendes Geräusch aus. »Du laberst so nen Müll. Als ob ihr Freunde wärt. Ich habe gesehen, wie ihr euch anseht.«

Kurz schließe ich die Augen, reiße sie aber schnell wieder auf, als ich ein Bild der nackten Hailey vor mir sehe. »Das bedeutet nichts. Wir haben es so vereinbart und es passt für uns.« Lügner.

»Lügner«, spricht Amber aus, was ich denke. »Glaub ja nicht, dass ich nicht weiß, wie mein Bruder aussieht, wenn ihm etwas oder jemand etwas bedeutet.«

Ungeduldig gehe ich in meinem Wohnzimmer auf und ab. »Müssen wir das jetzt besprechen? Ich muss zur Arbeit.«

»Du musst immer zur Arbeit«, stellt sie klar und hat recht. »Habt ihr zusammen Dienst?«

»Jep.«

»Colin, bitte tu mir den Gefallen und halte dich, was den Ruheraum angeht, in nächster Zeit zurück, okay? Auch wenn ihr behauptet, Freunde zu sein, würde es sie verletzen, wenn du direkt zur Nächsten übergehst.«

Unmut steigt in mir auf. »Hältst du mich für einen Idioten?«

»Nein, aber du achtest oft nicht auf die Gef-«

»Ich achte auf ihre Gefühle, ok?«, brülle ich sie über das Telefon an und habe sofort ein schlechtes Gewissen. »Entschuldige. Ich …«

»Schon gut«, gibt meine Schwester streng zurück. »Versau es einfach nicht, Colin. Ich habe das Gefühl, dass sie dir guttut.«

Um nicht wieder zu schreien, atme ich tief durch. »Ich habe verstanden.«

»Gut. Wir sehen uns Mittwoch.«

»Mittwoch?«, hake ich rasch nach, bevor sie auflegen kann. »Ja, zum Essen mit Hailey. Ich habe ihr, bevor ich dich angerufen habe, geschrieben und sie gefragt, ob wir uns treffen wollen.«

»Und wieso betrifft mich das?«

»Du wirst ebenfalls kommen, Shane und Felix kommen auch.«

»Weiß sie auch davon?«, belle ich schon wieder genervt von der Übergriffigkeit, die sie an den Tag legt.

Amber lacht. »Sie weiß, dass mein Verlobter, Felix und ich kommen werden. Also gehe ich davon aus, dass sie damit rechnet, dass auch du da sein wirst.«

»Was wird das Amber? Was tust du da? Ich brauche deine Verkuppelungsversuche nicht. Wenn ich wollen würde, hätte i-«

»Ja ja«, unterbricht sie mich. »Wenn du wollen würdest, hättest du eine Beziehung an jedem deiner Finger. Ich weiß. Aber kannst du dich bitte einfach mal auf etwas einlassen?«

Ob ich was kann? »Nein.«

»Doch. Und jetzt geh arbeiten. Ich hab dich lieb!« Bevor ich etwas erwidern kann, hat sie aufgelegt.

»FUCK«, schreie ich dennoch ins Telefon, stecke es ein und mache mich auf den Weg. Fuck, fuck, fuck!

Mit einem eigenartigen Gefühl betrete ich das General Hospital und sehe mich nach allen Richtungen um. Was habe ich erwartet? Dass sie mich im Eingangsbereich empfängt, als wäre ich ihr Messias? Wieso sollte sie?

»Doktor Martinez?«, erklingt eine Stimme rechts von mir und ich zucke derart zusammen, dass es die Person sehen kann. »Entschuldigen Sie, ich wollte Sie nicht erschrecken!«

Rasch drehe ich mich und sehe mich einer jungen Frau gegenüber. Ihr Gesicht ist bleich, ihre Augen stumpf, sie ringt die Hände und ihre Lippen beben.

Alarmiert ziehe ich die Augenbrauen zusammen. »Der bin ich. Was kann ich für Sie tun?« Abermals sehe ich mich kurz um, keine Hailey.

»Ich …, meine Tochter …«, beginnt sie und ich mustere sie rasch erneut. Die Frau vor mir ist schlank, blond, wenn sie nicht derart besorgt und durcheinander aussehen würde, wäre sie mein Typ. Innerlich verdrehe ich die Augen. Ich muss damit aufhören, Frauen in ›mein Typ‹ und ›nicht mein Typ‹ – Kategorien zu stopfen.

Ehe ich mich versehe, schluchzt die Frau auf und ich versuche, meine verfluchte Konzentration auf sie zu richten. »Miss, was ist mit Ihrer Tochter?«

Jetzt ist sie es, die sich rasch umsieht. »Man hat mir gesagt, ich müsste mich an den Oberarzt wenden. Amy ist, sie … gestern, ausgerechnet gestern, ist sie plötzlich umgekippt. Niemand kann mir sagen, was los ist. Sie haben nur immer wieder und wieder gesagt, dass ich auf den Oberarzt warten muss. Sie sind doch der Oberarzt, oder? Können Sie mir sagen, was mit meinem Baby ist?« Jetzt beben ihre Schultern, Tränen kullern über ihre Wangen und ich versteife mich. Wieso hat mir niemand Bescheid gegeben?

Unwirsch fahre ich mir durch die Haare, mein Hals zieht sich zu und ich bin in Begriff, einfach laut loszubrüllen, weil ich verflucht nochmal keine Ahnung habe, wovon hier die Rede ist. Normalerweise werde ich angerufen, wenn es wichtig ist. Aber ich hatte keine entgangenen Anrufe, keine Benachrichtigung.

Gerade will ich das der Frau sagen, sie beruhigen und ihr versichern, dass es nicht so schlimm sein kann, wenn mich niemand hinzugezogen hat, da erklingt eine mir sehr vertraute Stimme.

»Colin?« Es ist die Art, wie sie es sagt, nicht die Tatsache, dass sie mich hier in der Klinik beim Vornamen nennt. Bevor ich reagieren kann, ist Hailey bei mir und hält mir eine Akte hin. Mit großen, braun-grünen Augen blickt sie zu mir auf. Noch nie habe ich sie so gesehen, so … verunsichert? Nicht unseretwegen. Nein. Es ist …

Wie ferngesteuert greife ich nach der Akte, schlage sie auf und höre mit halbem Ohr zu, als sich Hailey der Frau vorstellt, sie beruhigt und sie schließlich sogar in den Arm nimmt. Mein Blick klebt unterdessen an den Blutwerten des Kindes dieser Frau. *Amy Smith, vier Jahre alt, 17kg und 100cm. Diagnose: akute lymphatische Leukämie. Anamnese: Sofortige Chemotherapie, Bestätigung durch Oberarzt Dr. Med. Colin Martinez erbeten.*

Ein Schnauben entfährt mir, erst dann höre ich wieder das leise Schluchzen der Mutter dieses kleinen Mädchens. Langsam hebe ich den Kopf und sehe die beiden Frauen an. Hailey ringt ganz offensichtlich nach Fassung. Erwachsene zu behandeln ist eine Sache, auch das schmerzt manchmal brutal. Aber Kinder? Wenn ich wählen müsste, was daran, Arzt zu sein das Schlimmste ist, dann wäre es ohne jeden Zweifel die Tatsache, dass nicht nur Erwachsene krank werden, nicht nur alte Leute sich verletzen. Nein, das Schlimmste ist, wenn ich einer Mutter sagen muss, dass ihr Baby, ihr ein und alles, eine schwere Krankheit hat, operiert werden muss oder noch schlimmer: stirbt. Alles würde ich dem vorziehen, was nun vor mir liegt.

»Miss«, bringe ich hervor und deute in Richtung Behandlungsräume am Ende des Ganges. »Dürfte ich Sie bitten, uns zu begleiten?«

Mit panischen, großen blassblauen Augen sieht sie mich an. »Natürlich«, krächzt sie dann und lässt sich von Hailey in die von mir vorgegebene Richtung führen.

Bevor ich ihnen folge, atme ich tief durch, schließe die Augen und bete darum, dass dieses Mädchen überlebt. Ich wende mich nur selten an, was es auch immer da oben geben soll, aber wenn, dann wenn es um Kinder geht.

»Doktor?«, ruft Hailey nach mir und ich straffe die Schultern.

»Ich komme.« Angespannt bewege ich mich durch den Gang, grüße im Vorbeigehen mit einem Nicken das Team an der Aufnahme und komme schließlich an einigen Behandlungszimmern vorbei, die leerstehen. Eilig trete ich in den Raum, in dem Hailey und ich meist unsere Patienten behandeln, schließe die Tür hinter mir und gehe auf den Schreibtisch zu. Hailey und Amys Mutter sitzen bereits davor und halten einander die Hände.

Mit einem Seufzen lasse ich mich auf den Stuhl ihnen gegenüber sinken, lege die Akte vor mir auf den Tisch und blicke auf. »Miss Smith«, beginne ich und räuspere mich. »Ich habe hier die Akte Ihrer Tochter.« Mein Hals fühlt sich an, als würde ihn jemand mit aller Gewalt zudrücken. »Es sieht so aus, als wäre Amy an einer akuten lymphatischen Leukämie erkrankt. Die Kollegen und Kolleginnen bitten um mein Einverständnis für eine Chemotherapie, die sofort beginnen sollte.«

Es ist still im Raum, bis auf die eiligen Atemzüge der Frau ist kein Mucks zu hören, bis sie spricht, leise, flüsternd, als würde ihr die Kraft fehlen, lauter zu sprechen. »Sie meinen … Sie meinen«, bringt sie hervor. »Mein Baby hat …«

»Blutkrebs, Miss. Amy ist umgekippt, weil sie Leukämie hat.« Die Frau mir gegenüber zerbricht vor meinen Augen in tausende kleine Splitter. Ihre Augen füllen sich so schnell mit Tränen, dass sie sofort überlaufen und ständig neue nachkommen. Das Schluchzen setzt wieder ein und Hailey nimmt sie in die Arme, streicht ihr über den Rücken, ist für sie da.

»Wir sollten zu ihr gehen, ich möchte mir Ihre Tochter zuerst gerne selbst ansehen, bevor wir eine endgültige Entscheidung treffen. Können wir jemanden für Sie anrufen? Ihren Mann?«

Hastig schüttelt die Frau den Kopf. »Ich bin alleinerziehend.«

Mir wird kalt. »Haben Sie sonst jemanden, den wir kontaktieren könnten, um Ihnen etwas beizustehen?«

»Meine … meine Großmutter«, japst sie. »Bitte könnten Sie meine Großmutter anrufen?«

»Natürlich«, versichert ihr Hailey. »Sie geben mir gleich die Telefonnummer, während sich Dr. Martinez umzieht und dann kümmere ich mich darum, ja?« Nach ihren Worten hebt Hails, weiterhin die Frau haltend den Kopf und sieht mir in die Augen. »Doktor?«

Nickend stehe ich auf, blicke an mir herab und stelle fest, dass ich in Straßenkleidung hier sitze. Natürlich, Amys Mutter hat mich angesprochen, bevor ich mich umziehen konnte. »Wir treffen uns gleich bei Amy, ja?«

Obwohl ich mit Hailey gesprochen habe, nickt die Frau schnell und greift nach meiner Hand, als ich an ihr vorbei in Richtung Tür gehen will. »Doktor?« Sie wischt sich über das Gesicht, japst nach Luft. »Bitte retten Sie mein Baby, sie ist doch noch so klein!«

Mein Magen verkrampft sich. »Wir werden alles tun, um Amy zu helfen, Miss. Das verspreche ich Ihnen.«

»Danke«, haucht sie. »Vielen Dank.«

Abermals streift mein Blick kurz Haileys, dann wende ich mich schnell ab und flüchte – ja, flüchte vor dieser Situation und der Angst, die ich empfinde, weil ich mir bei den Blutwerten des Kindes nicht sicher bin, ob wir ihr wirklich noch helfen können.

Kapitel | 26.

Unverbindlichkeiten

Hailey

Nachdem sich Rachel Smith beruhigt hat, haben wir ihre Großmutter angerufen und sie gebeten, in die Klinik zu kommen. Sie hat zugesichert, sich sofort auf den Weg zu machen. Jetzt bewegen wir uns gemeinsam durch die Gänge, um zu Amy zu gelangen, die im zweiten Stock in einem Zimmer untergebracht wurde. Die Tür steht offen und als wir eintreten, sehe ich, dass Colin bereits da ist. Mit ihm eine Pflegeschwester, die Amy gerade etwas vorliest. Das Mädchen ist klein, blass, strahlt aber sofort, als es die Mutter erblickt.

»Mommy«, ruft sie und streckt die Ärmchen nach ihr aus.

Schnell huscht Rachel – sie hat mir angeboten, sie beim Vornamen zu nennen, zu Amy und nimmt sie vorsichtig, als wäre sie aus Glas, in den Arm.

»Hallo, mein Liebling«, nuschelt sie in das blonde Haar der Kleinen.

»Mimi hat mir vorgelesen«, lässt Amy Rachel wissen und deutet auf die Pflegeschwester, die lächelnd nickt, bevor sie sich räuspernd erhebt und Colin einen koketten Blick zuwirft. Mit aller Macht unterdrücke ich das Augenrollen, besonders, als sie rot wird, weil er ihr zunickt und dabei lächelt. Danach verlässt sie schnell das Krankenzimmer und als ich mich von der Tür, durch die sie verschwunden ist, abwende, bemerke ich Colins Seitenblick. Fragend sehe ich ihn an, aber er schüttelt nur stumm den Kopf und richtet seine Aufmerksamkeit dann auf Rachel und Amy. Langsam tritt er näher an das Krankenbett heran.

»Amy, Doktor Martinez möchte dich gerne untersuchen, du weißt schon, weil es dir doch nicht so gut geht«, erklärt Rachel der Kleinen und streicht ihr sanft über den Kopf.

»Wird es weh tun?«, nuschelt Amy und sieht zu Colin auf. Ihre Augen werden groß, als würde sie ihn gerade jetzt erst wirklich wahrnehmen.

Colin schüttelt den Kopf, setzt sich an den Rand des Bettes und beugt sich ein Stück vor. »Nein, du wirst keine Schmerzen haben. Ich verspreche es.«

Sofort wirkt das Mädchen erleichtert. »Ok.«

Mein Blick klebt förmlich an Colin, als er Amy nun anlächelt, als wäre sie der Mittelpunkt seiner Welt. Schon öfter ist mir aufgefallen, dass sich Colin Kindern gegenüber verändert, er wird weicher, sanfter. Natürlich ist das bei den meisten Leuten der Fall, aber bei ihm ist es irgendwie anders. Nicht, weil er der heiße Oberarzt des Vancouver Hospitals ist, sondern weil er dabei diese Ausstrahlung hat. Irgendwann wäre er bestimmt ein großartiger Vater. Falls er überhaupt Kinder möchte …

Wieso denke ich darüber nach, ob mein Oberarzt Kinder möchte?

Weil du mit ihm geschlafen hast und dabei bist, dich in ihn zu verlieben. Hastig schüttele ich den Kopf über diesen Gedanken. Quatsch, ich bin nicht dabei, mich in ihn zu verlieben. Er ist ein Idiot, ein Verrückter, überhaupt nicht beziehungsfähig und überhaupt – wir sind Freunde!

»Doktor Xanders?«, erklingt Colins Stimme und ich blinzle. Wie oft hat er mich nun schon angesprochen, ohne dass ich ihn gehört habe?

»Was? Entschuldigen Sie. Was kann ich für Sie tun?« Colin hat sich in meine Richtung gedreht und sieht mich mit erhobenen Augenbrauen an, in seinen Augen blitzt etwas auf, das ich nicht deuten kann. »Sie können sich der Ambulanz widmen, ich kümmere mich hier um Amy.«

»Oh«, bringe ich hervor, nicke dann aber schnell. Natürlich. Er ist als Oberarzt hier, er braucht keine Assistenz. Schließlich kann er nichts tun, keine Wunden nähen oder dergleichen. Blut wurde der Kleinen bereits abgenommen, eigentlich steht die Diagnose fest. Colin ist nur hier, um sich ein eigenes Bild zu machen und Amy kennenzulernen. »Natürlich.« Ich nicke ihm zu, sehe sein Lächeln und winke Rachel und Amy, bevor ich den Raum verlasse.

Einige Stunden und viele, viel zu viele Patienten mit Verletzungen, die keine Notfälle waren, später, biege ich um die Ecke in Richtung Kantine, um endlich etwas zu essen. Seit dem Weihnachtsessen bei Amber und Shane habe ich nichts mehr zu mir genommen und langsam verdaut sich mein Magen selbst. Bevor ich aber so weit komme, hält mich eine Hand an meinem Arm fest und ich fahre herum. »Was is-« Mitten im Satz breche ich ab, weil Colin vor mir steht. »Oh. Du bist's.« Doch kein Essen? »Gibt's einen Notfall?« Verunsichert ziehe ich die Augenbrauen zusammen, weil er mich festhält, mich anstarrt, aber nichts sagt. »Colin?«

Tief atmet er durch, bevor er sich räuspert. »Wo gehst du hin?«

Verwirrt deute ich über meine Schulter in Richtung Kantine und nun lässt er mich los. »Etwas Essen, wieso?«

Rasch sieht er sich um, als würde er prüfen, ob wir allein sind. »Hast du kurz Zeit?«

Was wird das hier? Was hat er? »Ja?«

Ein schiefes Lächeln zeigt sich in seinem Gesicht. »Gut.« Ohne jede Scham greift er nach meiner Hand, zieht mich hinter sich her, biegt mit mir um die Ecke und öffnet die Tür zum Ruheraum. In einer ungeduldigen Geste winkt er mich in das

Innere und folgt mir prompt hinein. Kaum ist die Tür geschlossen, dreht er sich zu mir.

»Colin, was i-« Weiter komme ich nicht, denn mit zwei großen Schritten ist er bei mir und legt seine Lippen auf meine, sodass ich nach Luft schnappe. Automatisch schließen sich meine Augen, als er mich gierig, beinahe verzweifelt küsst. Gleichzeitig schiebt er mich ein Stück rückwärts, bis ich mit dem Hintern an den kleinen Zweiertisch am Ende des Ruheraumes stoße. Ohne den Kuss zu lösen, und ohne jede Schwierigkeit, greift Colin unter meinen Po und hebt mich auf den Tisch, sodass ich darauf zum Sitzen komme. Gleichzeitig drängt er sich zwischen meine Beine.

Keine Ahnung, wie viel Zeit wir küssend verbringen, meine Finger in seinem Haar und seine unter meinem Arbeitsgewand, aber irgendwann müssen wir Luft holen und Colin löst sich von mir. Er richtet sich auf, blickt aber auf mich herab. Unsere Blicke treffen sich. Obwohl es hier drin dunkel ist, weil wir uns nicht die Mühe gemacht haben, das Licht einzuschalten, sehe ich das Verlangen in Colins Augen. Davon abgesehen, habe ich seine Erregung deutlich gespürt, als er sich an mich gedrückt hat.

»Was?«, setze ich an und schlucke. »Was war denn das?« Vor einigen Stunden noch, bei mir zu Hause, haben wir vereinbart, wieder nur Freunde und Kollegen zu sein. Nicht mehr und nicht weniger. Dass er mich jetzt so überfällt und …

Colin schüttelt den Kopf. »Ich wollte das schon tun, seit ich dich vorhin im Eingangsbereich gesehen habe.«

Überrascht hebe ich die Augenbrauen. »Oh.«

»Ja, oh«, murmelt er, kommt näher und gibt mir einen weiteren, jedoch keuschen Kuss auf den Mund. »Jetzt kannst du Essen gehen.«

Ein Prusten bricht aus mir heraus. »Was?«

»Na, du wolltest etwas essen …« Mit dem Daumen deutet er über seine Schulter. »Und ich muss wieder an die Arbeit.«

Verwirrt schüttele ich den Kopf. Hat er den Verstand verloren? »Du hast mich hier reingeschleppt, weil du mich küssen wolltest, und jetzt kann ich gehen?«

Seine Brauen ziehen sich zusammen, auf seiner Stirn bilden sich Falten. »Ich will dich ficken, aber das wirst du nicht zulassen, oder?«

Mein Mund öffnet sich, schließt sich wieder und gleichzeitig schüttele ich den Kopf. »Hier? Nein!« Trotz meiner Worte löst das, was er sagt, eine wohlige Wärme in mir aus. Womöglich versuche ich, nicht daran zu denken, was wir letzte Nacht getrieben haben – mein Körper jedoch erinnert sich gut.

Ein Lächeln breitet sich auf seinem Gesicht aus. »Hier nicht, aber nachher bei mir?«

Warte, was? »Hä?« Wow, äußerst intelligente Reaktion, Hailey!

»Kommst du nach der Schicht mit zu mir?«

Kopfschüttelnd lege ich meine Hände an seine Brust, schiebe ihn zurück und rutsche vom Tisch, auf dem ich bis jetzt gesessen habe. Kaum stehe ich vor ihm, blicke ich hoch. »Ich verstehe nicht, wie du das meinst.«

Kurz sieht er weg, fährt sich durch die Haare, dann erwidert er meinen Blick. »Ich meine damit, ob du heute mit zu mir kommst, damit wir da weitermachen können, wo wir heute Morgen aufgehört haben.«

Gegen die Trockenheit in meiner Kehle schluckend, versuche ich, mit diesen Worten klarzukommen. »Mit zu dir?«

Ungeduldig schnaubt er. »Hails, konzentriere dich.«

»Das tue ich!« Glaube ich.

Sanft greift er nach meiner Hand, hebt sie an seinen Mund und drückt einen Kuss darauf, was meine Wangen wahnwitzigerweise rot anlaufen lässt. Diese Geste hat etwas so … Vertrautes. Mehr noch als es Sex hat. »Gibst du mir dann auch eine Antwort?«

»Worauf?«

Missmutig verzieht er das Gesicht. »Das weißt du genau.«

Ja, das weiß ich wohl. Er möchte, dass wir es ein weiteres Mal tun. Aber wieso? »Wir haben doch vorhin vereinbart, dass wir ab jetzt Fr-«

»Das ist mir egal«, unterbricht er mich. »Dann sind wir eben Freunde mit gewissen Vorzügen, wenn du es irgendwie benennen musst.« Er seufzt, seine Stimme wird ruhiger, sanfter. »Hails, ich laufe seit Stunden mit einem Ständer herum, weil du mir nicht aus dem Kopf gehst. Ich befürchte, wenn du mich nicht erlöst, werde ich an Blutmangel sterben.«

Abermals bricht ein Prusten aus mir heraus und ich schlage schnell die Hand vor den Mund. »Du ... was?«, kichere ich weiter. Hat er gerade wirklich gesagt, dass er meinetwegen hier bei der Arbeit mit einem erigierten Penis rumläuft? Meinetwegen?

»Oder an Samenstau«, fügt er ernst hinzu.

»Das ist gar nicht möglich, du hast in den letzten zwölf Stunden dreimal abgesp-« Mir wird heiß. »Es ist nicht möglich.« Er ist dreimal gekommen und das mit mir!

Murrend tritt er näher an mich heran. »Hailey, wenn es dir wichtig ist: Es bleibt unverbindlich. Wir können einfach ...«

»Sex haben und ansonsten so tun, als wäre nichts zwischen uns?« Klang das missmutig? Ja, vielleicht. Aber das ist es doch, was er will, oder? Er möchte Sex, und zwar unverbindlich. Wieso nicht mehrmals mit derselben Frau, wenn sie doch noch interessant genug ist?

Sanft legen sich seine Hände an meine Wangen. »Das habe ich nicht behauptet. Natürlich werde ich nicht so tun, als wärst du mir völlig egal. Aber ...«

»Aber?«

»Du hast gesagt, du möchtest, dass wir Freunde bleiben. Wir können Freunde bleiben und Sex haben, solange es uns Spaß macht.«

»Hm«, mache ich. Ja klar kann man das. Bis sich die Frau verliebt und ihr das Herz gebrochen wird. In diesem Fall mein Herz. Colin wird dann einfach zur Nächsten übergehen, wie es Kerle nun mal tun. Und ich? Ich werde leiden. Und wie! »Ich weiß nicht, Colin.«

Langsam lässt er die Hände sinken, tritt einen Schritt zurück und atmet tief durch. »Ok, du möchtest nicht. Ich akzeptiere das.« Schief lächelt er. »Wie wäre es mit einem Kakao nach unserer Schicht? Kakaotrinken wie Freunde?«

»Kakaotrinken wie ...« Mit der Zunge schnalzend verdrehe ich die Augen. »Du meinst bei mir zu Hause!«

Er grinst. »Klar, wofür habe denn sonst diese superteure Maschine gekauft?«

»Kakao, aber kein Sex?«

Ergeben seufzt er. »Schön. Warte nachher draußen auf mich, ich sammele dich auf und wir fahren zu dir.«

Kapitel | 27.
Als ich dachte, ich sei verführerisch
Colin

Einige Stunden und mehrere genervte Seufzer meinerseits später, stehe ich mit meinem Wagen vor dem Eingang des General Hospitals und warte auf Hailey. Noch immer kann ich nicht fassen, dass ich nun statt Sex einen verdammten Kakao bekomme. Natürlich habe nicht damit gerechnet, dass sie mich abblitzen lässt. Wieso sollte sie auch? Wir hatten eine gute Nacht zusammen, eine grandiose Nacht und einen noch besseren Morgen. Zwar war mir klar, dass sie dieses ›Freunde‹-Ding ernst meint, aber ich dachte, meine Verführungskünste seien besser. Anscheinend sind sie das nicht.

Langsam hebe ich den Kopf, als Hailey mit einigen anderen Assistenzärztinnen herauskommt. Unter etwas verwunderten Blicken und roten Wangen – ganz offensichtlich ist es ihr peinlich, was die anderen nun denken könnten – winkt sie ihnen und kommt auf mich zu.

»Das wird Gerede geben«, murrt sie, kaum dass sie vor mir steht.

Schulterzuckend sehe ich zu den anderen, die sich zwar entfernen, uns aber nicht aus den Augen lassen. »Mir egal.« Um das zu unterstreichen, trete ich einen Schritt näher, bis ich direkt vor ihr stehe, beuge mich herunter und drücke ihr einen Kuss auf die Stirn. »Sollen sie reden. Das tun sie sowieso.«

Hailey schnappt nach Luft, macht einen Schritt zurück und sieht mich schockiert an. »Mir aber nicht! Ich will nicht, dass sie über mich sprechen, wie sie über die anderen Frauen reden, mit denen du …«

»Die ich im Ruheraum gevögelt habe?«

»Ja«, murrt sie. »Ich will nicht eine von ihnen sein.«

Meine Mundwinkel zucken, weil ich ihr Problem wirklich nicht verstehe. »Was wäre daran verwerflich? Diese Frauen und ich, wir hatten kurzen, unverbindlichen Spaß. Was soll daran schlecht sein?«

Mit einem Schnauben geht sie an mir vorbei, öffnet die Beifahrertür meines Wagens und lässt sich auf den Sitz sinken. »Fahren wir.«

Eine eigenartige Vorfreude auf die nächsten Stunden mit ihr ergreift von mir Besitz. »Heute wieder so bissig?«, necke ich sie, als sie die Tür auch schon zuschlägt. Rasch umrunde ich meinen Wagen, setze mich ans Steuer und sehe Hailey an. »Und im Bett bist du so unterwürfig. Wie passt das zusammen?«

»Wie das …« Sie wendet schnell den Blick ab, sieht aus dem Fenster. »Ich bin nicht unterwürfig.«

»Doch, das bist du. Im Bett bist du das.« Sie hat genau das getan, was ich von ihr verlangt habe, ist sogar über ihre eigenen Grenzen hinausgegangen und hat ihre Scham überwunden.

Hailey schnallt sich an und ich tue es ebenso. »Müssen wir darüber sprechen?«

Ja, es ist mein Lieblingsthema! »Worüber willst du stattdessen sprechen?«

Kurz überlegt sie, während ich den Wagen starte und in den Verkehr einfädele. Als ich kurz zu ihr sehe, ist ihr Ausdruck traurig. »Wann beginnt Amy Smiths Chemotherapie?«

Mein Magen verkrampft sich und ich räuspere mich. Fest umklammere ich das Lenkrad. Musste es unbedingt dieses Thema sein? »Schon morgen. Wir haben keine Zeit, um noch abzuwarten. Ihre Blutwerte …«

»Sind wahnsinnig schlecht. Ich habe sie mir auch angesehen.«

»Mhm«, bestätige ich. »Es ist ein Wunder, dass sie überhaupt noch lebt.« Ein kalter Schauer rauscht über meinen Rücken. »Ich weiß nicht, wie sie die Chemo überstehen soll. Sie ist so klein und zart. Wenn sie etwas kräftiger wäre, mehr auf den Rippen hätte …« Abermals sehe ich kurz zu Hailey. »Aber das hat sie nicht.«

Ein leises Seufzen erfüllt meinen Wagen und ich beiße die Zähne zusammen. Ich musste Amys Mutter, nachdem ich das kleine Mädchen selbst auch nochmal untersucht habe, sagen, dass wir alles versuchen werden, dass wir alles tun werden, was uns möglich ist. Aber ich durfte sie auch nicht in dem Glauben lassen, dass die Chancen gut stehen. Sie stehen schlecht, sehr schlecht. Die nächsten Wochen werden schwer. Wir wollen das Unmögliche möglich machen.

Sanft legt sich eine Hand auf meine rechte auf dem Lenkrad und ich hole tief Luft. Ohne den Blick vom Verkehr abzuwenden, lasse ich die Hand sinken, ergreife Haileys und lege sie zusammen mit meiner auf meinen Schenkel.

»Du magst Kinder«, spricht sie leise. »Ihr Schicksal geht dir immer besonders nahe.« Einen kurzen Moment ist es still, weil ich nicht weiß, was ich zu ihrer Feststellung sagen soll. »Ich mag es, wie du mit ihnen sprichst und dich benimmst, wenn du Kinder behandelst.«

Nun sehe ich doch zu ihr, nur kurz. »Das gefällt dir? Erzähl mir mehr darüber, was dir an mir gefällt.« Ein schiefes Lächeln breitet sich in meinem Gesicht aus und ich bin dankbar dafür, dass sie mich von diesem düsteren, traurigen Thema ablenkt.

»Hmm«, macht sie. »Ich glaube nicht, dass du es nötig hast, dass jemand dein Ego streichelt. Aber die Sache mit den Kindern, die ist wirklich so. Ich beoba-« Sie bricht ab. »Also es ist mir eben aufgefallen.«

Nun grinse ich wirklich. »Du beobachtest mich also?«

»Na, das ist ein Teil meines Jobs«, rudert sie zurück. »Ich soll schließlich von dir lernen.«

Mein Daumen streicht über ihren Handrücken. »Und du kannst so viel von mir lernen, Hails.« Ich zwinkere ihr zu und ernte ein Augenverdrehen.

»Ich meinte beruflich.«

»Ich meinte im Bett.«

Sie schnaubt. »Ja, das war klar.«

»Schön, dass du schnell schaltest.« Das ist es wirklich. Ihre Intelligenz ist anziehend. Wie sie ihre Arbeit verrichtet, ist anziehend. Wie schnell sie lernt, ist … »Ich mag es auch, wie du mit unseren Patienten und Patientinnen umgehst.«

Kurz ist es still. »Was?«, fragt sie dann nach.

Ja, was? Wieso habe ich das gesagt? »Du hast diesen besonderen Klang in der Stimme, wenn du mit den Leuten sprichst, die wir behandeln. Sie vertrauen dir sofort. Das, gepaart mit deiner Kompetenz und der Empathie, die dir aus jeder Pore quillt, bist du die perfekte Ärztin. Kompetent, klug, schön, mit dem Mut, Entscheidungen zu treffen und auch mal den Boss in die Pfanne zu hauen, wenn er Fehler macht. Aus dir wird eine grandiose Ärztin, Hails. Ich bin froh, dass ich mir dich unter den Assistenzärzten und Ärztinnen ausgesucht habe.«

Neben mir bleibt es ruhig, sodass ich zu ihr sehen muss. Mein Herz macht einen schmerzhaften Sprung, als ich die Träne sehe, die über ihre Wange läuft.

Rasch sehe ich mich um, lasse ihre Hand los, setze den Blinker und fahre in die nächstbeste Lücke, um am Straßenrand Halt zu machen. »Hailey? Habe ich etwas fal-« Von weichen, warmen Lippen auf meinen werden meine Worte erstickt und ich schmecke salzige Tränen. Das Geräusch des gelösten Gurtes ist zu hören, dann schlingen sich Hailey Arme um meinen Hals. Ihr Kuss ist fordernd, gierig und ihre Zunge forsch. Mit geschlossenen Augen erwidere ich, was sie mir gibt, und spüre im nächsten Augenblick ihre Hand deutlich auf meinem schnell anschwellenden Schwanz in der Hose. Hätte ich gewusst, dass ich ihr nur sagen muss, wie sehr ich ihre Arbeit schätze, um sie dazu zu bringen, mich derart zu küssen, hätte ich das längst gemacht.

Viel zu schnell reißt sie sich allerdings von mir los, atmet schwer und blickt mir in die Augen. Ihre Finger streichen weiter über meine Erektion, lassen das Blut in meinen Ohren rauschen. »Das war das Netteste, was jemals jemand zu mir gesagt hat«, gesteht sie schließlich mit bebender, kratziger Stimme, dann lehnt sie sich wieder in ihren Sitz zurück.

»Und doch ist es wahr«, versichere ich ihr und spüre ihre Hand sogleich auf meinem Schenkel. Leider viel zu weit entfernt von meiner pulsierenden Erregung.

»Danke.« Sie atmet tief durch. »Los, fahren wir zu mir.«

»Zu Befehl.«

Nur zehn Minuten später betreten wir ihren Fahrstuhl und anders als die Male zuvor, gibt es da keine Distanz zwischen uns. Im Gegenteil. Ganz selbstverständlich lehne ich mich an Hailey, lege meine Hand an ihre Taille und küsse sie, bis das ›Ping‹ erklingt und wir die Kabine wieder verlassen. Hand in Hand schlendern wir zu ihrer Wohnungstür, treten in den kleinen Flur und berühren uns dabei ständig. Im Wohnzimmer angekommen, grinse ich breit, als ich den kleinen Kleiderhaufen auf ihrem Sofa entdecke.

»Bald habe ich jeden BH gesehen, den du besitzt.« Mit einem schelmischen Grinsen wende ich ihr mein Gesicht zu und sehe, wie sie die Augen verdreht. Vorbei ist offenbar die Zeit, wo sie sich dafür derart geschämt hat, dass sie hochrot angelaufen ist. Stattdessen geht sie locker auf das Sofa zu, greift nach ihrer Wäsche und verschwindet damit im angrenzenden Schlafzimmer. Nur zu gerne würde ich ihr folgen, sie überfallen und in ihrem Bett vögeln, bis wir beide in einen tiefen, seligen Schlaf fallen. Weil ich aber nicht weiß, wie es jetzt ist, bleibe ich, wo ich bin – mitten im Wohnzimmer stehen und warte, bis sie zurückkehrt.

»Wieso stehst du hier so rum?«, will sie wissen und hebt die Augenbrauen. »Ich dachte, du machst uns Kakao?«

Allein bei der Vorstellung, nochmals dieses süße Zeug zu trinken, verziehe ich das Gesicht. »Ich mache *dir* einen Kakao.«

Sie grinst und zuckt mit den Schultern. »Auch gut. Damit kann ich leben. Du kannst dir dafür einen Kaffee nehmen.«

Mit großen Augen starre ich sie an. »Du hast Kaffee gekauft?«

Jetzt doch etwas verlegen, kneift sie die Lippen zusammen, nickt dann aber.

»Für mich?«

»Für die Menschen, die mich besuchen und Kaffee mögen«, stellt sie klar.

Fragend hebe ich eine Braue. »Welche Menschen? Du hast mir gesagt, du hast keine Zeit für ›Menschen‹, weil du nach der Arbeit müde bist und schlafen möchtest.«

»Und doch stehen wir jetzt hier«, erwidert sie, geht an mir vorbei und lässt sich auf ihr Sofa sinken.

Mit einem Fingerzeig deute ich auf die Tür zu ihrem Schlafzimmer. »Von mir aus können wir sofort ins Bett gehen.«

Ihr Lachen fährt mir direkt in den Schwanz. »Das war nicht Teil unserer Abmachung.«

»Der Kuss im Wagen auch nicht.« Während ich das sage, steuere ich auf die Küchenzeile zu, um ihr einen Kakao und mir einen Kaffee zu machen. Mein Blick fällt auf die kleine Kaffeemaschine, die gestern definitiv noch nicht da gestanden hat. »Hast du eine Kaffeemaschine organisiert? Wann?«

»Die hatte ich schon«, lässt sie mich wissen und als ich mich zu ihr drehe, hat sie sich über die Rückenlehne des Sofas gelehnt und sieht mir zu.

Überrascht öffne ich den Mund. »Du hattest eine Kaffeemaschine und hast mir bisher nie einen Kaffee angeboten?«

Ihr Grinsen lässt ihr Gesicht strahlen. »Jep.«

»Biest«, murre ich, beginne damit, ihren Kakao zubereiten und parallel meinen Kaffee. Nachdem ich das bereits gestern getan habe, weiß ich inzwischen, wo sich alles befindet, was ich brauche, und so kehre ich nur wenige Minuten später zu Hailey zurück. Vorsichtig stelle ich meine Kaffeetasse auf dem Couchtisch ab und reiche ihr ihren Kakao, bevor ich mich neben sie auf das Sofa sinken lasse.

»Schmeckt's?«, will ich wissen, als sie den ersten Schluck nimmt.

Wohlig seufzt sie, zieht die Beine auf das Sofa und nickt. »Ja, großartig. Vielen Dank.«

»Immer wieder gerne.« Während wir trinken, bleibt es um uns herum still. Nur das leise Schlürfen ist zu hören, wann immer wir von unseren Getränken trinken. Es ist keine unangenehme Stille, im Gegenteil.

Entspannt lehne ich mich zurück, mache es mir gemütlich und ziehe Haileys Beine, nachdem sie ihre leere Tasse abgestellt hat, auf meinen Schoß. Sie stößt ein überraschtes Geräusch aus, entfernt sich aber nicht. Stattdessen seufzt sie ergeben.

Kapitel | 28.

Seifenblasen die zerplatzen
Hailey

Hier neben Colin zu sitzen, seine Wärme so deutlich zu spüren, fühlt sich einfach nur … himmlisch an. Mir ist bewusst, dass das, was wir da tun, ganz sicher nichts mit Freundschaft zu tun hat. Aber ich weiß auch nicht, wie man es sonst benennen könnte. Mit Colins ›Freundschaft Plus‹ kann ich nichts anfangen. Ich will nicht mit ihm befreundet sein und einfach Sex haben. So bin ich nicht. Nachdem die letzte Nacht offenbar keine einmalige Sache war, sollten wir darüber sprechen, was wir da wirklich tun. Verlieben wir uns ineinander? Werden wir eine Beziehung führen oder sollten wir das, was auch immer sich da zwischen uns entwickelt, sofort ersticken, weil es keine Zukunft hat?

Allein der Gedanke daran, Colin nur noch im Krankenhaus zu sehen, versetzt mir einen Stich. Wie konnte ich mich derart schnell an seine Anwesenheit gewöhnen? Wie hat er es geschafft, mich so rasch zu erobern? Denn das hat er. Bis vor zwei Wochen habe ich ihn dafür verachtet, was er mit den Frauen anstellt. Ich habe ihn verflucht nochmal für Ambers Challenge angemeldet und beim Leiter der Klinik verpetzt. Wie konnte es passieren, dass sich meine Meinung über ihn derart geändert hat, dass ich ihm jetzt so nahe sein will? Zugegeben, er ist nicht der unausstehliche Kerl, für den ich ihn gehalten habe. Jetzt, wo ich ihn privat kenne, weiß ich, dass die Art, wie er in der Klinik mit mir umgegangen ist, eben professionell war, nicht abwertend. Ich habe mir irgendwie eingeredet, dass er der Böse ist und nur noch das Negative an ihm gesehen. Ich wollte ihn zu meinem Feindbild machen. Vielleicht, weil mir klar war, dass ich niemals eine Chance bei ihm hätte. Wahrscheinlich hat es mich gewurmt, dass er sich stets nur an die schlanken Blondinen rangemacht hat.

»Colin?«, spreche ich, ohne wirklich zu wissen, was ich sagen soll.

»Mh?«, macht er müde und klingt, als wäre er gerade drauf und dran gewesen, hier im Sitzen einzuschlafen. Letzte Nacht und der Dienst heute haben uns beide ausgelaugt – verständlich, dass er Schlaf braucht.

Vorsichtig entziehe ich ihm meine Beine, die er auf seinen Schoß gezogen und die ganze Zeit sanft gestreichelt hat. Zeitgleich richtet er sich ein Stück auf, räuspert sich.

»Entschuldige«, murrt er. »Was ist los?«

Mit einem plötzlich viel zu schnellen Herzschlag beiße ich mir auf die Unterlippe. Colins Blick ist etwas glasig, müde und ich seufze. »Nichts, ich ...«

Ehe ich mich versehe, ist Colin über mir, drückt seinen Körper an meinen und bringt mich dazu, mich zurückzulehnen. »Was wolltest du sagen?«

Schnell schüttele ich den Kopf. »Nichts.«

Seine Augenbraue hebt sich. »Hails.« Er beugt sich herunter und sein Duft hüllt mich ein. Heute ist es eine Mischung aus vielen verschiedenen Gerüchen, immerhin kommen wir aus der Klinik und sind noch nicht dazu gekommen, zu duschen. Krankenhaus, Schweiß, Aftershave und Colins Pheromone. Sanft legt er seine Lippen auf meine und küsst mich zärtlich. Seine Zunge streicht langsam über meine, als hätte er alle Zeit der Welt, als würde er diesen Kuss voll auskosten wollen. Gleichzeitig neigt er leicht die Hüften, bewegt sich auf mir, als hätten wir trägen Sex, ohne ihn wirklich zu haben. Das hier ist so anders als die Male zuvor, dass ich spüren kann, was das mit mir macht. Ein Gefühl der Hingabe ergreift von mir Besitz, ein warmer Schwarm

Schmetterlinge sammelt sich in meinem Bauch. Wie von selbst streichen meine Hände durch sein Haar, über seinen Nacken, die Schultern und hinunter über seinen Rücken. Er seufzt leise, lehnt sich auf eine Seite, damit er eine Hand frei hat und beginnt, über meine Taille zu streichen. Seine Finger bewegen sich höher, bis er meine Brust umfasst und kehlig an meinen Lippen stöhnt. Meine Gedanken wehen davon wie ein Blatt im Wind, lassen all die Zweifel, all die Ängste für den Moment verschwinden und bringen mich dazu, das Hemd aus seiner Hose zu ziehen. Colin trägt immer Hemden, wenn er nicht im Krankenhaus ist, meist kombiniert mit einer Anzugshose, einem Sakko oder einem Mantel.

Kaum berühren meine Finger die heiße, straffe Haut seines Rückens, seufze ich verzückt. Ihn zu spüren, ihn zu berühren ist der pure Wahnsinn. Niemals hätte ich gedacht, dass ich einem Mann wie ihm so nahekommen könnte.

»Hails«, wiederholt er die Abkürzung meines Namens, die nur er verwendet und lässt damit alles in mir kribbeln. »Ich weiß, du willst nur Kakao trinken, aber wenn ich nicht gleich in dir bin, komme ich in meiner Hose.«

Mein Körper bebt, als ich das Lachen zurückhalte, das heraus möchte. Die Art, wie er diesen Satz begonnen hat ... »Ist das so?«, japse ich.

»Ja«, bestätigt er schnell nickend. »Bist du so gnädig und nimmst mich in deinem Schoß auf?«

Wieder kichere ich, fahre ihm dabei durch die dunklen, in alle Richtungen abstehenden Haare. »Ja.«

Seine Augen weiten sich. »Ja?«

»Mhm.« Habe ich das gerade wirklich getan? Was bedeutet es und wie sollen wir klären, was das hier ist?

»Fuck, ja.« Schneller, als ich reagieren kann, hat er sich aufgerichtet, zieht mich in eine sitzende Position und zerrt an meinem Shirt. Anschließend knöpft er sein Hemd auf, zieht es aber nicht aus und beginnt, sich am Knopf meiner Jeans zu schaffen zu machen. Während er zurück rückt, um mir die Hose auszuziehen, und sie auf den Boden zu werfen, betrachte ich ihn immer wieder von oben bis unten. Bei jeder Regung bewegen sich die Muskeln an seiner Brust und dem Bauch. Sein gespannter Bizeps weitet das Hemd, als er seine eigene Hose öffnet und samt Unterwäsche bis zu den Knien hinunterzieht, sodass sein steifer Penis zum Vorschein kommt. Mein Blick fällt darauf, als er seine Faust darum schließt und zweimal kräftig daran reibt. Hitze sammelt sich zwischen meinen Beinen und längst spüre ich die Nässe dazwischen.

»Dein BH, zieh ihn aus«, spricht er mit rauer Stimme und ich tue, was er sagt. Kaum ist das Stück Stoff verschwunden, beugt sich Colin über mich. Meinen Slip hat er mir samt meiner Hose ausgezogen. Nun liege ich nackt unter ihm und sehe ihm ins angespannte Gesicht. »Soll ich ein Kondom holen?«

Blinzelnd blicke ich ihm in die Augen. »Hattest du in den letzten Stunden Geschlechtsverkehr mit einer anderen Frau?« Allein der Gedanken daran schmerzt mich, aber es ist wichtig, das zu wissen. Colin hat mir heute Morgen unter der Dusche versichert, dass er es normalerweise nur mit Kondom tut und sich ständig testet. Er sitzt ja an der Quelle. Aus diesem Grund haben wir vorhin auf das Kondom verzichtet – zudem nehme ich die Pille und bin ebenfalls gesund. Wenn er aber …

»Mit einer an-« Colin bricht ab, schüttelt den Kopf. »Natürlich nicht, Hailey. Ich war den ganzen Tag über scharf auf dich. Nur auf dich.«

Mein Herz sollte nicht einen derart aufgeregten Satz machen, nur weil er mir sagt, dass er heute keine andere Frau verführt hat. Dennoch tut es das. »Ok«, hauche ich deshalb.

»Ok? Das ist keine Antwort auf meine Frage, meine Süße.« Mit seinen Worten streicht er mir sanft über die Wange. »Soll ich eines holen? Es wäre kein Pro-«

»Nein, wenn du mir versicherst, dass du gesund bist, glaube ich dir.« Ist das dumm? Sollte ich ihm wirklich vertrauen? Na ja, er ist mein Boss. Ich kann mir nicht vorstellen, dass er …

Ruckartig kehre ich aus meinen Gedanken zurück, als sich Colin über mir bewegt, sein heißer Mund meine Brust streift, bevor seine Zungenspitze meine Brustwarze berührt. Gleichzeitig drückt er mit einer Hand meine Beine auseinander, um zwischen meinen Beinen Platz zu finden. Unter seinem Mund, seinen Fingern, erbebt mein Körper vor Verlangen. Eine Welle der Erregung fährt durch mich hindurch und ich halte mich an ihm fest.

»Ist das unbequem für dich?«, will er leise wissen, nachdem er von meiner Brust abgelassen hat.

»Nein«, gebe ich rasch zurück. »Nein, es ist perfekt.«

»Gut.« Als hätte er nur darauf gewartet, dass ich das sage, schiebt er seine Hüfte noch ein Stück vor, platziert sich zwischen meinen Beinen, blickt mir in die Augen und stößt in mich. »Fuck!«

»O Gott!«, entfährt es mir zeitgleich, als er sich ganz in mich schiebt, mich weitet und sich dann langsam wieder zurückzieht, nur um sofort wieder in mir zu sein. Sein Atem geht dabei stockweise, mein Herz droht zu explodieren. Bei jedem Stoß sieht er mich direkt an und ich habe Mühe, die Augen offenzuhalten. Das Blau seiner Iriden verschwimmt etwas und ein lautes Stöhnen bahnt sich seinen Weg aus meiner Kehle.

»Hails«, keucht er, während er sich vor und zurückbewegt, verlagert das Gewicht etwas und greift nach meiner Hand. Langsam schiebt er sie zwischen uns. »Ich will, dass du es dir besorgst. Machst du das?«

»Was?«, bringe ich nur hervor, tue aber zeitgleich, was er da gerade verlangt hat. In langsamen, kreisenden Bewegungen lasse ich Zeige- und Mittelfinger um meine Klitoris kreisen und atme scharf ein, als mich das Gefühl durchfährt, das nur durch die

Lustperle erzeugt werden kann. Noch nie bin ich nur durch puren Sex gekommen, wie es manche Frauen offenbar können. Ich brauche zusätzlich die Stimulation meiner Klitoris. Colin gleichzeitig in mir zu haben, seinen Duft zu inhalieren, die kehligen Geräusche zu hören, die er von sich gibt...

»Fuck, ja«, keucht er und bewegt sich schneller.

»Colin!«, presse ich hervor, lege den Kopf weit in den Nacken und stöhne meine Lust heraus, als auch schon eine heftige Welle durch mich hindurch rauscht und mir den Atem raubt. »Colin!«, wiederhole ich, dann spüre ich, wie ich mich um seinen Penis zusammenziehe. Ein Schrei verlässt meinen Mund und seine Lippen an meinen verschlucken ihn.

Kaum ziehe ich meine Hand zwischen uns zurück, greift Colin nach ihr, löst unsere Lippen voneinander, stößt in mich und verschränkt unsere Finger ineinander. »Du fühlst dich einmalig an, Hails. Ich liebe es, in dir zu sein.« Drei weitere, tiefe Stöße und einen Kuss später, spüre ich, wie sich Colin anspannt. Er knurrt leise, atmet keuchend, dann zieht er sich rasch aus mir zurück, richtet sich ein Stück auf und kommt auf meinem Bauch. In mehreren Stößen spritzt sein Samen aus ihm heraus und eine Gänsehaut bildet sich überall an seinem Oberkörper.

»Sorry«, murmelt er. »Ich wusste nicht, ob ich in dir ko-«

»Schon gut«, unterbreche ich ihn.

Ruckartig richtet er sich auf. »Warte, ich hole dir etwas.«

Verwirrt über diese eigenartige Reaktion, blinzele ich. »Colin?« Ein Zittern ergreift von mir Besitz, nachdem sein erhitzter Körper nun nicht mehr über mir ist, um mich zu wärmen.

Er fährt zu mir herum, nachdem er bereits vor dem Sofa gestanden hat und seine Hose samt Unterwäsche hochgezogen hat. »Hm?«

Fragend hebe ich die Brauen. »Was ist los?« Vorsichtig, damit sein Sperma nicht auf mein Sofa tropft, richte ich mich ein Stück auf, versuche, meine Brüste etwas zu verdecken, damit ich mir nicht derart entblößt vorkomme. Was hat er jetzt?

»Nichts«, flüstert er, dann setzt er sich in Bewegung, geht Richtung Badezimmer und kommt nur Sekunden später mit Toilettenpapier zurück. Statt es mir zu geben, hockt er sich vor mich.

»Warte, ich kann da-« *Das selbst tun*, wollte ich sagen, aber Colin beginnt bereits, seine Hinterlassenschaft von meinem Bauch zu wischen. Kaum ist jede Spur von ihm fortgewischt, steht er wieder auf, läuft ins Badezimmer zurück und betätigt die Spülung der Toilette. Danach wäscht er sich, den Geräuschen nach, die Hände und ich schnappe mir die gewebte Decke, die immer auf meinem Sofa liegt. Rasch decke ich mich zu, als Colin gerade wieder ins Wohnzimmer kommt. Mit offenem Hemd beginnt er, meine Kleidung aufzuheben und neben mich auf das Sofa zu legen. Danach knöpft er sein Hemd zu, fährt sich durch die Haare und seufzt, als auch das schließlich erledigt ist. Als er sich dann auch noch daran macht, die beiden Tassen zu nehmen und zur Küchenzeile zu bringen, weiß ich, dass etwas nicht stimmt.

»Colin?« Über die Rückenlehne meines Sofas hinweg sehe ich zu ihm zu meiner Küche. »Sagst du mir, was gerade in dir vorgeht?« Will ich das überhaupt wissen, so wie er sich gerade benimmt? Ohne jeden Zweifel vernichtet er gerade die Beweise für seine Anwesenheit hier. Aber warum plötzlich? Bis eben war doch alles in Ordnung. Was hat sich in den letzten paar Minuten geändert?

Nachdem er die Tassen in den Geschirrspüler geräumt hat, sich Wasser in ein Glas gegossen und einen Schluck davon getrunken hat, dreht er sich zu mir. An die Küchenzeile gelehnt, starrt er mich stumm an, bis er endlich die Klappe aufmacht und ich mir wünsche, dass er sie lieber gehalten hätte. »Ab sofort sind wir wieder nur Kollegen.«

Mein Mund öffnet sich. »Was?«

»Du hattest Recht. Das hier«, er deutet zwischen uns hin und her, »ist nicht gut für unsere gemeinsame Arbeit. Wir sind keine Freunde, wir sind Kollegen, die gevögelt haben. Wir sollten es dabei belassen und zu dem zurückkehren, was wir waren, bevor du dich in mich verliebst und ich dir das Herz brechen muss.«

Wäre ich nicht damit beschäftigt, den riesigen Kloß in meinem Hals hinunterzuschlucken, würde ich garantiert etwas erwidern. Natürlich würde ich das! Stattdessen sehe ich dabei zu, wie Colin nach seinen schrecklichen Worten sein Wasserglas abstellt, sich in Bewegung setzt und gelassen Richtung Flur spaziert. Ich bleibe, wo ich bin, höre aber, wie er seine Schuhe anzieht, die Tür öffnet und so schnell aus meinem privaten Leben verschwindet, wie er gekommen ist.

Kapitel | 29.
Eine lange Nacht
Colin

Verärgert schlage ich auf mein Lenkrad, schreie den Frust heraus, der von mir Besitz ergriffen hat, sobald ich Hailey verbal von mir gestoßen habe, und lege anschließend den Kopf in den Nacken. »Fuck!« Der Ausdruck in ihrem Gesicht, nachdem ich ihr gesagt habe, was sich in der Panik heraus in meinem Kopf angesammelt hat. Ich weiß gar nicht genau, was der Auslöser war, vermutlich der Moment, als ich wirklich ohne Kondom mit ihr schlafen wollte. Schlafen, liebe machen, nicht ficken. Nach diesem Kuss wollte ich ebenso träge, wie dieser war, mit ihr einfach nur ins Bett gehen und langsam in sie eindringen. Ich wollte sie nicht so vögeln, wie ich es dann getan habe, und genau da liegt das Problem. Noch nie habe ich das Verlangen verspürt, Kuschelsex zu haben. Noch nie. Eben aber … mit Hailey, da wollte ich das.

»Fuck«, wiederhole ich verzweifelt und fahre mir durch das vermutlich in alle Richtungen abstehende Haar. Was auch immer diese Frau mit mir angestellt hat, es ist nicht gut. Es ist gar nicht gut und ich muss es schleunigst vergessen.

Rasch ziehe ich das Telefon aus meiner Hosentasche und wähle Felix' Nummer. Schon nach dem dritten Klingeln geht er ran.

»Hey, was gibt's?«

Klingt seine Stimme atemlos oder bilde ich mir das ein? »Was machst du gerade?«

Kurz herrscht Stille in der Leitung. »Ich bin noch bei der Arbeit, wieso?«

»Hast du Zeit?«

Wieder ein Moment Ruhe, dann ein Rascheln, ein Räuspern, dann antwortet er endlich. »Ja, wo treffen wir uns?«

»Im *Buon Giorno*? Das ist doch bei euch um die Ecke«, schlage ich vor, weil ich nun wirklich Lust auf guten, italienischen Wein und Pasta habe. Vielleicht hilft das, um das Durcheinander in mir zu beruhigen. Bestimmt.

»Alles klar, in zwanzig Minuten?«

Kurz blicke ich auf die Uhr, wäge ab, wie lange ich brauchen werde und nicke. »Gut, bis gleich.« Kaum gesagt, lege ich auf, werfe das Handy auf den Beifahrersitz, starte den Motor und fahre los.

Fünfzehn Minuten später suche ich in der Nähe des Restaurants einen Parkplatz, steige aus und schlendere Richtung Eingang. Dort angekommen sehe ich, dass Felix bereits an seinem und Shanes Stammtisch sitzt. Kaum betrete ich das *Buon Giorno*, winkt Camilla, die Tochter des Besitzers des Ladens und deutet auf Felix.

Nickend gebe ich ihr zu verstehen, dass ich ihn bereits gesehen habe, und begrüße sie. An Felix' Tisch angekommen, lasse ich mich schwer auf den Stuhl ihm gegenüber sinken. Mir ist bewusst, dass ich eine ausgiebige Dusche bitter nötig habe und ich vermutlich aussehe, als wäre ich unter einen Lastwagen geraten. »Hey.« Eine schwere Müdigkeit legt sich über mich. Vielleicht war das hier doch keine so gute Idee. Ich sollte duschen, mir Haileys Spuren vom Körper waschen und schlafen gehen.

»Wie siehst du denn aus?«, will mein bester Freund sofort wissen und zieht die Augenbrauen zusammen. »Und ich dachte, mir geht's beschissen. Was ist, Probleme mit deiner Lady?«

Ein Schnauben entfährt mir. »Ich habe keine Lady.«

»Nicht?« Felix hebt sein Weinglas an. Unter seinen Augen befinden sich dunkle Ringe, er sieht mindestens so abgekämpft aus, wie ich mich fühle. Mir fällt ein, dass ich mich sowieso mit ihm treffen wollte, um mit ihm darüber zu sprechen, was los ist. Allerdings glaube ich nicht, dass ich jetzt in der Verfassung bin, ihm wirklich irgendwelche Ratschläge zu geben, falls er die überhaupt annehmen würde.

»Nein«, antworte ich deshalb nur. »Wir haben nur gevögelt.«

Felix stößt ein abwertendes Geräusch aus, sagt aber nichts weiter dazu. Shane hat mir vor einigen Monaten erzählt, dass es Felix nicht mehr genügt, einfach nur irgendwelche Frauen zu vögeln. Er will eine Beziehung, etwas Festes, eine Frau an seiner Seite und Kinder. Unser Freund will das volle Programm. Offenbar ist er verrückt geworden. Gerade er war derjenige von uns, der es immer am wildesten getrieben, sich alle Frauen wie Spielzeug gehalten und die Herzen im Sekundentakt gebrochen hat. Ausgerechnet er sucht jetzt verzweifelt nach einer Frau, die ihm all das geben kann, was ihm fehlt. Das Gegenteil von dem, was ich will. Und trotzdem …

Tief atme ich durch, weil er nichts weiter sagt und ich nicht länger darüber nachdenken will, was das mit Hailey ist. »Wir sollten uns besaufen.«

Mein Freund deutet auf sein Weinglas. »Bin schon dabei.« Er hebt die Hand, winkt Camilla, die sofort zu uns eilt. Ich bin mir sicher, dass der Laden eigentlich schon zu hätte. Aber weil Felix ein Stammkunde ist und außerdem ein reicher Scheißer, werden sie so lange bleiben, wie er eben hierbleiben möchte. »Cami, bring uns doch bitte eine Flasche dieses großartigen Weins, den du uns immer auftischst.«

»Und Schnaps«, füge ich hinzu. »Starken Schnaps.«

Laut grölend marschieren Felix und ich wenige Stunden später durch die Gassen Vancouvers. Man sollte meinen, niemand wäre um diese Zeit noch unterwegs, zwei Tage nach Weihnachten, aber das Gegenteil ist der Fall. Offenbar sind die Menschen in Feierlaune, nachdem der große Familientag überstanden ist.

»Was meinst du, sollen wir noch in einen Club?«, schlage ich vor, aber Felix schnaubt.

»So wie wir aussehen lassen die uns nicht rein. Außerdem …« Er wankt gefährlich, lehnt sich an mich und ich bleibe stehen. »Stinkst du.«

»Na, vielen Dank«, murre ich, stoße ihn von mir und sehe dabei zu, wie er wankt. Plötzlich fehlt mir Shane. Bis vor einigen Monaten haben wir solche Abende zusammen verbracht, uns bis zur Bewusstlosigkeit betrunken und irgendwelche Frauen flachgelegt, die uns auf unserem Weg in die Quere gekommen sind. So sehr ich meiner Schwester und ihm ihr Glück gönne, so sehr fuckt es mich ab, dass jetzt alles anders ist. Shane ist abartig sittsam, hockt lieber mit Amber zu Hause und vö-

Rasch schüttele ich diesen Gedanken ab. Egal, ich werde Shane morgen anrufen und mit ihm ein Treffen vereinbaren. Ohne Amber. Ich brauche meinen besten Freund. Felix ist das auch, aber dem geht es gerade nicht gut. Er ist eine genauso beschissene Gesellschaft, wie ich aktuell bin.

»Wohin jetzt?«, frage ich, weil wir einfach nur durch die kalten Straßen ziehen, ohne ein Ziel zu haben.

»Nach Hause«, brummt der Kerl neben mir und lehnt sich für einen Moment an eine Hauswand. »Mir ist übel.«

»Kotz hier nicht auf die Straße«, warne ich und atme tief durch. Ja, auch mein Magen fühlt sich flau an. Die Vorstellung, schon in wenigen Stunden so zur Arbeit zu müssen, vernichtet jegliche Lust darauf, doch noch einen Club aufzusuchen – stinkend oder nicht. »Komm, wir rufen uns ein Taxi.«

Felix hebt den Kopf, wankt. »Ok.«

212

Eine geschlagene Stunde später lehne ich mich mit einem Stöhnen gegen die Tür meines Lofts und trete mir die Schuhe von den Füßen. Felix wohnt im selben Wolkenkratzer wie Shane, ich dagegen wohne in der Nähe der Klinik, nicht weit von Ambers Arbeitsstelle und ihrer Bude entfernt. Es war mir damals wichtiger, in ihrer als in Shanes Nähe zu sein, als sie sich noch gemieden haben wie die Pest. Jetzt ist es beschissen, weil Amber meist bei ihm ist und somit nicht mehr in meiner Nähe. Vielleicht sollte ich dieses Loft verkaufen und mir stattdessen eine Bude in der Nähe meiner Freunde suchen. Mal sehen.

Seufzend stoße ich mich von der Tür ab, öffne im Gehen mein Hemd, die Hose und lasse alles an Ort und Stelle fallen. Mit müden Schritten quäle ich mich ins Badezimmer, betätige den Lichtschalter und bekomme fast einen Herzinfarkt, als ich mein Spiegelbild sehe. Ein Zombie aus ›The Walking Dead‹ sieht lebendig aus gegen mich.

Mein Blick fällt auf einen Kratzer an meiner Schulter, wo sich Haileys Nägel verewigt haben. Hailey …

Schnell schüttele ich den Kopf, was mich ins Wanken bringt, sodass ich mich am Waschbecken festhalten muss. »Fuck«, brumme ich dabei vor mich hin. Für ein paar Stunden habe ich es tatsächlich geschafft, diese Frau aus meinen Gedanken zu verbannen. Jetzt fluten mich die Erinnerungen an die letzten Tage mit einer Gewalt, die mich gegen die Wand sinken lässt. »Scheiße.« Nur schwer schaffe ich es, mich wieder aufzurichten. Die Welt um mich herum dreht sich.

Ein Blitz fährt durch meinen Kopf, als ich die Augen öffne und ich kneife sie wieder zu, nur um sie danach schnell wieder zu öffnen. »Fuck«, entfährt es mir und mit einem Gefühl, als würde meine Birne explodieren, richte ich mich auf. An mir herabsehend stelle ich fest, dass ich nackt bin. Nicht nur das, ich habe bis eben nackt in meinem Badezimmer gelegen. In meinem Kopf herrscht ein Nebel, der nur kleine Teile der letzten Nacht durchblicken lässt.

Widerwillig schnuppere ich an mir und verziehe das Gesicht. Offensichtlich habe ich es nicht mehr unter die Dusche geschafft.

Dank der Hilfe des Waschbeckens, an dem ich mich hochziehe, stehe ich auf und blicke meinem Spiegelbild entgegen. Eine Leiche wäre ansehnlich gegen das, was ich da vor mir habe.

Mit schlurfenden Schritten bewege ich mich unter die Dusche und stelle das Wasser auf eiskalt. Ein Zischen entfährt mir, als der kalte Strahl auf meine erhitzte Haut trifft. Gleich darauf aber lichtet sich der Nebel in meinem Kopf, als hätte ich ihn weggewaschen. Das Wasser nun auf warm stellend pflege ich meinen Körper, sodass ich zwanzig Minuten später zumindest wieder halbwegs wie ich selbst aussehe.

Als ich das Badezimmer mit einem Handtuch um die Hüften verlasse, sehe ich zum ersten Mal auf meine Armbanduhr und sofort beschleunigt sich mein Herzschlag.

Panisch sehe ich mich nach allen Richtungen um und entdecke meine Kleidung vom letzten Tag verstreut auf dem Boden meines Lofts liegen. Eilig bewege ich mich darauf zu und krame in meiner Hosentasche nach meinem Handy und dem Pieper, den ich stets bei mir habe. Nachdem ich gecheckt habe, ob ich angepiept wurde – was aber nicht der Fall war, wähle ich die Nummer des Empfangs im General Hospital.

»General Hopsital, Lindsay Tanner am Aparat, was kann ich für Sie tun?«

»Lindsay«, bringe ich mit rauer Stimme hervor, weil ich sofort ein Gesicht zu der Person am Telefon im Kopf habe. Eine der Frauen, die ich … »Martinez hier.«

Sofort klingt ihre Stimme anders, als sie nun spricht. »Oh«, höre ich in der Leitung. »Sir, wir wollten Sie gerade anrufen!«

»Sie wollten mich gerade anrufen? Ich sollte in zehn Minuten in der Klinik sein, werde mich aber etwas verspäten. Geben Sie meiner Assistenzärztin, Miss Xanders bitte Bescheid. Sie soll in der Zwischenzeit die Patienten annehmen, die da sind und alles vorbereiten.«

Kurz herrscht Stille und Lindsay flüstert etwas. »Sir, Miss Xanders steht gerade hier neben mir.«

Ein Gefühl, als hätte man mir in den Magen geschlagen, fährt durch meinen Körper. »Ja und? Dann richten Sie ihr meine Anweisungen aus.«

»Moment«, bringt sie hervor, dann raschelt es in der Leitung und ich seufze. Ist es so schwer, zu tu-

»Doktor Martinez, es gibt ein Problem.« Ihre Stimme versetzt mich in einen Zustand, den ich nicht benennen kann. Mein Herzschlag wird schneller, meine Hände beginnen zu schwitzen. *Bestimmt der Alkohol der letzten Nacht*, rede ich mir ein.

Rasch räuspere ich mich. »Ein Problem?«

»Es geht um Amy Smith, Sir.«

Die Alarmglocken in meinem Kopf schrillen laut los. »Worauf wartest du noch, Hails, was ist los?«

Am anderen Ende höre ich jemanden nach Luft schnappen, aber es ist nicht Lindsay. »Sir, Miss Xanders musste gerade los, sie war nur hier, um mich zu bitten, Sie zu verständigen.«

»Ich …«, beginne ich. »Ich beeile mich.« Mit diesen Worten lege ich auf und fahre mir aufgebracht durch das Haar, dann laufe ich, als wäre der Teufel hinter mir her, in mein Schlafzimmer, um mich endlich anzuziehen.

Kapitel | 30.
Keine Zeit für Gefühlschaos
Hailey

Besorgt blicke ich auf das kleine Mädchen hinab, das während der ersten Chemo einfach umgekippt ist. Natürlich haben die anwesenden Ärzte alles getan, was ihnen möglich war. Dennoch liegt Amy jetzt reglos vor mir. Sie lebt, gerade so. Aber ihr zarter, kleiner Körper kämpft. Colin hatte recht, wäre sie nicht ganz so zierlich, würde sie das hier vielleicht eher durchstehen. Mit nur 17kg allerdings ...

Sanft greife ich nach der winzigen, kühlen Hand und beiße die Zähne zusammen, weil die Tränen, die in meiner Nase kitzeln, in meine Augen wandern wollen. Ihr mit dem Daumen über den Handrücken streichelnd blicke ich auf die Uhr. Wo bleibt er, verdammt nochmal? Was ist denn nur los mit ihm? Noch nie ist er zu spät zu einem Dienst erschienen, normalerweise kommt er immer früher, als er müsste. Musste er ausgerechnet heute eine Ausnahme machen?

Ich spüre, wie die Wut auf ihn die Traurigkeit vertreibt. Nachdem er gestern abgehauen ist, habe ich eine Entscheidung getroffen – die Entscheidung, all das zu vergessen, was zwischen uns war. Um jeden Preis will ich vergessen, wie er mich geküsst hat, wie seine Hände sich über meinen Körper bewegt haben, wie er in mich eingedrungen ist. Am liebsten würde ich alles an ihm vergessen, ihn nie wieder sehen. Aber da das nicht möglich ist, werde ich eben damit leben müssen. Ich werde weiterhin die professionelle Assistenzärztin sein, die er so schätzt und wenn ich meine Assistenzzeit beendet habe, werde ich in ein anderes Krankenhaus wechseln. In Vancouver gibt es drei. Bis dahin muss ich eben so tun, als wäre nichts, muss ignorieren, wenn er wieder im Ruheraum mit irgendeiner Frau verschwindet. Ich bin ja selbst schuld. Nach allem, was ich gesehen habe, hätte ich wissen müssen, dass das, was auch immer wir da getan haben, zu nichts führt. Trotzdem hat dieser Idiot es geschafft, mich von sich zu überzeugen. Wahrscheinlich bin ich die Idiotin. Ihm war immer klar, was er da treibt, er war sich die ganze Zeit über bewusst, worin sein Ziel besteht. Nur ich und meine Dummheit haben es ihm erlaubt, meine schlechte Meinung von ihm zu ändern. Naiv, ich war wahnsinnig naiv. *Gott, Hailey, was hast du denn gedacht? Dass er sich wahrhaftig in dich verliebt? Lächerlich!* erklingt die boshafte Stimme meiner Mutter in meinem Kopf und recht hat sie. Männer wie Colin Martinez verlieben sich nicht in Frauen wie mich. Sie probieren sie aus, weil sie mal was Neues erleben wollen, eine Abwechslung. Aber Beziehungen führen sie mit den perfekten Frauen und deren makellosen Körpern. Nicht mit Frauen, die jünger und übergewichtig sind. Was soll er denn mit mir? Ich habe nicht mal wirklich Erfahrung, kann ihm sexuell nichts bieten, was er nicht schon kennt. Bestimmt steht er darauf, das gesamte Kamasutra durchzuspielen. Ich könnte mehr als die Hälfte dieser Stellungen nicht mal halbwegs durchführen, so unbeweglich wie ich bin. Mal abgesehen davon, dass ich mich für beinahe alles schäme.

Mit einem tiefen Seufzen lasse ich Amys Hand los und blicke zu Rachel, die zusammengerollt auf einem Sessel sitzt und schläft. Die letzten Stunden haben nicht nur Amy viel Kraft gekostet, sondern auch ihre Mutter. Bestimmt hat sie seit Amys Einlieferung kaum noch geschlafen. Ich will mir gar nicht vorstellen, wie es ihr gehen muss, wenn der Anblick des kleinen Mädchens selbst mir wie ein heftiger Tritt in den Magen vorkommt.

»Hails«, erklingt eine tiefe, gehetzte Stimme von der Tür aus, dann stürmt ein deutlich aufgewühlter Colin herein, stellt sich neben mich und beugt sich über Amy. Sanft greift er nach ihrer Hand, prüft ihren Puls, zieht ihr Augenlid hoch und leuchtet ihr ins Auge. Ich nehme einen Geruch an Colin wahr, den ich mit Sicherheit noch nie bei der Arbeit an ihm gerochen habe: Alkohol.

Nachdem er sich versichert hat, dass Amy lebt, dreht er den Kopf und unsere Blicke treffen sich. »Was ist geschehen?«

Kurz versinke ich im Blau seiner Augen, will mich ihm in die Arme stürzen – dann fällt mir wieder ein, wie er mich gestern verführt hat, mit mir geschlafen hat und dann abgehauen ist. Seine Worte hallen in meinem Kopf nach und bringen mich dazu, das Kinn zu recken. »Das wüssten Sie, wenn Sie pünktlich hier gewesen wären, Sir.« Ich weigere mich, ihn zu duzen.

Sein Kiefer zuckt, er spannt sich an. »Was ist passiert?«, wiederholt er und weil es hier nicht um uns geht, sondern um Amy, antworte ich.

»Die Chemo, sie ist einfach umgekippt. Nicht mal fünf Minuten hat sie es durchgehalten.«

»Fuck«, höre ich ihn sagen und sehe, wie er die Augen zusammenkneift. Normalerweise sagt er sowas nicht im Krankenhaus. Dieses Wort habe ich aus seinem Mund bisher nur beim Se-...

Ich zwinge mich, nicht daran zu denken, bei welchen Gelegenheiten er dieses Wort sonst benutzt. »Ja«, sage ich deshalb nur.

»Hast du die Akte?« Er blickt sich um, sieht Amy Smiths Akte auf dem Nachtschrank liegen und greift danach. Mir ist nicht entgangen, dass er nicht wieder dazu übergegangen ist, mich zu siezen.

Sofort schlägt er sie auf, liest, verzieht das Gesicht und atmet tief durch. Sein Blick fällt auf Rachel, seine Augenbrauen ziehen

218

sich zusammen und ich sehe ihn schlucken. Anschließend legt er die Akte wieder weg und deutet mir an, ihm nach draußen zu folgen.

Im Gang angekommen, fühle ich mich eigenartig, als ich nun vor ihm stehe. Wird es je wieder normal für mich sein, mich allein mit ihm zu unterhalten, oder wird da immer dieses eigenartige Gefühl sein? Werde ich immer, wenn wir uns gegenüberstehen, daran denken, dass wir miteinander geschlafen haben, oder verfliegt die Erinnerung daran mit der Zeit?

»Hailey«, dringt seine Stimme zu mir durch und mir wird klar, dass er schon mehr gesagt haben muss, aber bemerkt hat, dass ich ihm nicht zugehört habe.

Rasch schüttele ich den Kopf. »Entschuldigen Sie, was haben Sie gesagt?«

Sein Blick verfinstert sich. »Hör auf, mich zu siezen.«

Wie vorhin im Krankenzimmer, drücke ich den Rücken durch und sehe zu ihm auf. »Nein.«

Sein Seufzen geht mir durch Mark und Bein, aber ich ignoriere es und beiße die Zähne zusammen. »Schön, dann eben nicht«, murrt er und fährt sich durch das dunkle Haar. Noch immer verströmt er den Geruch von Alkohol und einer durchgemachten Nacht. Was zum Teufel hat er getrieben und mit wem?

»Also«, setzt er wieder an. »Ich …« Er sieht sich um, räuspert sich, ballt die Fäuste. »Entschuldige, ich bin nicht ganz fit.«

Als ob man das nicht sehen und riechen würde. »Ja, das sieht man.«

Sein Blick schießt nach oben, nachdem er den Kopf gerade gesenkt hielt, sodass er mir nun wieder ins Gesicht schaut. »Wie bitte?«

Ich trete einen kleinen Schritt näher, weil ich nicht will, dass irgendjemand hört, was ich nun sage. »Sie stinken nach Alkohol und ... was auch immer.« Schnell trete ich den Rückzug an und bringe Abstand zwischen uns.

Colin sieht an sich herab, schnuppert zu meiner Erheiterung an sich und verzieht das Gesicht. »Fuck«, meint er wieder und ich verdrehe die Augen. »Ich war eben erst unter der Dusche, ich ...«

»Doktor Martinez, wir sollten über Amy Smith sprechen und danach sollten Sie sich frisch machen, bevor wir mit den Ärzten sprechen, die sich um die Kleine gekümmert haben«, erinnere ich ihn und sehe, wie etwas in seinen Augen aufblitzt. Ärger.

»Offensichtlich ist Amy zu schwach für die Chemo. Sie kann das unmöglich durchstehen, wenn ihr Körper jetzt schon schlapp macht.« Colin verzieht das Gesicht. »Ich kümmere mich darum. Fahren Sie runter und kümmern Sie sich mit Doktor Matthews um die Ambulanz Patienten. Er sollte Dienst haben.«

Ein Stich durchfährt mich, als er mir nun klar zeigt, dass er mich nicht an seiner Seite will. Natürlich, was hatte ich denn gedacht? Er wird sich eine andere Assistenzärztin aussuchen und mich an Doktor Matthews übergeben wie ein Ding, das ihm zu lästig geworden ist, nachdem er mehrmals damit gespielt hat.

»Natürlich«, nuschele ich, drehe mich um und flüchte.

Lächelnd reiche ich Doktor Matthews Verbandszeug, einige Wattepads und das Desinfektionsmittel, nachdem er einen Witz gemacht hat. Die Arbeit mit ihm ist einfach, locker und unterhaltsam. Da ist keine Spannung zwischen uns, keine Anziehungskraft. Was vor allem daran liegt, dass Doktor Matthews mein Vater sein könnte, selbst drei Kinder hat und verheiratet ist. Nicht, dass er nicht ganz ordentlich und gepflegt aussieht, aber er hat nur noch wenige Jahre, bis er in Rente geht. Dementsprechend entspannt geht er alles an. Alle Verletzungen, die uns heute untergekommen sind, hat er schon hunderte Male gesehen und behandelt. Routiniert und kontrolliert führt er deshalb jeden Stich durch, verbindet Wunden, klebt Pflaster und berät Patienten und Patientinnen, wenn sie Fragen haben. Gleichzeitig erklärt er mir alles, bezieht mich in alles mit ein und lässt mich alles tun, was auch er tut. Colin hat sich nicht hier blicken lassen. Keine Ahnung, ob er in einem anderen Behandlungszimmer tätig ist oder ob er sich noch immer um die Sache mit Amy kümmert. Womöglich hat er sich auch in sein Büro zurückgezogen, um seinen Kater loszuwerden.

»Vielen Dank für Ihre Hilfe, Miss Xanders, Sie können nun in Ihre wohlverdiente Pause gehen«, meint der Doktor und lächelt freundlich. »Den Rest schaffe ich allein.«

Rasch nicke ich, weil ich nicht nur nach Amy sehen, sondern mir auch einen Kakao aus dem Schwesternzimmer holen möchte. Heute, bevor ich zur Arbeit los bin, war dafür keine Zeit. Ich habe, nachdem ich ewig nicht einschlafen konnte, den Wecker etwas knapper gestellt und musste mich deshalb beeilen.

»Ich komme nachher wieder«, versichere ich ihm und wünsche unserem Patienten gute Besserung, dann trete ich in den Gang hinaus. Heute herrscht reges Treiben, es ist, als wären nach Weihnachten alle wieder auf den Beinen. Die Behandlungszimmer der Ambulanz sind voll, immer wieder fährt ein Rettungswagen mit Blaulicht vor, um neue Patienten und Patientinnen zu bringen. Viele davon sind wie immer keine Notfälle, andere durchaus. Ich bin froh, dass ich mich heute nicht um die schlimmen Fälle kümmern muss.

Die Menschen, die hier herumwuseln, beobachtend, setze ich mich in Bewegung, um zum Fahrstuhl zu gelangen. Die Onkologie Station befindet sich im zweiten Stock, dort wurde Amy untergebracht. Normalerweise werden Fälle wie Amy in die Kinderklinik verwiesen, aber aufgrund der Schwere ihrer Erkrankung ist sie hierhergebracht worden. Der behandelnde Onkologe ist einer der Besten, die das Land zu bieten hat. Dennoch ist es Colin, der auf alles ein Auge hat. Eigentlich müsste er nicht mal mehr die Patienten der Ambulanz behandeln, wie er es täglich tut. Das fällt nicht unter sein Aufgabengebiet. Er ist derjenige, der die Entscheidungen trifft, der entscheidet, wem geholfen werden kann oder was man noch tun kann, um das Leben eines Menschen zu retten. Dass er sich zusätzlich um die mutmaßlichen Notfälle kümmert, ist wahrscheinlich mit ein Grund, wieso er die Gunst des Leiters auf seiner Seite hat.

Das ›Ping‹ des Fahrstuhls ertönt und ohne hinzusehen, mache ich einen Schritt vorwärts, nur um gegen jemanden zu prallen. »Entsch-« Ich hebe den Kopf und begegne ausgerechnet Colins Blick.

Damit sich die Türen des Fahrstuhls nicht wieder schließen, hält er die Hand vor den Sensor. »Hast du Pause?«, will er wissen und ich balle meine Hände zu Fäusten. Was glaubt er denn?

»Ja, Sir. Doktor Matthews braucht mich gerade nicht.« Mein Magen rumort und ich drücke die Fingernägel in meine Handfläche. Zu gerne würde ich mich an ihm vorbeischieben, um zu verschwinden, aber er versperrt mir den Weg.

»Gut, dann komm mit mir«, weist er mich an und ich öffne den Mund, nur um ihn wieder zu schließen. Anschließend seufze ich. »Gibt es einen Notfall?«

»Nein«, erwidert er prompt.

Verwirrt schüttele ich den Kopf. »Wofür brauchen Sie mich dann? Ich habe Pause.« Zugegeben, wenn die Sache zwischen uns nicht gewesen wäre, hätte ich ihn das nie gefragt. *Davor* habe ich ohne nachzufragen getan, was er mir befohlen hat. Tja, nun ist es anders. Ich bin nicht gewillt, ihm jeden Gefallen zu tun, den er fordert. Nicht mehr.

Colin stößt ein undefinierbares Geräusch aus. »Du wolltest eben zu Amy, oder?«

Die Augenbrauen zusammenziehend, nicke ich.

»Dann komm mit mir, verdammt, Hails.« Er nimmt die Hand vom Sensor und greift stattdessen nach meiner, die ich ihm sofort entreiße. Hinter ihm schließen sich die Türen des Fahrstuhls und schon setzt er sich in Bewegung, um jemand anderen zu transportieren – mich nicht.

»Fass mich nicht an«, entfährt es mir und seine Augen weiten sich ein wenig, ehe er mich kurz mustert. Hitze steigt in mir auf, weil er das so eindringlich tut, wie er es nicht sollte. Nicht mehr, nach all dem, was er letzte Nacht gesagt und getan hat. Er hat kein Recht dazu.

Als würde er sich ergeben, hebt er die Hände. »Schön. Dennoch wirst du Amy oben nicht finden. Sie wird gerade nochmal eingehend untersucht und wir haben sie dafür nach unten gebracht.«

»Oh«, mache ich und drehe mich um. »Danke für die Information.«

»Hailey«, ruft er mir hinterher. »Ich bin auf dem Weg zu ihr. Du kannst mich begleiten.«

»Ich verzichte, Sir.« Dann sehe ich eben später nach ihr und hole mir zuerst den Kakao. Hauptsache, ich kann ihm weiter aus dem Weg gehen.

Kapitel | 31.
When you're gone
Colin

Meine Augen brennen, der Kopf schmerzt. Es fühlt sich an, als würde jemand immer wieder mit einem Hammer dagegen schlagen und trotzdem kann ich nicht schlafen. Die Sache mit der kleinen Amy macht mir zu schaffen. Wir versuchen, sie durch eine hohe Kalorienaufnahme aufzupäppeln. Damit sie die Chemo verträgt, muss sie an Gewicht zulegen und das schnell. Das Problem dabei: Sie übergibt sich regelmäßig. Drei Tage sind vergangen, seit sie beim ersten Versuch einer Chemo bewusstlos wurde. Wenn es so weitergeht, müssen wir sie künstlich ernähren und gleichzeitig die Chemo einleiten – was unmöglich ist. Sie würde sie nicht überleben. So oder so hängt ihr Leben am seidenen Faden. Jeden Moment könnte er reißen und ich fürchte mich davor.

Mit einem Knurren drehe ich mich in meinem Bett. Als wäre das mit der Kleinen nicht genug, ignoriert mich Hailey gänzlich. Sie redet nur noch das Nötigste mit mir, hat darum gebeten, die nächsten Wochen mit Doktor Matthews arbeiten zu dürfen – er hat zugestimmt und mich danach gefragt. Natürlich musste ich es erlauben. Alles andere wäre eigenartig gewesen.

Zu allem Überfluss haben Shane, Felix und Amber Hailey gestern getroffen. Direkt danach hat mich meine Schwester natürlich angerufen. Nicht nur, dass sie mich beschimpft hat, weil ich einfach nicht erschienen bin – nein. Sie hat sofort gewusst, was los ist und mir an den Kopf geworfen, dass ich alles sabotiere, was gut für mich wäre. Selbstverständlich meinte sie Hailey damit.

Wie immer, wenn ich an die junge Frau denke, beginnt etwas in meinem Inneren zu rumoren. Ich denke viel zu oft an sie und kann einfach nicht damit aufhören. Es ist, als würde mein Kopf jeglichen Versuch, sie zu vergessen, boykottieren. Es ist nicht so, als hätte ich nicht versucht, mit ihr zu sprechen. Ich wollte meine harschen Worte nur einen Tag nach Weihnachten abmildern, aber sie gibt mir keine Chance dazu. Sie siezt mich verdammt nochmal und jedes Mal versetzt es mir einen Stich. Wie kann sie mich nach der Zeit, die wir zusammen verbracht haben, siezen? Sie tut es, ohne mit der Wimper zu zucken, als wäre es ihr egal. Stets reckt sie das Kinn, sieht mir direkt in die Augen und bellt mir das entgegen, was sie zu sagen hat – was erbärmlich wenig ist. Sie scheint es nicht zu stören, dass wir nun getrennte Wege gehen. Ich höre sie manchmal lachen, wenn ich am Untersuchungsraum vorbeigehe, in dem sie zusammen mit Matthews die Patienten versorgt. Jedes Mal bleibe ich stehen und lausche wie ein Idiot. Mir ist klar, dass der Doktor viel zu alt für sie ist, trotzdem stört es mich, dass sie nun so viel Zeit mit ihm verbringt und es offenbar auch noch genießt. Sie sollte es nicht genießen. Sie soll-

Was denke ich denn da? Sie sollte nur in meiner Nähe genießen, was sie tut? Was für ein Schwachsinn. Hailey liebt die Arbeit im Krankenhaus und das hat sie auch getan, als ich sie behandelt habe, als wäre sie asexuell. Nun, das ist sie ganz und gar nicht, wie ich zu meinem Leidwesen nun aus erster Hand weiß. Was auch immer sie von sich denkt, sie ist die Verkörperung von Sinnlichkeit. Niemals hätte ich gedacht, dass mich eine Frau wie sie derart süchtig nach sich machen könnte. Wenn es doch nur das wäre. Wenn es doch nur so wäre, dass ich einfach nur süchtig nach ihrem Körper wäre. Aber das ist es nicht. Es ist viel schlimmer, geht viel tiefer und das macht mir Angst.

Abermals drehe ich mich in meinem Bett, greife nach meinem Telefon und starre darauf. Seit Tagen juckt es mich in den Fingern, Hailey zu schreiben. Mir will nur leider nichts einfallen, was ich sagen könnte, um die Wogen zwischen uns zu glätten. Außerdem weiß ich nicht, ob es eine gute Idee ist. Vielleicht brauche ich das, diesen kalten Entzug. So schnell, wie sie in meine Privatsphäre gestolpert ist, wird sie auch wieder verschwunden sein, oder? Wenn's doch nur so einfach wäre – ist es nur leider nicht. Aber wieso nicht?

Wieder aktiviere ich mein Display, rufe ihren Namen auf und lese ihn wieder und wieder. Hailey, Hailey, Hailey. »Fuck!«, entfährt es mir und ich beginne, eine Nachricht zu tippen:

Hails?

Kaum habe ich sie abgeschickt, erscheinen die blauen Häkchen, die mir anzeigen, dass sie sie gelesen hat. Die drei Punkte, die zeigen, dass jemand schreibt, zeigen sich und mein Herz macht einen nervösen Satz.

Was ist? Gibt es einen Notfall?

Mein Blick fällt auf die Uhr. Es ist weit nach Mitternacht. Wieso ist sie noch wach?

Nein, kein Notfall.
Was willst du dann?

Ich setze mich ein Stück auf, lehne mich mit dem Rücken gegen das Kopfteil meines Bettes. Offenbar bin ich im Chat nicht ›Doktor Martinez‹, denn sie duzt mich.

Ich hatte gehofft, wir könnten reden.

Kein Bedarf.

Hailey, wie lange willst du das noch durchziehen?

Was durchziehen?

Mich zu ignorieren. Soll das jetzt immer so sein?

Ich weiß nicht, wovon du sprichst. Ich behandele dich wie das, was du bist, mein Boss. Nicht mehr und nicht weniger. Ich tue, was du befiehlst, wenn es um die Arbeit geht. Was willst du mehr?

Alles, ich will alles, verflucht. Ich will, dass du auch privat alles tust, was ich sage. Nein, das stimmt nicht. Ich möchte nicht, dass sie tut, was ich befehle. Stattdessen will ich, dass sie … ja, was eigentlich?

Darf ich zu dir kommen?

Wieso frage ich das? Es ist weit nach Mitternacht und wir müssen beide in wenigen Stunden arbeiten. Außerdem ist es keine gute Idee, wieder mit ihr allein bei ihr zu sein.

Nein.

Weil du nicht willst oder weil du nicht kannst?

Ist sie überhaupt zu Hause? Was, wenn sie unterwegs ist? Wieso sollte sie sonst jetzt noch wach sein. Bestimmt ist sie …

Weil ich nicht kann und nicht zu Hause bin.

Blinzelnd klammere ich mich an mein Telefon.

Wo bist du dann um diese Zeit?

Ich wüsste nicht, was dich das angeht. Ich bin dir keine Rechenschaft schuldig.

Nein, aber es ist Donnerstag und wir haben noch heute zusammen Schicht.

Haben wir nicht. Ich habe getauscht.

Was? Wieso weiß ich nichts davon?

Wie meinst du das? Du kannst nicht tauschen, ohne mit mir zu sprechen. Ich teile deinen Dienst ein.

Doktor Matthews hat mich mit Hazel tauschen lassen. Für ihn war es in Ordnung.

Ein Knurren steigt in mir auf. Was soll die Scheiße?

Du bist also unterwegs?

Ja.

Wo und mit wem?

Kaum habe ich das geschrieben, wird sie mir als offline angezeigt und ich knie mich auf mein Bett. Sie ist ei-...

Das Handy in meiner Hand vibriert, aber es ist nicht Hailey, die mich anruft, sondern meine Schwester. Sofort gehe ich ran.

»Ist sie bei dir?«, belle ich, kaum, dass ich den Anruf angenommen habe. Im Hintergrund ist es laut, Leute lachen.

»Von wem sprichst du, Bruderherz?«

Schnaubend drücke ich mir das Telefon fester ans Ohr, weil ich Ambers Stimme nur undeutlich höre. »Du weißt genau, von wem ich spreche!«

»Ja, das weiß ich. Sie wollte dir auch eben wieder zurückschreiben, aber ich habe ihr das Handy abgenommen und in meine Tasche gesteckt.«

»Du hast was?«, entfährt es mir und gleich darauf höre ich Amber lachen.

»Keine Sorge, ihr geht es bestens. Weißt du, in Vancouver gibt es viele gutaussehende Junggesellen und Hailey ist wirklich süß.«

Ein Grölen ertönt im Hintergrund, dann höre ich Haileys Lachen, das ich wohl unter Tausenden erkennen würde. »Amber«, spreche ich gefährlich leise. »Wo seid ihr?«

Kurz schweigt Amber und ich höre zu, wie Hailey einen Kerl Namens ›Kain‹ anfeuert. Immer wieder ruft sie seinen Namen und ich springe aus dem Bett. Meine Müdigkeit ist verflogen.

»Amber!«

»Wir sind im Pub«, lässt sie mich wissen, dann verschwinden die Hintergrundgeräusche. »Und wenn du heute Nacht der Kerl sein willst, der Hailey abschleppt, solltest du deinen Arsch ganz schnell hierher bewegen. Sie ist nämlich drauf und dran, dich durch eine gemeinsame Nacht mit einem Fremden zu vergessen.«

Mein Blut kocht hoch. »Was?«

»Sie unterhält sich köstlich, hat getrunken und dieser Typ, Kain, flirtet ohne Unterlass mit ihr. Ich glaube, zwischen den beiden könnte es gef-«

»Sei still!« Wie ein Tiger im Käfig laufe ich auf und ab. »Wo sind Shane und Felix?«

»Die haben wir zu Hause gelassen. Ich wollte, dass Hailey auf andere Gedanken kommt.«

»Auf andere Ge-« Tief atme ich durch. »Ich werde dich umbringen, wenn du sie mit diesem Kerl das Pub verlassen lässt!« Mit diesen Worten lege ich auf und durchquere den Raum, um mich anzuziehen.

Kapitel | 32.
Freunde und ihre Methoden
Hailey

Lachend werfe ich den Kopf zurück und spüre, wie sich Kains Arm um meine Taille legt. Sanft zieht er mich ein Stück näher und lächelt auf mich herab. Der Kerl ist wirklich groß, breitgebaut und ziemlich lieb. Er hat mich bisher zu zwei Getränken eingeladen und mir erzählt, dass er aus New Orleans kommt, aber vor einigen Wochen nach Vancouver gezogen ist. Er ist Immobilienmakler und nur zwei Jahre älter als ich. Unwillkürlich habe ich ihn sofort mit Colin verglichen. Dumm, ich weiß, aber das mit meinem Boss ist eben erst so kurz her, dass ich gar nicht anders konnte. Kain ist nicht so muskulös wie Colin und ihm fehlt der Dreitagebart. Außerdem hat er grüne Augen. Hübsche grüne Augen, ohne Frage. Und sie betrachten mich voller Neugier. Sein Freund – Emilio, ein süßer Italiener, der versucht hat, mit Amber zu flirten, hat mir gesagt, dass Kain auf Mädchen wie mich steht. Damit meinte er wohl, dass sein Freund auf fülligere Frauen abfährt. Gut für mich, oder?

»Alles in Ordnung?«, frage ich Amber, als sie von wo auch immer zurückkehrt. Mir ist nicht entgangen, dass sie telefoniert hat, aber ich weiß nicht, mit wem. Vermutlich mit Shane. Wäre nur logisch. Immerhin ist er ihr Verlobter.

Grinsend nickt sie. »Alles wunderbar, Süße. Trinken wir noch was?« Kaum hat sie das gefragt, beugt sie sich über den Tresen und bestellt zwei weitere Tequila. Dabei fällt mein Blick auf ihr blaues Kleid und die schlanken Fesseln in den hohen High Heels.

Kein Wunder, dass sie alle paar Minuten einen Mann abwehren muss. Amber ist wunderschön. Mit ihren langen, blonden Haaren und denselben blauen Augen, die auch Colin hat, ist sie ein echter Hingucker. Eine der schönsten Frauen, die ich je gesehen habe. Und sie ist meine neue Freundin. Zumindest wird sie nicht müde, das zu sagen. Sie hat mir außerdem erzählt, dass sie nur schwer weibliche Freundinnen gefunden hat, die sie wirklich ihretwegen mochten. In ihrer Jugend war sie immer mit Shane, Felix und Colin zusammen und alle Mädels sind auf einen der drei abgefahren. Sie alle wollten Amber nur dazu benutzen, sie mit den Jungs zu verkuppeln. Wenn sie das dann nicht wollte, waren die sogenannten Freundinnen schneller fort, als sie gucken konnte.

»Hier«, spricht sie mich jetzt wieder an und drückt mir einen Tequila mit einer Orange in die Hand. Vor uns auf den Tresen stellt sie einen Salzstreuer, dem ich keine Beachtung schenke.

»Warte!«, stoppt mich Kain, bevor ich ihn hinunterstürzen kann.

Fragend sehe ich ihn an. »Was ist?«

»So trinkt man das nicht«, klärt mich Amber auf. »Zumindest nicht, wenn man nicht allein ist.« Sie zwinkert mir zu und ich sehe fragend zu Kain.

»Was meint sie damit?«

Mit einem Schmunzeln nimmt mir Kain den Tequila ab, stellt ihn auf den Tresen und greift zum Salzstreuer. Ich beobachte, wie er sich etwas Salz auf den Handrücken streut, dann sieht er mich auffordernd an.

»Hm?«, mache ich. Was soll das?

»Also«, beginnt er seine Erklärung. »Bevor du den Tequila trinkst, leckst du über das Salz und am Ende beißt du, um die Scharfe loszuwerden, in die Orange.«

Perplex sehe ich Amber an. »Echt?«

Sie nickt schnell. »Jap, genau so.« Kurz greift sie nach ihrem Handy, zieht die Augenbrauen zusammen, dann breitet sich ein Grinsen auf ihrem Gesicht aus. »Aber warte noch ganz kurz.«

Was? »Worauf denn?«

Sie verdreht die Augen. »Warte einfach …« An ihren Fingern zählt sie rückwärts, sieht wieder auf ihr Handy, dann nickt sie. »Ok, jetzt.«

Lachend, weil das wirklich albern ist, greife ich nach Kains Hand. »Ist das wirklich ok für dich?«

»Klar«, gibt er grinsend retour und weil ich schon etwas angetrunken bin, mache ich mir nicht weiter Gedanken darüber, dass ich gleich einem Mann über den Handrücken lecken werde. Gerade beuge ich mich vor und lasse meine Zungenspitze über Kains Haut gleiten, als ein kalter Zug in das Pub weht. Im nächsten Moment umfasst eine große Hand das Gelenk meines Tequila-Partners und ein breiter Körper schiebt sich vor mich, sodass ich zurückweichen muss. Prompt wird mir die Sicht auf Kain versperrt.

»Hey«, beschwere ich mich, weil ich so auch nicht an meinen Tequila gelange und das Salz in meinem Mund wirklich ekelig schmeckt. »Was soll da-«

»Finger weg« erklingt die Stimme des Fremden, der gar kein Fremder ist. Mein Blick fällt auf das Hemd, das der Mann trägt, dann auf seine freie Hand am Tresen mit der Uhr, die ich kenne. Ich lege den Kopf schräg und betrachte die Kehrseite, die mir ebenfalls bekannt ist. Bei der ein oder anderen Gelegenheit haben sich meine Finger über diesen hübschen Hintern bewegt.

»Colin?«, bringe ich hervor und neige mich ein Stück zur Seite. »Was machst du denn hier?«

»Was? Sie hat nicht gesagt, dass sie einen Kerl hat!«, wehrt sich Kain und entreißt Colin sein Gelenk.

Schnell rutsche ich von meinem Hocker, damit ich nicht mehr nur Colins Rücken sehe, auch wenn der recht ansehnlich ist, und gehe um ihn herum. »Was soll das?«

Kurz fällt Colins Blick auf mich, dann richtet er seine Aufmerksamkeit wieder auf Kain. »Verpiss dich.«

Mein Mund öffnet sich schockiert. »Was? Nein!«

»Doch, sofort«, knurrt Colin. »Sonst kannst du dir ein neues Gebiss zulegen.«

»Colin!«, rufen Amber und ich unisono aus, während Kain aufsteht. Mit einem verwirrten Ausdruck sieht er mich an.

»Was soll das? Wieso flirtest du mit mir, wenn du vergeben bist?«

Ohne mich erklären zu lassen, dass ich keineswegs vergeben bin, schiebt sich Kain an mir vorbei und geht zu seinem Freund zurück, der zu uns herübersieht, den Kopf schüttelt und Kain auf die Schulter klopft.

»Bist du bescheuert?«, will ich prompt wissen und schubse Colin. »Was fällt dir ein? Woher weißt du überhaupt, dass wir hier si-« Mein Blick schießt zu Amber. »Du hast es ihm gesagt!«

Meine ›Freundin‹ wird rot. »Na ja«, murmelt sie. »Kann sein, dass ich ihn vorhin angerufen habe, um ihm zu sagen, dass wir unterwegs sind und du einen Kerl aufgerissen hast.«

Schockiert sehe ich zwischen den Zwillingen hin und her. Ich fühle mich verarscht. »Toll«, bricht es aus mir heraus, dann greife ich an Colin vorbei und stürze den Tequila hinunter. Ein Keuchen entfährt mir, als sich das scharfe Getränk einen Weg durch meine Kehle bahnt.

»Hier«, höre ich Colin sagen und sehe, wie er mir die Orange hinhält.

»Vergiss es.« Ruckartig drehe ich mich um und mache mich auf den Weg zum Ausgang.

»Hailey!«, ruft mir Colin hinterher, dann wird seine Stimme von der sich schließenden Tür hinter mir verschluckt. Draußen ziehe ich tief die Luft ein, dann sehe ich mich um. Erst jetzt fällt mir auf, dass ich weder meinen Mantel noch meine Tasche mit hinaus genommen habe. Toller Abgang, wenn ich gleich wieder rein muss. Scheiße!

Die Tür hinter mir öffnet sich und als ich einen raschen Blick über die Schulter werfe, ist es natürlich ausgerechnet Colin. In den Händen hält er meinen Mantel und meine Tasche. Die Tür öffnet sich ein weiteres Mal und auch Amber kommt heraus.

»Ich bin dann mal weg. Sorry Hailey. Ich habe es nur gut gemeint. Für euch beide.« Schnellen Schrittes entfernt sie sich und ich beobachte, wie ein Tesla vorfährt.

»Das ist Shane, er holt sie ab«, lässt mich Colin wissen und ich nicke. Natürlich holt ihr Verlobter sie ab. Vermutlich hat sie ihm schon geschrieben, nachdem sie mit Colin telefoniert hat. »Hier, du zitterst.« Er hält mir meinen Mantel hin und ich schlüpfe hinein.

»Danke.« Anschließend nehme ich meine Tasche an mich, sehe hinein und entdecke, dass Amber mein Handy zurückgegeben hat. Wenigstens das, wenn sie mir schon ihren Bruder an den Hals hetzt. »Was willst du hier?«, gebe ich schließlich auf. »Wieso bist du gekommen?« Langsam drehe ich den Kopf und sehe Colin an. Er sieht müde aus. Natürlich ist mir das auch schon bei der Arbeit aufgefallen, aber irgendwie ist es jetzt gerade noch deutlicher. Seine Kleidung ist, anders als sonst, etwas zerdrückt. Seine Haare durcheinander. Er sieht aus, als hätte er wilde Nächte hinter sich.

Über mich selbst ärgernd, verdrehe ich die Augen und Colin beobachtet mich dabei, weshalb ich nur den Kopf schüttele. Er hat mir noch keine Antwort auf meine Fragen gegeben. Stattdessen starrt er mich an.

»Was ist? Fällt dir nicht mehr ein, wieso du hier bist?«

»Doch«, erwidert er sofort. »Ich weiß, wieso ich hier bin.«

Interessiert hebe ich die Augenbrauen. »Und?«

Colin sieht sich um. »Komm, ich bringe dich nach Hause und wir reden auf dem Weg, okay?«

Weil es mir an Alternativen fehlt und ich mir bestimmt kein Taxi aus diesem Stadtteil in meines leisten kann, nicke ich. »Von mir aus.«

Nebeneinander gehen wir die Straße entlang, schweigen und achten penibel darauf, uns ja nicht zu berühren, ja nicht den Arm des Anderen zu streifen. Vielleicht achte aber auch nur ich darauf. Wer weiß das schon?

Nur zwei Straßen weiter bleibt Colin an seinem Wagen stehen, öffnet mir die Beifahrertür und wartet, bis ich mich gesetzt habe. Mit zusammengebissenen Zähnen schnalle ich mich an, lehne mich zurück und sehe aus dem Fenster, während sich Colin hinter das Steuer setzt. Sofort startet er den Motor, fährt aus der Parklücke und bleibt nur wenige Sekunden später an einer Ampel stehen. Ich höre, wie er tief durchatmet, dann spricht er.

»Was hattest du heute Nacht vor? Wärst du mit diesem Kerl mitgegangen oder hättest ihn mit zu dir genommen?«

Seine Frage ärgert mich, lässt die Wut auf ihn wieder in mir aufsteigen. »Das geht dich nichts an.«

»Hailey«, kommt es fast schon drohend aus seiner Richtung und nun drehe ich doch den Kopf, um ihn anzusehen.

»Was ist? Verträgst du die Wahrheit nicht? Es geht dich nun mal überhaupt nichts an, was ich in meiner Freizeit tue. Du bist bei der Arbeit mein Boss. Mein Privatleben hat dich nicht zu interessieren!«

Kurz sieht er zu mir und ich meine, einen traurigen Ausdruck in seinem Blick zu sehen. »Es interessiert mich dennoch.«

Schnaubend verschränke ich die Arme vor der Brust. »Schön für dich. Du hast dennoch kein Recht, mir den Abend zu verderben.«

Stille legt sich über uns und ich sehe wieder aus dem Fenster. Verwirrt ziehe ich die Augenbrauen zusammen, als ich bemerke, dass wir nicht in die richtige Richtung fahren.

»Wo sind wir? Wieso fährst du zur Klinik?«

Colin schluckt sichtbar, als ich ihn von der Seite betrachte. Er umklammert das Lenkrad regelrecht und sofort überkommt mich die Erinnerung daran, wie ich beim letzten Mal, als wir zusammen in seinem Auto gesessen haben, meine Hand auf seine gelegt habe. Ich erinnere mich daran, wie er mir gesagt hat, dass ich die beste Assistenzärztin bin, die er sich wünschen konnte und, wie ich ihn schließlich geküsst habe.

»Wir fahren nicht zur Klinik«, stellt er endlich klar.

»Wohin dann?« Abermals sehe ich mich um. »Ich will nach Hause, Colin.«

Nun beißt er so deutlich die Zähne zusammen, dass ich den Muskel seines Kiefers sehen kann. Anschließend stößt er ein Seufzen aus. »Zu mir. Wir fahren zu mir.«

Ruckartig setze ich mich aufrechter hin. »Was? Wieso? Spinnst du? Du kannst mich nicht einfach zwingen, mit zu dir zu kommen.«

»Ich zwinge dich nicht, ich bitte dich.«

Schnaubend funkele ich ihn von der Seite an. »Ich kann mich nicht daran erinnern, gebeten worden zu sein. Du bittest ja nie, du befiehlst.«

Abermals schluckt er. »Ich habe den Eindruck, dich ständig um irgendwas zu bitten.« Rasch sieht er mich an. »Bitte, Hails. Würdest du bitte mit zu mir kommen?«

Mein Kopf schreit sofort ›Nein‹, mein Körper brüllt ›Ja‹ und mein Herz? Das schlägt schneller bei der Vorstellung, allein mit Colin in seiner Wohnung zu sein. Dummes Ding. Als würde es nicht genau wissen, wohin das führt.

»Wozu?«, will ich schließlich wissen. »Damit wir Sex haben und du mich dann wieder abservieren kannst, weil du dich niemals auf mehr einlassen würdest?« Die Worte haben schneller meinen Mund verlassen, als ich sie zurückhalten konnte. Mist!

Falls möglich, spannt sich der Mann hinter dem Steuer noch mehr an. »Das ist nicht so einfach.«

Ein ungläubiger Laut entfährt mir. »Was ist nicht so einfach? Jemanden nicht nur für Sex zu missbrauchen? Stimmt, total schwer. Es gibt schließlich nur Sex oder gar nichts. Entschuldige, dass ich das vergessen habe.«

»Hailey«, brummt er. »Das habe ich nicht gesagt.«

»Nein, du hast gesagt, ›das ist nicht so einfach‹. Lächerlich, Colin, das ist absolut lächerlich.«

Wir fahren in eine Einfahrt, anschließend in eine Tiefgarage unter einem großen Gebäude, das aussieht, als wäre es mal eine Lagerhalle gewesen. Hier unten gibt es nur einen Parkplatz, auf den sich Colin prompt stellt. Er schaltet den Motor ab, löst den Gurt und dreht sich zu mir.

»Kommst du mit zu mir?«, wiederholt er fragend und blickt mich eindringlich an. »Bitte.«

Kurz schließe ich die Augen, schnalle mich ab und greife nach meiner Tasche. »Okay.« Habe ich das jetzt wirklich gesagt?

Ein erleichtertes Seufzen ist zu hören, dann steigt er aus und wartet, bis ich zu ihm hinter den Wagen trete. »Hier entlang«, weist er mich an und berührt sanft meinen Rücken, um mich in die richtige Richtung zu leiten. Seine Berührung durchfährt mich wie Stromstöße, aber ich ignoriere es, beiße die Zähne zusammen und lasse mich führen. An einem riesigen Lastenaufzug machen wir Halt. Colin nimmt die Finger von meinem Rücken, drückt den Rufknopf und schiebt die Hände in seine Hosentaschen. Mit einem dumpfen Poltern öffnet der Aufzug seine Türen und Colin tritt ein. Sofort dreht er sich zu mir um und wartet, bis ich ihm, etwas unsicher auf den Beinen, folge. Kaum haben sich die Türen geschlossen, drückt Colin den einzigen Knopf und das Ding kommt ruckelnd in Bewegung. Tief atme ich durch und ich umklammere meine Tasche fester. Er wohnt also in einem Loft, einer zu einer Wohnung umfunktionierten Lagerhalle. Sowas habe ich bisher nur im Fernsehen gesehen.

Wieder ruckelt es, dann das Poltern der sich öffnenden Türen und schon geben sie den Blick auf einen riesigen, hohen Wohnbereich frei. »Komm«, murmelt Colin und klingt für seine Verhältnisse eigenartig dabei. Wieder legt er mir die Hand in den Rücken und schiebt mich sanft vorwärts, sodass ich prompt in seiner Wohnung stehe. Mein Blick fliegt von einer Ecke in die andere. Hier unten befinden sich eine riesige, hölzerne Küchenzeile, ein großer Esstisch mit zehn Stühlen, ein senffarbenes Sofa, in das meines dreimal hineinpassen würde und jede Menge Technikkram. Eine große Leinwand, mannsgroße Boxen, Spielkonsolen und all das. Außerdem liegen überall Teppiche, die dem Ganzen etwas Heimeliges geben. Langsam hebe ich den Kopf, sehe die Treppen zur offenen Galerie hinauf. Dort oben scheint Colins Schlafzimmer zu sein, denn ein großes Bett mit weißen Laken ist zu sehen. Die Fenster des Lofts sind groß, die Mauer roh. Man sieht jeden einzelnen Ziegel, allerdings wurden die weiß gestrichen. Unter jedem Fenster befindet sich ein dunkelgrauer Heizkörper. Es ist warm hier drin, nicht wie man sich eine Lagerhalle vorstellt. An einigen Wänden hängen Bilder, Fotos von Shane, Felix, Amber und einem älteren Paar – vermutlich seine Eltern. Auf manchen Fotos erkenne ich Colin und Amber als Kinder, ihre Freunde noch deutlich jünger. Auf allen Bildern strahlen die vier breit in die Kamera.

Während ich damit beschäftigt bin, sein Loft zu mustern, bewegt sich Colin durch den Raum. Er hat seine Schuhe ausgezogen, ist zur Küchenzeile gegangen und hat Getränke eingeschenkt – Wein.

Ergeben seufze ich, streife meine schwarzen High Heels ab und fühle mich sofort klein. Ich trage nur selten hohe Schuhe, aber immer ist es ein komisches Gefühl, wenn ich sie dann wieder ausziehe. Gleich danach schäle ich mich aus meinem Mantel, lege meine Tasche ab und gehe auf die Küchenzeile zu. Colin steht mir gegenüber am Tresen und blickt mir entgegen, als ich nach einem Weinglas greife.

»Danke«, bringe ich hervor, setze das Glas an und trinke es in einem Rutsch aus.

»Durstig?«, will Colin wissen, als ich es - nun wieder leer – abstelle.

»Mhm«, murmele ich nur, atme tief durch und blicke auf, um ihm in die Augen zu sehen. Dadurch entgeht mir nicht, wie er mein Gesicht mustert, wie er auf meine Kette starrt, bevor er sich davon losreißt.

»Noch einen?« Er deutet auf mein Glas und ich zucke mit den Schultern. Wieso nicht? Wenn es hier nur darum geht, Sex zu haben, können wir das auch betrunken tun. Vielleicht ist es dann danach leichter. So ein Quatsch.

Mit zusammengezogenen Augenbrauen schenkt er erneut ein, dann schnappt er sich unsere Gläser, umrundet die Küchenzeile und geht schnurstracks auf das riesige Sofa zu. Weil ich mich noch nicht bewegt habe, als er sich setzt, blickt er auf.

»Kommst du her?«

Kapitel | 33.
Schwierige Geständnisse
Colin

Mit einem Stein in meinem Magen beobachte ich, wie Hailey von der Küchenzeile zu mir kommt. Automatisch mustere ich sie von oben bis unten, stelle fest, dass ich sie ungeschminkt und mit durcheinandergeratenem Haar noch schöner finde als jetzt, wo sie sich eindeutig fürs Ausgehen zurechtgemacht hat. Nicht, dass sie nicht auch so wahnsinnig hübsch ist. Ich mag es einfach nur noch eine Spur lieber, wenn sie ganz natürlich vor mir steht.

In Gedanken schüttele ich über mich selbst den Kopf. Die Frauen, die ich vor Hailey hatte, waren meist starkgeschminkte, wenig natürliche Frauen. Oft waren die Haare nur blond gefärbt und man wusste, dass die Haut nur dank des Make-ups so makellos aussah.

Beim Sofa angekommen, setzt sich Hails mit einem gewissen Abstand zu mir hin, wendet sich mir allerdings zu. Sie atmet tief durch, sodass sich ihre Brüste stark heben und senken. Mein Blick fällt darauf, auf den tiefen Ausschnitt, der viel zu viel preisgibt und der mich im Pub rasend gemacht hat vor Eifersucht. Mir ist nicht entgangen, wie der Kerl dort auf ihren Ausschnitt gegafft hat, als sie ihm das Salz vom Handrücken geleckt hat. Allein bei der Vorstellung daran, dass ihre Zunge seine Haut berührt hat …

Ruckartig hebe ich den Kopf und begegne ihrem Blick. Tadelnd sieht sie mich an, hat mich beim Starren auf ihre Brüste erwischt. Kein guter Einstieg. Sie denkt ja sowieso schon, dass ich sie nur wieder ficken will, um sie dann wegzuschicken. Aber was habe ich denn stattdessen vor?

»Also?«, spricht sie und fordert mich damit auf, endlich zu reden, ihr endlich zu sagen, wieso ich wie ein Irrer in ein Pub stürme, nur weil sie dort dabei ist, mit einem Kerl abzuziehen. Natürlich hat mir dazu jedes Recht gefehlt. Mir stand es gar nicht zu, ihr diese Nacht zu verderben. Wer bin ich, ihr zu verbieten, ihren Spaß zu haben, wie ich es all die Jahre getan habe? Dennoch kann ich den Gedanken daran nicht ertragen, wie sich die Hände dieses Kerls über den Körper bewegt hätten, den ich so sehr begehre, nach dem ich mich seit Tagen verzehre. Vielleicht sollte ich ihr genau das sagen?

»Als mich Amber angerufen hat und mir gesagt hat, dass du dabei bist, dich von einem Fremden abschleppen zu lassen, da…« Ich ziehe tief die Luft ein und lasse sie wieder entweichen. »Ich war eifersüchtig. Rasend eifersüchtig.«

Haileys rechte Augenbraue hebt sich. Natürlich reicht ihr das nicht. Sollte ihr das nicht schon alles sagen, was sie wissen muss? Ich war eifersüchtig, habe Besitzansprüche ihr gegenüber, die ich nicht haben sollte.

»Ich«, beginne ich wieder, »will nicht, dass dich ein anderer Mann berührt.«

Die Frau vor meinen Augen reagiert mit einem Zungenschnalzen. »Das tut mir leid für dich, aber du wirst es wohl kaum verhindern können.«

Kurz wallt Wut in mir auf, die ich rasch niederringe. Wenn ich jetzt aus der Haut fahre, wird sie bestimmt nicht mehr zuhören. Nie wieder. »Ich weiß. Mir ist das bewusst.«

»Und?«, hakt sie nach.

Wieder beiße ich die Zähne zusammen und schließe die Augen. Fuck. Das hier ist so schwer. Wie soll ich ihr denn sagen, was ich empfinde, wenn ich es selbst nicht wirklich benennen kann?

»Hör zu«, bitte ich sie, rücke näher und ergreife vorsichtig ihre Hände. Sie entzieht sie mir nicht, was ich als gutes Zeichen werte. Oder? Das ist ein gutes Zeichen! Bestimmt, ja. »Ich bin wirklich nicht gut in *sowas*.« Um das zu unterstreichen, betone ich ›sowas‹ extra.

Belustigung zeigt sich in Haileys Gesicht. »In ›sowas‹? Was soll denn dieses ›sowas‹ sein, Colin?«

Gott, wie habe ich es vermisst, dass sie mich beim Vornamen nennt. Kein Doktor Martinez, kein Sir, kein Sie. »Gefühle«, gebe ich mich räuspernd von mir.

»Gefühle?«, wiederholt sie und lacht leise. »Das soll die Erklärung für alles sein? Du weißt nicht, wie du mit Gefühlen umgehen sollst? Schön, Colin, und was willst du jetzt von mir?« Sie entzieht mir ihre Hände. »Ich bin keine Therapeutin und kann dir dabei nicht helfen.«

Stöhnend verdrehe ich die Augen. Will sie mich nicht verstehen oder bin ich wirklich so unfähig? »Ich brauche keinen verdammten Therapeuten, Hails.«

Sie sieht mich direkt an, mir geradewegs in die Augen. »Was brauchst du dann?«

»Dich.« Das Wort hat meinen Mund verlassen, bevor ich es bremsen kann. Ich sehe dabei zu, wie sich Haileys Augen weiten, sich ihr Mund leicht öffnet und sie ihn dann … wieder schließt. Ihre Augenbrauen ziehen sich zusammen.

»Mich?«, gibt sie ungläubig retour. »Was soll das denn bedeuten? Was brauchst du? Sex?«

Fuck! »Nein!«, presse ich hervor. »Hails! Komm schon. Mach es mir nicht so schwer.«

»Du meinst so schwer, wie es dir gefallen ist, mir direkt nach dem Sex zu sagen, dass du jetzt fertig mit mir bist und wir wieder nur Kollegen sind? So schwer?«

»Nein!« Verzweifelt raufe ich mir die Haare. »Ich meine doch, das ist mir auch schwergefallen. Ich …«

Ruckartig steht Hailey auf. »Ich glaube, ich sollte nach Hause fahren.«

Hastig springe ich auf die Beine. »Bitte nicht.« Schnell bewege ich mich auf sie zu, bleibe direkt vor ihr stehen. »Bitte, Hailey.«

»Wieso?«, will sie wissen, hebt den Kopf und lässt mich die Tränen in ihren Augen sehen. »Du hast alles kaputt gemacht, Colin. Ich weiß, wir hatten vereinbart, dass es unverbindlich ist, aber ich kann sowas nicht. Für mich war es das nie. So naiv, wie ich bin, habe ich wirklich gedacht, dass du mich mögen könntest, dass du all diese netten Dinge sagst, weil du mich wirklich willst. Aber du hast sie nur gesagt, um Sex zu bekommen.« Nun fließen die Tränen über ihre Wangen. »Dumm, wie ich bin, dachte ich, du wärst dabei, dich in mich zu verlieben, dabei weiß ich nicht mal, wie du es angestellt hast, dass ich mich so schnell in di-« Sie bricht ab und mir das Herz.

»Hails.« Mein Hals ist wie zugeschnürt, aber ich zwinge mich dazu, das zu sagen, was sie nun hören muss. »Ich *habe* mich in dich verliebt.« Bevor sie den Mund aufmachen kann, spreche ich schon weiter. »Es ist schon viel früher passiert, als du glaubst. Nicht erst, als ich dich näher kennengelernt habe und schon gar nicht erst, als wir Sex hatten. Mir ist erst vor wenigen Tagen klargeworden, dass ich mich schon in dich verliebt habe, als ich dir bei der Arbeit mit unseren Patienten und Patientinnen zugesehen habe. Du bist mir nicht – nicht aufgefallen, du bist es. Du bist mir sofort aufgefallen, aber ich habe es einfach als das abgetan, was es zu diesem Zeitpunkt für mich war: Bewunderung für deinen Einsatz. Jetzt weiß ich, dass es nicht nur Bewunderung war. Wann immer ich konnte, habe ich dir zugesehen, dich berührt, subtil und ohne Hintergedanken. Du warst für mich unerreichbar. Nicht, weil du nicht mein Typ wärst, sondern weil du viel zu gut für mich bist. Hails, du bist umwerfend, wunderschön und absolut das, was ich will und brauche.« Das Organ in meiner Brust schlägt derart schnell, dass ich das Blut durch meine Ohren rauschen höre. Panik wallt in mir auf, als sie auch nach mehreren Sekunden noch nichts gesagt hat. Sie starrt mich nur an, mit großen Augen und leicht geöffneten Lippen. Noch immer kullern Tränen über ihre Wangen, dann blinzelt sie.

»Du … was?«, stottert sie und schnieft.

Langsam, um sie ja nur nicht zu verschrecken, komme ich ihr noch näher, lege meine Hände sanft an ihre Wangen und wische mit den Daumen die Tränen fort. »Ich habe mich in dich verliebt.« Fuck, ich hätte nicht gedacht, dass ich das jemals zu einer Frau sagen werde. »Und wenn du auch in mi-« Haileys Arme schlingen sich um meinen Körper und sie drückt sich an mich. Schnell schließe ich sie meinerseits in die Arme, streichele sanft über ihren Rücken, während sie bebt.

»Wehe, du verarschst mich«, schnieft sie an meiner Brust. »Dann kastriere ich dich.«

Schnaubend lache ich, streiche ihr Haar zurück und blicke auf sie hinab. »Das wäre legitim. Aber nein, ich meine das absolut ernst.« O Gott, ich habe gerade einer Frau gesagt, dass ich mich in sie verliebt habe! Was bedeutet das jetzt? »Hails?«

Sie löst sich ein Stück von mir, sieht zu mir hoch. »Hm?« Wieder schnieft sie und ich schlucke.

»Ich habe noch nie eine Beziehung geführt und weiß nicht, wie man es richtig anstellt. Aber wenn du mich auch willst, dann …« Ja, was dann? »Dann gehöre ich dir.« Fuck, fuck, fuck. Und ich habe nicht mal was dagegen. Ich will ihr gehören. Ich bin sowas von am Arsch. Verliebt bis über beide Ohren.

Bevor sie spricht, schnieft sie wieder und weil ich dieses Geräusch auf den Tod nicht ausstehen kann, weil ich es mit Krankheit verbinde, drehe ich mich rasch weg, greife nach der Taschentuch-Box auf meinem Couchtisch und reiche Hailey eines der Tücher. »Danke«, murmelt sie, schnäuzt kräftig und behält das Tuch in der Hand.

»Gib her«, fordere ich und sie reißt die Augen auf.

»Nein! Das ist eklig!«

Die Augen verdrehend, nehme ich ihr das Tuch dennoch ab und bewege mich auf den Mülleimer in der Küche zu. »Süße, ich bin Arzt. Ich habe täglich Kontakt zu irgendwelchen Bakterien, da werde ich mich ja wohl kaum vor meiner Freundin ekeln.« Kaum habe ich das gesagt, halte ich inne und drehe mich zu ihr um. Wir starren einander an. Meine Freundin. Ich habe sie gerade einfach so und ohne nachzudenken, als ›meine Freundin‹ bezeichnet. »Also …, wenn du das sein willst, Hails. Wenn du mich nach allem, was ich verbockt habe, noch willst.«

Selbst aus dieser Entfernung kann ich sehen, dass schon wieder Tränen fließen. Himmel, seit wann ist diese Frau denn so nah am Wasser gebaut?

Um endlich das Taschentuch loszuwerden und zu ihr zurückzukönnen, beeile ich mich, das Ding wegzuwerfen. Raschen Schrittes stehe ich nur wenige Sekunden später wieder direkt vor ihr. »Hailey?«

Sie sieht schniefend zu mir auf – schon wieder. »Ja?«

»Was denkst du über all das? Möchtest du, willst du es denn versuchen? Mit mir?«

Ihr rasches Nicken lässt die Anspannung von mir abfallen, während sich der riesige Gletscher von meinem Herzen löst, der sich dort festgesetzt hat, aus Angst, was sie sagen könnte.

»Wirklich?«, hake ich dennoch nach, lege zeitgleich aber meine Hände an ihre Oberarme. »Du gibst mir eine Chance?«

»Ja«, krächzt sie, dann beuge ich mich vor und küsse endlich meine *Freundin.*

Epilog
Eine Woche später
Hailey

Ein lautes Quieken hallt durch Colins Loft und ich höre ihn stöhnen. »Diese dämliche Ratte«, murrt er und löst sich sanft von mir, nachdem er mich bis eben fest in den Armen gehalten hat. Nachdem wir Silvester zusammen mit Amber, Shane und Felix verbracht haben, sind Colins Schwester und ihr Verlobter nun zu einem Urlaub aufgebrochen. Offenbar hat Colin im Gegenzug zu der Information, wer ihn für die ›Bad Boss Challenge‹ angemeldet hat, zugestimmt, auf Ambers Meerschweinchen Salomon aufzupassen. Seit drei Tagen ist das Tier jetzt bei ihm und treibt ihn in den Wahnsinn. Bei Amber scheint Salomon zufrieden und glücklich zu sein. Bei ihrem Zwilling quiekt es in einer Tour. Selbst nachts gibt es keine Ruhe, weshalb ich gestern nicht hier geschlafen habe. Ich meine, ich finde das kleine Kerlchen wirklich süß, aber nach einer Zwölf-Stunden-Schicht brauche ich wirklich meine Ruhe.

Den Kopf drehend beobachte ich, wie Colin nackt, wie Gott ihn schuf, aus dem Bett steigt und die Treppen hinab ins Wohnzimmer geht. Dabei schimpft er ohne Unterlass vor sich hin und ich kann ein Kichern nicht verhindern. Noch immer kann ich nicht fassen, dass er nun zu mir gehört, dass er ›mein‹ ist. Amber wäre fast durchgedreht, als Colin ihr in der Silvesternacht gesagt hat, dass wir ein Paar sind. In der Klinik hat unser ›Outing‹ ebenfalls hohe Wellen geschlagen. Alle haben mir gratuliert, als hätte ich den Jackpot geknackt.

Ich richte mich auf dem Bett auf, um dabei zusehen zu können, wie Colin Salomon versorgt. Immer wieder mustere ich ihn dabei. Na gut, vielleicht habe ich tatsächlich den Jackpot geknackt. Wie sonst sollte ich, ausgerechnet ich, zu einem Mann wie ihm kommen?

Kaum ist Salomon wieder ruhig, kommt Colin über die Stufen zu mir zurück. Kurz verharrt er vor dem Bett, dann kniet er sich darauf, blickt mir in die Augen und beuge sich langsam über mich. »Du siehst heute wunderschön aus, meine Süße und ich kann es kaum erwarten, dir zu zeigen, wie wunderschön.« Mit einem Grinsen entreißt er mir die Decke, ignoriert meinen leisen Protest und legt sich auf mich. Ehe ich mich versehe, küsst er sich an meinem Körper entlang zwischen meine Beine, spreizt sie und findet sofort den Quell meiner Lust.

»Colin«, stöhne ich gedehnt, als er sich an mir festsaugt, obwohl er genau weiß, dass ich das nicht lange aushalte. Sofort beginnen meine Beine zu zittern, weil meine Klitoris noch vom letzten Mal, nur eine Stunde zuvor, gereizt ist. Colin und ich befinden uns, wie Shane und Amber nicht müde wurden, uns zu erklären, in der Phase, wo man es ständig, immer und überall tun will. Sie nannten es ›Bumsphase‹ und ich habe nur lachend den Kopf geschüttelt, als sie das gesagt haben. Nun, heute, nur drei Tage später, muss ich ihnen Recht geben. Colin und ich treiben es ständig. Selbst in seinem Lastenaufzug haben wir es schon getan, im Ruheraum der Klinik, wofür ich mich im Nachhinein etwas geschämt habe, weil ausgerechnet Hazel vor der Tür stand, als wir herausgekommen sind und in Colins Auto – was unglaublich unbequem war. Wir haben es auch in einer Umkleide getan, weil Colin reingekommen ist, während ich gerade dabei war, mich umzuziehen. Er hat mir den Mund zugehalten und so die Geräusche gedämpft, die ich nicht unterdrücken konnte. Dennoch wurden wir im Anschluss aus dem Laden geworfen. Es war wahnsinnig peinlich. Aber hat uns das davon abgehalten, es bereits zwei Stunden später in den Toiletten der Shoppingmall zu tun? Nein, hat es nicht. Seit Tagen trage ich, wenn wir nicht gerade bei der Arbeit sind, nur noch Kleider, damit wir es möglichst schnell tun können. Colin nimmt mich stets mit viel Hingabe und sagt mir immer wieder, wie perfekt ich für ihn bin, wie gut ich mich anfühle.

»Süße«, murrt er, weil er merkt, dass ich mit den Gedanken abgedriftet bin. »Langweile ich dich schon?« Er blickt auf und ich zu ihm hinab.

Grinsend zucke ich mit den Schultern und sehe, wie er empört den Mund öffnet. Sofort ist er wieder über mir, beugt sich herunter und küsst mich wild, meinen Geschmack noch auf den Lippen. »So?«, fragt er zwischen den Küssen. »Langweile ich dich?« Bevor ich antworten kann, fasst er zwischen uns, richtet seinen Penis aus und stößt ein Stück in mich. Wir stöhnen gleichzeitig und ich werfe den Kopf zurück.

»Ja, ja ein bisschen«, bringe ich keuchend hervor und er schiebt sich mit einem Ruck ganz in mich.

»Wirklich?«, presst er hervor, dann beginnt er, sich in mir zu bewegen. Weit zieht er sich zurück, um dann möglichst tief in mich zu stoßen.

»Jaaa«, stöhne ich und schlucke. »Ich fürchte, du musst dich mehr anstrengen, mein Schatz.«

Ein teuflisches Grinsen erscheint auf seinen Lippen, ehe er meine Beine packt, sie anhebt und auf seine Schultern legt. »Das hättest du besser nicht gesagt. Ich werde erst aufhören, wenn du nicht mal mehr laufen kannst!« Und dann tut er genau das und Gott, ich liebe es!

Colin

Mein Blick fällt auf die wunderschöne, schlafende Frau in meinen Armen. Ihr Atem streicht sanft über meine nackte Brust und ein Gefühl der Glückseligkeit bricht über mich herein. Bis vor einem Monat hätte ich niemals gedacht, dass es in meinem Leben jemals eine Frau geben wird, die mich all das fühlen lässt, was ich in Haileys Gegenwart empfinde. Wenn sie nicht da ist, habe ich Sehnsucht nach ihr, vermisse sie. Wenn sie da ist, will ich sie nicht nur sexuell, ich will ihre Nähe. Vor Hailey konnte ich mit ›kuscheln‹ nicht viel anfangen. Seit ich es mit ihr tue, kann ich nicht genug davon bekommen. Und der Sex … verflucht, der Sex! Es ist, als wäre ich im Himmel. Sie fühlt sich überall so gut an. Innen wie außen. Ich liebe es, sie zu berühren, ihre Haut zu streicheln, ihre Brüste zu umfassen. Ich liebe ihre Ausstrahlung, ihr Lächeln, wie ihre Augen leuchten, wenn ich ihr sage, dass sie mehr ist als alles, was ich mir je gewünscht habe. Sie ist mehr als alle richtigen Zahlen im Lotto, besser als jeder Jackpot, den man knacken kann. Sie ist alles und bald, bald werde ich bereit sein, ihr das auch genau so zu sagen. Bisher habe ich einen großen Bogen um die berühmt-berüchtigten drei Worte gemacht, die Worte, von denen ich gedacht habe, dass ich sie niemals einer Frau gegenüber in den Mund nehmen werde, die nicht meine Schwester oder Mutter ist. Jetzt aber drängt mich alles in mir dazu, es ihr zu sagen. Ihr zu gestehen, dass ich ihr vollends verfallen bin, dass ich mit Haut und Haar ihr gehöre. Bald, bald werde ich zum ersten Mal ›ich liebe dich‹ zu der Frau sagen, für die ich genau das empfinde. Fuck, wie hat sie das nur angestellt?

ENDE

Der dritte Band der ›Vancouver-Bad Boss‹-Reihe, in dem sich alles um Felix Brown, den erfolgreichen Anwalt und Frauenversteher dreht, erscheint bereits im Februar 2023!

Mehr von und über die Autorin findet ihr auf ihren Social Media Accounts unter:

https://www.instagram.com/susanna.schober.autorin

Du hast Lust, für die Autorin zu bloggen und bewirbst dich für ein E-Book?

Schicke gerne eine E-Mail an:
schober.susanna.autorin@gmail.com